Mynoghra the Apocalypsis
-World conquest by Civilization of Ruin- 04

異世界黙示録マイノグーラ

~破滅の文明で始める世界征服~

04

鹿角フェフ
イラスト/じゅん
author.Fehu Kazuno+illust.Jun

GC NOVELS

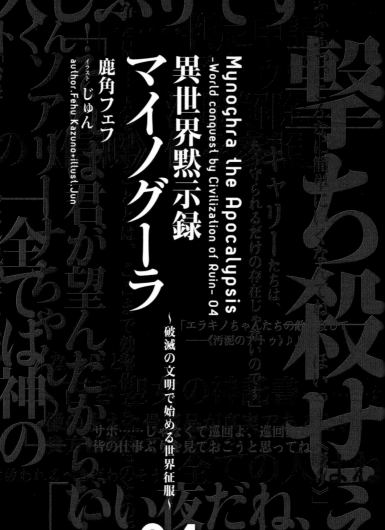

「はあっ……はあっ……」
命拾いした。アンテリーゼは息を切らせながらそう確信する。
王の視線は瞳から少しばかり下に逸れ、
相変わらず生命を感じさせない虚無で自分を見つめている。

第四章：それは始まりの暗き闇

Mynoghr the Apocalypsis
-World conquest by Civilization of Ruin- 04
CONTENTS

Mynoghra the Apocalypsis
-World conquest by Civilization of Ruin- 04

異世界黙示録マイノグーラ
～破滅の文明で始める世界征服～
04

鹿角フェフ
イラスト／じゅん
author.Fehu Kazuno+illust.Jun

GC NOVELS

「……もう誰も死なせない」

「戦争とは……人を殺すことは、ここまで効率化できるものなのですな」

「全ては神の思し召しです」

プロローグ

RPG勢力、ブレイブクエスタス魔王軍。

予想外の敵勢力との戦いに、マイノグーラは後《こう》塵《じん》を拝し英雄《全ての蟲《むし》の女王イスラ》を失う結果となってしまった。

だがそれでもなお英雄の輝きは消えない。

彼女は死に瀕する最中、自らの力を愛すべき双子の少女、メアリアとキャリアへと移譲し二人を魔女として覚醒させたのだ。

母と慕うイスラを失った悲しみにより暴走する《後悔の魔女》。

やがて怒りに狂う少女たちは、自分たちの敵を討ち取らんとする間際、不可思議な存在に出くわす。

彼女たちは知らなかった。

それこそが拓斗《たくと》たちと同じように、ゲームシステムの加護を得てこの世界にやってきたプレイヤーだということを。

ここに来て、拓斗はようやく自分たちと同じ境遇の存在が多数この世界にやってきていることを理解する。

そしてそれらが決して相容れぬことも。

やがて彼が下した決断は、世界の全てを征服することだった。

その全てを手中に収め、《次元上昇勝利《アセンションヴィクトリー》》という特殊勝利を実現しその果てに失った全てを取り戻す。

いなくなってしまった者も、必ず取り戻す。

宣言する彼の姿はどこまでも暗い闇に包まれており、その姿を目撃した全ての配下たちは言葉に表せぬ筆舌し難い畏れを抱くのであった。

第一話　妙策

マイノグーラの英雄、《汚泥のアトゥ》はかつて無い緊張に包まれていた。

『ブレイブクエスタス』の魔王軍によってマイノグーラが急襲され、英雄を失うという重要な損失が発生したのがつい先日であるから当然とも言える。

だが最も重要な事項は自らの主の変わりようだった。

この世界に来た当初にあった甘さが抜けた彼は、あの日アトゥですら恐怖を感じるほどの怒りを見せた。

無論アトゥとて幾千もの戦いを拓斗と共に切り抜けてきた仲だ。それがゲーム中の出来事であったとは言え、何度か拓斗の怒りを感じたこともある。

だがこの世界に来てから初めて見せたその激憤は、伊良《いら》拓斗という人間がガラッとまるごと変わってしまったかのような感覚をアトゥに抱かせ、それがこの背筋が凍るような緊張を生んでいた。

（今までとは同じでは、いられないかもしれないですね……）

あの優しく穏やかな日々が失われてしまうことを考え、少し胸の痛みを感じるアトゥ。

だが決して振り返ることはできない。

あれほどの力を持ちながらも撃破されてしまったイスラ。自分という存在がいながら自らの主を危険に晒《さら》してしまった失態。

そしてこの世界における明確な脅威。

それらの事実がアトゥの心を引き締め、強い決意と共に力となって身体を駆け巡る。

危機は過ぎ去り、次に生かすチャンスを得ることができた。

ならばこそ、二度の失態は絶対にない。

あり得ない。

なぜなら自分は英雄、汚泥のアトゥだからだ。

全ての敵を滅ぼし尽くし、やがて自らも滅ぼすとすら言われる最強の英雄。

拓斗の敵を滅ぼす。必ず。

今までの甘えを一切捨て、その瞳に狂信のみを宿し……。

「偉大なる我らが王、伊良拓斗さま！　汚泥のアトゥ、ここに！」

アトゥは王が座する玉座の間へと続く扉を勢いよく開く。

……が。

「うう、死にたい……」

「よしよし……」

「元気出して欲しいのです、王さま」

当の主であるイラ＝タクトはなぜか悲愴感を漂わせながら床で体育座りになり、双子の姉妹によしよしと慰められていた。

「た、拓斗さまぁぁぁぁぁっ!!」

「……アトゥ。僕、死にたい」

抱え込んだ膝に顔を埋め、アトゥを一切見ることと無く拓斗は開口一番そう言い放った。

先ほどまでの決意はどこへやら、とにかく別の意味でまたとんでもない事態となったとばかりにアトゥは拓斗へと駆け寄る。

「ダメです！　死んではダメです拓斗さま！　何があったのですか？　どうぞこのアトゥめにおっしゃってください！」

おずおずと顔が上がり、アトゥの方を見つめる拓斗。

しばらく何かを告げようと口をもごもごさせていた彼だったが、やがてその瞳からフッと意志の光が消えると、また先ほどと同じように顔を埋めてしまう。

心が折れたのだ。

「拓斗さまぁぁぁぁ!!」

状況を飲み込めないアトゥはただ悲愴感を漂わせ叫ぶことしかできない。

もはやマイノグーラの誇る最強の英雄はどこにもいない。

もっとも、最強の『Eternal Nations』プレイヤーがこのざまなので仕方ないのかもしれないが……。

「よしよしいい子いい子。赤ちゃん赤ちゃん」

「お、お姉ちゃんさん。えっと、流石《さすが》に王さまに対して赤ちゃんはどうかと思うのです」

「いいんだよ。今の僕は赤ちゃんなんだよ。生まれる前からやり直したい」

「よしよし、赤ちゃん赤ちゃん」

姉のメアリアがご機嫌に拓斗の頭を撫《な》で続ける。

妹のキャリアは流石にどうかと思ったのか姉ほど積極的ではない様子だ。

そんな妹を目敏《めざと》く見つけたアトゥは、拓斗に気づかれぬようちょいちょいとキャリアを手招きするとコソコソと小声で相談を始める。

(ちょ、ちょっとキャリア！　拓斗さまに何があったのですか!?)

(そ、それはキャリーの口から言わない方がいいと思うのです……)

(くっ、くぅぅ……しかし！　拓斗さまは私にお話しくださいません！　これはゆゆしき事態です！)

(お姉ちゃんさんみたいによしよししてみてはいかがです？)

(……え？)

(そうすれば、きっと王さまもアトゥさんに話そうって気持ちになると思うのです)

(そ、そんなこと！　この英雄であり拓斗さまの腹心の配下であるアトゥができるわけありませんでしょう！）

思わず声を張り上げながら、アトゥはキャリアの提案を拒否する。

（できるわけないでしょう！）

再度拒否するアトゥ。

彼女の忠誠は、決して拓斗への不敬を良しとしなかったのだ。

「……拓斗さま～、よ、よしよ～し！　拓斗さまのアトゥがここにおりますよ～」

結局アトゥは拓斗をよしよしすることにした。

正直なところ、興味が非常にあった。

英雄としての矜持《きょうじ》や誇りもあるが、それ以上に拓斗の頭を撫でるという甘い誘惑に抗えなかったのだ。

加えて今は免罪符もたんまりと用意されている。

あくまで拓斗を元気づけるためという誰に向けたか分からぬ言い訳を己の内で繰り返しながら、つり上がる口角を隠そうともせずにアトゥは拓斗の甘やかしを楽しむ。

だが明らかにアトゥが喜ぶだけの行為に見えるそれが功を奏することもある。

最も信頼する者に頭を撫でられたことで拓斗の中にある自尊心も少しばかり回復したのだろう。

再度瞳に意志の光が戻った拓斗は、ようやくその顔を上げる。

アトゥの願いが通じたのだ。

なお現在進行形で彼女は拓斗の頭を撫でている。

「うう、アトゥ……」

「な、何があったのですか拓斗さま？　どうかこのアトゥにお聞かせください」

どこか恍惚《こうこつ》とした表情で拓斗の頭を撫でるアトゥ。

そんな彼女に向けて、拓斗はここまで落ち込む理由をようやく語り始めるのであった。

……………

……

「つまり拓斗さまは先日の宣言でちょっと張り切りすぎた……と」

「うん。いや、正直状況があんまりで切れたってのもあるんだけど、それにしても調子に乗りすぎたなぁって……」

拓斗がアトゥに語った内容は先日の宣言に関するものだった。

全ての配下が恐怖を抱き、イラ＝タクトが終末をもたらす破滅の王であると再認識したあの日の出来事。

その全てをやり過ぎだと表したのだ。

確かにあの日以降、ダークエルフたちの中にはどこかギクシャクしたものが感じられる。

英雄であるアトゥですら先ほどまでは緊張に縛られていたのだ。

いくら国家の要人とは言え、所詮人の範疇《はんちゅう》に位置するモルタール老らダークエルフには辛《つら》いものがあろう。

目の前の拓斗がアトゥが知るいつもの彼であるのなら、あの日の態度は過ちであったと判断するのは当然とも言えた。

「はぁ……まさかあのタイミングであんなセリフを堂々と言い出すなんて。両手を広げて世界征服を宣言だなんて、あまりにも、あまりにもアレだ……」

その先を言おうとし、またもや膝に顔を埋める拓斗。

あーっとか、うーっとか叫んでいるあたりどうやら酷《ひど》い自己嫌悪に陥っているらしい。

「おー、前に王さまが言ってた。ちゅ、ちゅ、ちゅ、ちゅーぼー？」

「厨房？　ああ、中二病ですよお姉ちゃんさん。その病気になった人は黒歴史という名の嫌な思い出を沢山作る恐ろしい病気なのです」

「王さまかわいそう」

「ふぐぅぅっ!!」

「やめなさい二人とも！　拓斗さまの心臓に負担がかかっています！」

無邪気な双子が拓斗にとどめを刺し、慌ててアトゥが助け船を出す。

このままではまた拓斗が自分の世界に引きこもってしまいかねない。

とは言え、拓斗が落ち込んでいる理由が分かったことでアトゥは大きな安堵《あんど》感を抱く。

「けれども私は安心しました。その……先日の拓斗さまは少々、その――」

「怖かった？」

気がつけば、拓斗が顔を上げてじぃっとアトゥの方へと視線を向けていた。

先ほどとは打って変わった様子に一瞬戸惑ったアトゥだったが、質問の内容に答える必要があると思い控えめに頷《うなず》く。


「は、はい……」

どのような反応をされるのだろうか？　少し不安を抱いた彼女に返ってきたのは、いつもどおりの柔らかな微笑《ほほえ》みだった。

「うん。そうだよね、怖かったよね。ごめんねアトゥ。それに……さっきも謝ったけど二人もごめんね。怖い王さまだと意見とかも言いづらいよね」

先ほどまでの落ち込みが嘘《うそ》だったかのようにスラスラと喋《しゃべ》り始める拓斗。

どうやらアトゥがここに来る前に姉妹ともいろいろ話をしていたようだ。

イスラの件は互いに心のしこりとなっている可能性がある。その点においても姉妹と納得ゆくまで話ができていたことは今後のマイノグーラの運営においても重要な意味を持つだろうとアトゥは考えた。

なぜなら……この二人はもうすでに英雄なのだから。

「はいです。今の王さまの方がキャリーは好きなのです。お姉ちゃんさんもそうですよね？」

「うん。中二病じゃない王さまの方がすきー」

「ふぐぅぅっ!!」

「おやめなさい!!」

　だが新たな英雄は少々おてんばなようだった。

　無論二人に悪意はない。だが無邪気さが時として人を傷つけるということをこの二人はまだよく理解していなかった。

　今度は三人で拓斗をよしよししないといけないのだろうか？　不安半分、期待半分で主の様子を窺《うかが》っていたアトゥだったが、拓斗は何かの区切りが付いたかのように立ち上がった。

「ただまぁ。本気を出すことは違いないけどね。世界征服は……嘘じゃない。やると決めたからには、あらゆる手段で達成してみせるさ」

　そう言い放つ拓斗はどこか不思議なカリスマ性を感じさせ、自然と傅《かしず》きたくなるような神聖ささえ感じられた。

「二人にも約束したしね。一緒に頑張ろうって」

「……もう誰も死なせない」

「キャリーたちは、もう守られるだけの存在じゃないのです」

　姉妹もまた、その内に強い決意を抱いていた。

　あの日、アトゥが見た狂いに狂った双子の少女。その片鱗《へんりん》は決して失われていない。

　まだ彼女たちの心の中で燻《くすぶ》り叫び続けているのだ。

　そしてその叫びは、今後明確な方向性をもって世界に向けられる。

　あの日、マイノグーラという国家は確かに生まれ変わったのだ。

「拓斗さま……」

　陶然とした表情でアトゥが呟《つぶや》く。

　自らの主の偉大さを再度確信した配下の表情だ。

　それは恋する乙女のようにも、神を前にした狂信者のようにも見える。

やがてアトゥは静かに臣下の礼をとると、どこか憑《つ》き物が落ちたような表情でいつかのセリフを再度口にする。

「我が名は《汚泥《おでい》のアトゥ》。世界を滅ぼす泥の落とし子。これより我が身、我が心は貴方さまの物。どこまでも一緒に堕ちましょう。我が王よ」

「――うん、よろしく。アトゥ」

拓斗とアトゥ、二人にとって何千回と繰り返され、けれどもとても強い意味を持つそのセリフ。

二人の絆《きずな》を再確認するかのように、その視線が交わる。

やがてどちらからともなく互いの手を取り自然と距離が縮まり……。

「拓斗さま……」

「アトゥ……」

「ギギギギギェェェェェ!!」


タイミングを見計らったかのように、闖入者《ちんにゅうしゃ》が現れた。

ガサガサとその脚を忙《せわ》しなく動かしながら彼らの前にやってきたその配下に、アトゥはあからさまに不快感を顔に出した。

「なんですか虫。いまとってもいいところでしたのに……貴方は私と拓斗さまの邪魔をしないと死んでしまう病にでもかかっているのですか?」

「というかキャリーたちもいたのに、完全に蚊帳《かや》の外だったのです」

「邪魔しちゃだめー」

「ギギェ!」

「ああ、終わったんだ。ご苦労様、《足長蟲《あしながむし》》くん」

現れたのは足長蟲。

マイノグーラにおける斥候ユニットで、その移動力の高さと生産コストの安さから偵察という役柄以上に酷使されている、ある意味で人気な配下である。

相変わらず表情が分からぬ様子で口からダラダラと涎《よだれ》をこぼす彼or彼女は、アトゥのことなど知ったことかとばかりに無視して拓斗の前へと向かう。

当の拓斗が何か確認するかのように質問を行っていることから、何らかの命令に対する報告のようだ。

釈然としない気持ちを抱きながら、憮然とした表情でそのやりとりを眺めていたアトゥは、ふと足長蟲の背中に大きな籠《かご》がくくりつけられていることに気づく。

「拓斗さま？　その虫が背負っている籠は何でしょうか？　そういえばここ数日、かなり足長蟲を量産されていたと記憶しておりますが……」

拓斗が貴重な国家の備蓄を使って足長蟲を生産していたことはアトゥも覚えている。

なけなしの魔力を使って緊急生産までしていたことから急ぎの任務があることも理解できた。

だが当初は国家防衛のための安価な補充要員と考えていたそれは、違う目的で生み出されたものらしかった。

アトゥが拓斗に質問し、拓斗がその質問に答えようと口を開きかけた時だった。

姉のメアリアが何かを見つけたのか、足長蟲の頭の辺りでごそごそとやったかと思うと拓斗に向けて金色に輝くコインを差し出した。

「王さま。これー」

「……ん？　ああ、身体にくっついていたのかな。足長蟲くん、一応大事なお金だから今度から気をつけてね」

「ギギギェ!!」

「うん。よろしい」

拓斗の手の中で光るソレは、アトゥの知識が確かなら『ブレイブクエスタス』の金貨だ。

かの世界で流通している貨幣は、ＲＰＧのシステムとして魔物を倒すと一定量排出される。

魔王軍との戦いは短期間ながらも膨大なもので、倒した敵の数もさることながらその質に由来した金貨が多数輩出されている。

今頃戦場となったドラゴンタン周辺やマイノグーラ支配地域の南部ではまさしく金貨の山脈が連なっていることだろう。

その一枚がここにある。

アトゥは拓斗と無数の戦いを共にしその考えをある程度推察できるとは言え所詮は主の手足となって動く駒である。

自分の能力をはるかに超える知恵を発揮されてはどうにもならない。

いよいよもって混乱してきたアトゥは縋《すが》るような瞳で拓斗を見つめる。

「拓斗さま？　一体何を……そろそろ教えて頂かないと、私も何が何やら分かりません」

「はは、ごめんごめん。そうだね、その点についても説明がまだだったね」

少し申し訳なさそうに笑うと、ピンと指で金貨をはじいて見せる拓斗。

空中でくるくると回ったそれは拓斗の頭上で小さく弧を描くと、待ち受ける手のひらにすっぽりと収まることなく……地面に落ちた。

「「…………」」

「まぁ……言葉で説明するよりも見るのが早いか。よし、街の中心まで行くよ。二人もおいで」

「分かりましたです」

「はーいっ」

静かに金貨を拾い、まるで何事も無かったかのように会話を繋《つな》げる拓斗。

流石のアトゥも姉妹も突っ込みを入れることはしない。

またぞろ落ち込まれても正直面倒だからだ。

「ほら、アトゥも早く。おいてっちゃうよ？」

「あっ！　お待ちくださいませ、ただいま！」

拓斗の声に我に返ったアトゥは慌てて小走りでついていく。

ほっと胸をなでおろし、今までと変わらぬその関係にほのかな喜びを感じるアトゥ。

当初抱いていた嫌な緊迫感はどこかへ消えさり、ただ王のために尽くすという強い決意だけが残っていた。

ブレイブクエスタス wiki

【用語】ゴールド

魔物を倒した時に落とす金貨。どのような仕組みで生成されているかは不明で、ブレイブクエスタスシリーズではその詳細について言及されていない。ブレイブクエスタスの世界では、全ての国家がこのゴールドを貨幣としており、ゴールドさえあればどの場所でも買い物ができる。なお純度 100%の金でできている。金製の装備が数多くあるのは、金がこの世界ではありふれた金属のため。

第二話　黄金

「こ、これは……」

その光景を見た時、アトゥは思わず口をあんぐりと開け呆《ほう》けてしまった。

うず高く積み上げられた金貨。

まるで鉱山から出た土砂の如《ごと》く無造作に金貨が積み上げられ、木々の隙間から漏れこむ陽射しを反射してキラキラと輝いている。

金貨が集積されている場所は、街の広場――現在は建築用の資材置き場となっている場所だったが、今では散らばった金貨で足の踏み場もないほどになっていた。

「「「ギギギギギェェェェェ!!!」」」

辺りには十数体の《足長蟲》。

その全てが背中に背負った籠から金貨を山へと移し、またいそいそとどこかへと消えていく。

どうやらまだまだおかわりがあるらしい。

確かにアトゥが視認していただけでも数多くの金貨があった。

それらを踏まえるとまだまだ追加が来るのは理解できるが、それ以前に場所が足りるのかと不安になってくる。

「す、凄《すご》い量なのです！」

「お金がいっぱーい！」

「いやぁ……実際目にすると壮観だね。ってかまぶしいな」

命令した自分でもここまでのイメージはできていなかったのだろう。

物珍しげに金貨の山を眺める拓斗にアトゥは早速自らの疑問をぶつける。

「拓斗さま。足長蟲を量産されていたのはもしかして？」

「ああ、ブレイブクエスタスの魔物たちが落とした金貨。その回収を足長蟲たちには命じていたんだ。彼らなら移動力も高いし、効率的に回収ができる」

「そ、そうですか……しかし流石《さすが》にこの量を一気に流通させてしまっては経済が崩壊するかと思いますが。フォーンカヴンとの取り引きに使うとしてもそもそも相手側に用意できる品物がないかと」

恐る恐る尋ねるアトゥ。

自らの主がその点に気づいていないとは思えなかったからだ。

貨幣の流通は国家において厳格に管理されるものだ。

未《いま》だ国民の数が少なく物々交換も珍しくないマイノグーラで使うにしては量が多すぎるし、たとえフォーンカヴンなどの他国との交易で使うにしても規模が大きすぎる。

有り体に言って、宝の持ち腐れに思えた。

「ああ、そっか。アトゥはマイノグーラの戦略しか知らないから、他の国家がどういうプレイスタイルを持っているのかあまり詳しくないんだったね」

アトゥの疑問にポンと手を打ちながら納得した様子を見せる拓斗。

言われた通りだ。アトゥは『Eternal Nations』の世界をマイノグーラ側での視点でしか知らず、他の国家がどのような戦略を得意とするのかはあまり詳しくない。

しかしながら、彼女の知識を総動員しても他の国家でこの膨大な金を有効活用できるような国家やそれに付随する戦略は思いつかなかった。

「確かに、おっしゃる通りです」

「アトゥ。『Eternal Nations』における通貨とはどのようなものを指すか、覚えている？」

「はい……通常通貨とは国内の経済を循環させるための道具として国家が定めているものです。ただ、国毎にそれぞれ独自の通貨を利用するためあまり目立つ存在ではないですが……」

「そう、その辺りを細かく設定するとゲームが面白くなくなるからね。だから基本的にゲーム上では通貨の代わりとして〝魔力〟が用いられる」

「エネルギーと貨幣の特徴を併せ持つものが〝魔力〟ですよね。汎用性が高く、他国との取り引きにおいても分かりやすい」

「そのとおり！」

『Eternal Nations』において、最も重要な三つの資源は〝食糧〟、〝資材〟、〝魔力〟だ。

食糧はいわずもがな、国民と軍隊の維持に使われ国力の指標となる。

資材は主としてユニットや建造物の生産時に使われ、生産力の指標ともなる。

そして〝魔力〟は経済力の指標となり、緊急生産を含めた様々な面で必要とされる。

これら三つの基本資源をバランス良く産出し、国家を維持するのが『Eternal Nations』の基本だった。

「はい、だからこそ分かりません。金貨はいくら持っていても金貨でしかありません。わざわざこのように集めたところで、金という物質以上の価値はないかと思いますが……」

『Eternal Nations』において金属としての〝金〟は戦略資源に該当する。

上位のユニットや建造物の生産時に必要となり、貴重ではあるがそれだけだ。

国家の規模が最終段階にまで達するような状況ならまだしも、現状でここまで固執する意味が分からなかった。

「もう、そこまで言ってるなら分かると思うんだけどなぁ……」

「……??」

「まぁいいや。じゃあ答え合わせといこうか！」

アトゥは相変わらず頭にハテナマークを浮かべている。

その様子に苦笑いした拓斗は、これはもう全て説明するしかないなとばかりに手のひらを広場の一部へとかざす。

「緊急生産実行――《市場》」

「た、拓斗さま!?」

刹那、大地が振動する。

ゴゴゴと鈍い音が響き渡り拓斗の魔力が広場一面へ溶け渡る。

次いで地面から芽が出るように歪《いびつ》で奇怪なデザインをした建物が現れた。

「およ？　……おーっ！」

「ちょ、お、お姉ちゃんさん、危ないからこっちに来るのです！」

先ほどまで金貨の山で遊んでいた双子の姉妹が慌てた様子で逃げ惑う。

金貨の山を押しのけながら生えてくる建物、それは広場をぐるりと囲むようにできており、大小いくつかの建物と複数のテントに分かれていた。

非対称で奇妙な色彩を持つそれは、およそ人が考えうるデザインとは大きくかけ離れていたが、その機能性だけを見ると確かに市場と言って差し支えなかった。

拓斗は緊急生産を利用しマイノグーラの建造物である《市場》を作ったのだ。

「これで持っていた魔力はすっからかんだ」

スッキリとした様子で頷《うなず》く拓斗。

緊急生産の汎用性は高い。消費する魔力は非常に高いものの、食糧や物品同様に建造物も瞬時に建築できることがその代表的なメリットだ。

通常の方法でやっていればかなりの日数と人員が必要なはずの市場もこの通りだ。

改めて緊急生産の凄《すさ》まじさを目の当たりにした拓斗はアトゥの驚く表情を期待して自慢げに彼女

の方へと向き直る。

だが。

「……アトゥ？」

「むぅ……」

アトゥは拗《す》ねていた。

どうやらもったいつけすぎたらしい。

「も、もちろんすぐに説明するよ！　ほら、アトゥ、こっち！」

流石にこれ以上へそを曲げられては大変だと慌てる拓斗。

彼はすぐ側《そば》でなだれた金貨の山に埋もれる双子を放置し、慌ててアトゥを伴い市場にある建物へと向かっていった。

…………

……

…

拓斗がやってきたのは市場にある一番大きな建物だった。

物品のやりとりが主であるため基本的にテントや屋台のようなものが多い中、一番目立つ建造物だ。

中に入ると何やら大量の棚と、書類の束が見える。

どうやら貴重品のやりとりや帳簿を付ける場所らしい。

そして奇妙なことに、拓斗とアトゥが初めて入ったにもかかわらず、そこには先客がいた。

「オ、オ、オオザマ。ヨーゴゾ」

ぎょろりとした瞳に非対称の四肢。

捻《ねじ》れた関節に、浮腫《ふしゅ》が特徴的な汚れた肌。

およそ知性を感じさせぬその人物は、マイノグーラ固有の民《ニンゲンモドキ》であった。

市場の管理人であろうそのニンゲンモドキがいることに当然のように手をあげ挨拶し、何事か相談していた拓斗は、やがて外に向かって大声を上げる。

「おーい、ちょっとお金持ってきてくれるかい?」

「はーい!」

「はいなのです!」

その後ガシャガシャという音と共にエルフール姉妹がどこからか持ってきた籠《かご》にこれでもかと金貨を詰めてやってきた。

ここに至りようやくアトゥも拓斗のやりたいことを理解し始める。

そして同時に……その顔は驚愕《きょうがく》に変わっていく。

「この金を魔力に換金して欲しいんだ。できるかい?」

「アイ、ワガリマジダ」

市場のオーナーであるニンゲンモドキがヨタヨタと、だが見た目からは想像できぬ力で軽々と金貨の籠を持って奥へと引っ込んでいく。

やがて先ほどと同じくヨタヨタとした足取りで戻ってきた彼の手には、淡く光る気体にも似た不思議な物質が載せられていた。

「ドーゾ、ドーゾ、オオザマ、ドーゾ」

「うん、ありがとう」

手をかざすと同時に、その気体は拓斗へと吸い込まれていく。

アトゥはその様子をまじまじと見つめ、感動に震えていた。

拓斗に吸い込まれていったものはアトゥが知るそれで間違いない。

「もっとレートが低いかと思ったけど、想像以上に高く買い取ってくれたみたいだ。驚いたな、もうあといくつか籠一杯の金貨を用意すれば市場のコストも余裕で回収できる」

この言葉でアトゥは確信する。

『Eternal Nations』における市場の機能は、経済能力上昇の効果だ。

だが副次的な要素として資源の売買ができるようになる。

余剰の物を売り、代わりに必要な物を手に入れる。

　経済活動の基本だがこの状況においては強い意味を持つ。

　大量の金貨を差し出し代わりに得る物。

　むろんそれは――〝魔力〟であった。

「最後の魔力を振り絞ってまで国家規模からすると不必要な《市場》を作ったのは、何も経済力向上のためじゃない。むしろ、これがメインさ」

「まさか……ＲＰＧで敵が落とす金貨まで対象とは……」

「違うよ。金貨だからこそ対象なんだ。突き詰めれば、これはただの〝金《きん》〟という戦略資源だからね」

　以前より何度も行っていた緊急生産によって、拓斗はその裏に存在するルールをおおよそ把握することに成功していた。


【緊急生産ルール】


一つ、それは『Eternal Nations』以外の物品であっても必要な魔力を用意すれば生産できる。

一つ、生産に必要な魔力は参照する世界における物品の価値に準ずる。

一つ、『Eternal Nations』上で知られている物品の生産に必要な魔力は、ゲーム内における価値に準ずる。


　逆に言えば、別のゲームにおいてどれだけ一般的でありふれた物であっても、『Eternal Nations』上で知られる物であるのなら、その判定価値はこちらのゲームに準拠するのだ。

　……この金貨がその最たる例だった。

『ブレイブクエスタス』でゴールドと呼ばれる貨幣が一体どれほどの価値を持つかは関係ない。

　たとえ五十枚を集めてようやく木の棒が手に入るほど価値の低い物であったとしても関係ない。

『Eternal Nations』は、それを等しく〝金〟と

いう戦略資源で扱う。

であれば、その〝金〟に等しいだけの〝魔力〟が交換で手に入る。

それが拓斗が推論の上で導き出し、確信をもって得ていた答えだった。

「し、しかし、一体この魔力はどこから？」

「さぁ？　ゲームでもそれは謎だったよ。まぁその辺りを細かくやるとゲームが煩雑になって面白くなくなるからね」

そして一つ、ゲームのシステムはいかに既知の物理法則を無視していようと、愚直にその動きを再現しようとする。

ＲＰＧ勢である魔王軍が無限の配下召喚やイベントの挿入といったおよそ物理法則を無視した現象を行えることがそのルールが間違いないことを如実に表している。

ＳＬＧ勢であるマイノグーラが領域を呪われた大地に変貌させたり、国民となったダークエルフたちの属性を邪悪に変更したりしたことからもそれは分かる。

拓斗はよく理解していた。

ゲームの力がそのまま武器になるのではない。

設定としてある強大な力を振るうことが本質ではない。

ゲームとしてのバランスを確立させるために強引にねじ曲げられる現実法則。

この力こそが彼らが持つ本当の武器だった。

……ＳＬＧ勢であるマイノグーラの武器は国家運営にある。

魔力さえあれば時間や物理法則を無視して生み出せる物資や建物。

プレイヤーである王が常に国家のあらゆる事象を完璧に把握でき、配下に即座に指示を出すことができる認識機能。

建造物とユニットの殆《ほとん》どが持つ特殊な能力。

それらはこの世界におけるバランスを考慮しな

い。

　つまりそれは、ルールの穴を突けばいくらでも不正じみた成果を得ることができるという証明に他ならなかった。

「経済プレイと一般的には呼ばれてる方法だよ」

　言われてもいないにもかかわらずいそいそと追加の金貨を持ってくる姉妹に礼を言いながら、拓斗は引き続きニンゲンモドキに〝金〟の交換を依頼する。

「貿易や国内経済でもって大量の資金を生み出し、緊急生産で強引に建造物を作りまくる。経済力が更なる経済力を生み、指数関数的に国力が増加するプレイスタイル。《ドワーフ国家グレートウォール》や、《海洋国家七海《しちかい》船団》が好むプレイだね」

　ニンゲンモドキが〝金〟を持っていく奥がどのようになっているかは分からない。

　だが事実として交換は続いている。それに終わりはない。

　なぜなら、レートの変動や交換物の枯渇はゲームが複雑になるため実装されていないからだ。

　ゆえにこの奇妙な往復は金貨が尽きるまで続く。

「そもそも戦略資源としての〝金〟は希少価値が高く産出量も少ない。最上級のユニット生産では必ず要求されるから毎回入手に困ってたんだよね……」

　その分、魔力との交換レートも高い。

　その言葉の通り、マイノグーラが備蓄する〝魔力〟がドンドン膨れ上がっていくことをアトゥは実感する。

　これがゲームの序盤であるとするならば法外とも言える量の〝魔力〟になっていることを。

「つ、つまり……これだけの金貨――いえ、〝金〟を魔力として国家に投資することができれば……」

　ＳＬＧのシステムの穴と、ＲＰＧのシステムの穴を巧みについた裏技がここに明らかになる。

互いのゲームが遭遇しなければ決してあり得なかったバグが、ここにきて猛威を振るう。

ＳＬＧの弱点は、国家を巨大にするまでに多くの時間が必要となることだ。

その弱点が今、半ば消し去られようとしている。

「さぁアトゥ。楽しい楽しいチートの時間だ」

どこか遠くから足長蟲の叫び声が聞こえる。

どうやら更に金貨を持って帰ってきたらしい。

同時に外から慌てふためいた様子で何かを叫ぶモルタール老らの声が聞こえる。

先走ってしまった形だが、彼らへの説明も必要だろう。

拓斗は一旦手をとめ、建物の外へと出る。

「金は唸《うな》るほどある。ここらで富豪の気分を味わってみようじゃないか」

うずたかく積み上げられた金貨の山。

限界を知らぬほどの資金――〝魔力〟を手に入れた拓斗は、久しぶりに機嫌良く笑った。

Eterpedia

市場
建築物

国家の魔力生産　＋５％
魔力を用いた資源売買の解禁

市場は国家の経済を担う最も原始的な建物です。

効果は低いですが、国家の経済力を向上し〝魔力〟の生産量をアップさせます。

また、〝魔力〟を用いた資源売買が可能となります。

第三話　戦力強化

金と魔力に物を言わせる戦略をなんと表現すればいいのだろうか。

富豪プレイとも、チートプレイとも言えるそれは一瞬でマイノグーラの街並みを変化させる。

呪われた土地の効果で歪《いびつ》に歪《ゆが》んだ森の中に突如現れる奇怪なデザインの街並み、そして至る所に邪魔だと言わんばかりに積み上げられる金貨の山々。

それらを眺めながら、珍しい組み合わせの二人が街を歩いていた。

「しかしまぁ……こうも一気に建造物が増えますと、まるで別の街に来たような雰囲気さえありますなぁ」

「施設の選定に関係なく、手当たり次第作ったからね」

一人はモルタール老。もう一人はイラ＝タクト。

本日は作り上げた施設の稼働状態の確認や、配置する国民への細々《こまごま》とした指示を行っている最中であった。

施設を建築してから視察を行うのか？　その疑問も当然皆の心にあったが、それ以上に有り余る魔力をふんだんに使用した建築速度の方が早かった。

なおいつもいるはずのアトゥは別件で街外周部の調査を行っている。

拓斗としてもついて行きたかったが、そもそも時間も人も足りていない状況でわがままは言えなかった。

《練兵所》《学習施設》《生きている葦《あし》》。

これらが《市場》の他に新たに作られた施設だ。

現状作ることができる全ての建築物はすでに緊急生産によって建築が完了し、稼働が始まっている。

金貨がまだ潤沢にある現状でなぜここまでしか建築が進まないのか？　それには一つの理由があった。

「これ以上は流石《さすが》に新しい技術の研究が必要だからね。ここで一旦打ち止めだ」

有り余る金貨と交換で手に入る〝魔力〟を用いたチートプレイにも限界は存在している。

それが研究と技術であり、現状でマイノグーラが国家として有している技術を用いて建設できる建物ではこれが限界だった。

無論研究を一瞬で終わらせることができるような手段は現状では存在していない。

次の施設は何らかの技術を手に入れるまで厳しいと言えた。

「左様でございますか。住居などの建築が一段落しましたがゆえ、そちらに割り振っていた人員を研究へ回しております。食糧生産などの労働も王が生み出したニンゲンモドキに順次任せておりますので今まで以上に研究の速度は上がるかと」

「うん、知識層は重要だからね。簡単な仕事はどんどんニンゲンモドキに任せちゃって」

他の建築物同様、建築途中だった住居や農地などもすでに完成済みだ。

これらの建築が進んだことから、マイノグーラ固有の種族であるニンゲンモドキの生産も始まっている。

現在のところ農地を任せて食糧を生産させる程度の仕事しかないが、それでも知識層であるダークエルフたちの手が取られないことを考えると十分に働いてくれていると言えるだろう。

さらに《学習施設》で子供たちへの教育も行っているため、国家として持続可能な形がこれでようやくできあがったとも言えた。

Eterpedia

学習施設

建築物

国家の魔力生産	＋5％
国家の犯罪率	－5％

学習施設は国民に学問を教える施設です。
国民の規範を伝えることによって、犯罪率を低下させる効果もあります。

「しかしながら、これほどまでに様々な建物を生み出してもまだ尽きぬ黄金……ですか。いらぬ考えを起こす者が現れなければ良いのですが」

街の中心部から延びた道を歩きながら、モルタール老はそこらでぞんざいに放置される金貨の山を見上げる。

経済という言葉を無視したかのように溢《あふ》れるその量に辟易《へきえき》するのも当然ではあるが、万が一にもこの状況が漏れ伝わってしまった時のことを考えていたのだ。

『Eternal Nations』の世界はもちろんのこと、この世界においても黄金とは非常に貴重で多くの者が求めてやまない資源だ。

こそ泥程度なら街に到達する前に呪われた土地の瘴気《しょうき》で衰弱死するのがオチだが、聖王国クオリア辺りがいらぬ気を起こしてはたまらない。

全て〝魔力〟に交換してしまえば良いかと思ったのだが、何らかの制限により現在の国家規模では〝魔力〟の保有量に限界があるらしく、このような奇異なる有様となっている。

破滅の王が鎮座する国にある、無限にも等しい黄金の山。

まるで安いおとぎ話か童話のような設定ではあったが、実際に目にするとなれば気が気でない。

特にそれを守る側となれば……。

「だからこそ、戦力の拡充は喫緊の問題だ」

モルタール老は主の言葉にコクリと頷《うなず》く。

拓斗が〝魔力〟を用いて用意したものは建築物だけではなかった。

マイノグーラと呼ばれる国家が誇る精鋭たちが、その有り余る〝魔力〟によって神経質とさえ言えるまでに生み出されていた。

・《首刈り蟲《くびかりむし》》　×　3ユニット
・《足長蟲》　×　28ユニット
・《ブレインイーター》　×　15ユニット
・《巨大ハエトリ草》　×　30ユニット

これらが現在マイノグーラの都市にひしめく防衛戦力である。

一般兵は相変わらず食糧の維持や元となる民が必要なことから生産していないが、その他の戦力は過剰とも言える数であった。

少なくとも、都市に籠もって防衛に徹すればこの数を落とすのは容易ではないだろう。

「しかし、なんと言いますやら。どれもこれも強力かつ人に特別効果のある能力……人間を絶対滅ぼしてやるという強い意志が感じられますな」

「人類種に特効あれば何かと便利だから……」

懐にあった確認用の資料を再度取り出し見ながら、モルタール老はその凶悪な能力に青ざめた。

もっとも、これはマイノグーラとしての設定ゆえの偏りなので仕方ない部分はあったが……。

ともあれ、現状判明している仮想敵国は宗教国家聖王国クオリアとエルフ国家エル＝ナー精霊契約連合である。

それらが相手ならば、まさしくうってつけの能力とも言えた。

だがそれだけでは終わらない。

ブレイブクエスタス魔王軍のような未知の勢力が出現する可能性が十分考えられるからだ。

「けど、まだまだ足りない。君たちにだって重要な仕事がある。戦力に関してならむしろこっちが大切さ」

「こちらですかな？」

その言葉ににやりと笑みを浮かべたモルタール老は、懐から一冊の本を取り出して拓斗に見せる。

表紙の無い、紙の束を紐《ひも》でくくった手作り感が溢れる粗雑な本だ。

だが二人はその本の中にある情報がその見た目とは比べものにならないほどの価値を有していることを理解していた。


「神の国とは本当に素晴らしい。戦争とは……人を殺すこととは、ここまで効率化できるものなのですな」

それは拓斗が緊急生産によって生み出した〝戦争教本〟だった。

古今東西、生前の国にあった様々な書籍から戦いに必要な要素を抽出してまとめた初心者向けの教科書。

どれだけ無学でも本の内容を最後まで学べば立派に近代戦を行えるという、世界の罪が詰まった一冊である。

モルタール老に渡したものは、拓斗とアトゥがわざわざ夜なべして数多くの書籍から必要な情報を書き写したものである。

滅多にしないことにたいそう疲れたが、肌身離さず持ち歩くモルタール老の様子からその甲斐は間違いなくあったようだった。

「しかし王よ、これらの恐ろしいとも表現できる先進的な考えの数々、神の国とは一体……」

「まぁ、変な場所だよ。住み心地が良いかどうかは、分からない」

「はぁ……左様でございますか」

モルタール老の言葉に拓斗はあえて濁して返す。

生前の世界についてある程度は教えられるが、そこまでだ。

拓斗としてもその世界を神の国と説明してしまっている以上、あまり余計なことを教えるわけにはいかなかった。

「それより、どう？　覚えられそう？」

「ある程度は。今は必死にギアやエムルと検討している段階ですじゃ。ただ、全く未知の技術ゆえ、一朝一夕とはいきませぬが……」

「その辺りは仕方ないよ」

未来の技術や考えは複雑で多岐にわたる。

ポンと渡されてもすぐに使うことはできず、また魔法の概念や種族特性の概念があるこの世界では改めて要素を分解した上で再構築が必要だ。

とは言え、その情報は間違いなくマイノグーラを変えるであろう。

流してきた血と、積み上げてきた死体の数が違うのだ。死者たちの怨嗟《えんさ》の声が、仲間を寄越せと本を通じて語りかけてくる。

アトゥがおらずとも饒舌《じょうぜつ》に言葉を交わす拓斗。

モルタール老からの質問にあれこれ機嫌良く答える彼の心にはどのような感情が潜んでいるのか。

ドン、ドンと大地を揺らす音が聞こえる。

その音は二人が向かう練兵所に近づくにつれ、大きくなっていく。

神の国と呼ばれる世界が多くの年月と命を対価に手に入れてきた死の技術。

地獄の蓋は、新たなる犠牲者を求めて静かに開かんとしていた。

Eterpedia

練兵所

建築物

新規生産ユニットの経験値　＋2

練兵所は国家の戦力を作り出すために必要な施設です。

新たなユニットを生産した際に経験値を得る効果があるので、より素早いアップグレードが可能になります。


《練兵場》の建築場所は、街の中心部から離れた場所となっていた。

　邪悪なる者たちが住まう大呪界にしては珍しく木々が切り開かれたその場所は、兵士たちが軍事行動を学ぶための基本的な設備が用意されている。

　案山子《かかし》や模擬剣といったものから、野営訓練用の幌や監督用の高台。

　原始的と言ってしまえばそれだけであったが、今まで組織だった訓練を行えなかったダークエルフたちにしてみれば十分過ぎるほどの施設である。

　だが本来なら新兵が基本訓練を行うはずのその施設では、現在その用途とは全く違った光景が広がっていた。

「やっているね」

　ドン、ドンと木々を揺らす大きな音が何度も響き渡り、その度に練兵場の端にかすかに見える案山子とその付近の地面が爆《は》ぜる。

　練兵場の入り口にいるのはギアが指揮するダー

クエルフ戦士団であり、その手に持たれているのはこの世界において決してあり得ない武器だった。

火薬の力で弾丸を飛ばし相手を殺傷する兵器。

ドラグノフ狙撃銃と呼ばれるそれを持って、戦士たちは訓練を行っていた。

「これは王よ！　ようこそおいでくださいました。──整列！」

「うん、楽にしていい。皆も訓練に戻って」

練兵場にやってきた気配を察したのか、兵たちの訓練を確認していたギアがチラリと拓斗の方へと視線を向け、次いで慌てたように命令の声を上げる。

と同時にまるで一つの生き物のように一糸乱れぬ動作で武器を置き整列する戦士団。

行き届いた規律に満足し頷いた拓斗は、そのまま訓練を続けるよう促す。

「中々様《サマ》になっておるが……実際はどうじゃ？」

「音と衝撃がまだ少し……命中率に関しても向上しておりますが、何分弓とは勝手が違いますゆえ、まだ実戦で役立てるとは」

発砲音を避け、近くの樹上に作られた管理棟まで登りながら、拓斗たちはギアより説明を受ける。

だが先ほどの規律ある整列に比べ、その練度は些《いささ》か不満が残るようであった。

言葉を濁しているのはプライドゆえか、苦渋に満ちた表情から拓斗の要求に満足に応えることができなかった後悔が感じられる。

だが拓斗としては上出来とも言える結果だった。

そもそもとして彼らにとって銃器の使用は初めてなのだ。触ったことはおろか見たことも無いだろう。

遠距離武器というカテゴリの類似性があるだけで本来弓とは全く別物なのだ。

加えてダークエルフは通常のエルフと違って弓の適性はそこまで高くはない。

彼らの早期習熟はどだい無理な話であると拓斗

自身も理解していた。

「ふむ、ではギアよ、試しにあの的を撃ってみてはくれぬか？」

ギアの背後に見える銃を見ながらモルタール老がにやりと笑う。

彼が背負う銃は戦士団がもつものと比べて一回りも大きな対物ライフルだ。

破壊力と有効射程は比べものにならないが、その分取り回しは難しい。

一撃ちすれば銃身が跳ね上がり、衝撃で転びそうになる。

その暴れ馬の如《ごと》き扱いの難しさにギアがひどく苦労していることをかの老人はよく知っていた。

「ぐっ、……ではご覧くださいよ王よ」

ニヤニヤと笑うモルタール老の表情から大体の事情を察する拓斗。

だが彼が何か言う前にギアは銃を膝立ちの格好で構える。

現在いる場所は管理棟のベランダのようになっている開けた場所だ。

そこから眼下に見える練兵場の的へと当てるつもりであった。

「――――くっ！」

やがて数秒の沈黙のあと、ドゥンと大きな音が響き木製の床が小さく揺れる。

同時にはるか遠くで的となった案山子の肩口が爆ぜるのが見えた。

中々の腕前である。

下級の聖騎士程度ならあれでも行動不能なダメージを与えることができるだろうが、ど真ん中に命中させられなかったのは少々残念かも知れない。

とは言え対物ライフルを膝立ちで当ててみせたその腕前に拓斗も感心する。

（いや、普通に凄《すご》いなこれ）

完全に当てられなかったためか、何とも言えぬ悔しそうな表情を見せるギアとは裏腹に拓斗はその結果に満足していた。

　実のところ、狙撃銃の訓練を行わせている戦士団に期待しているのはダークエルフ特有の暗闇適性の有効活用だ。

　昼間のように夜でも動けると言われるダークエルフの視界をもってすれば、夜の闇に紛れた暗殺や襲撃がずいぶんやりやすくなるだろう。

　そして隊長格たるギアの練度を見るに、拓斗が要求するレベルに十分達することができると判断できた。

　暗闇に紛れて相手を一方的に襲撃できる遊撃部隊。

　それがダークエルフたちに求められる役割だった。

「膝立ち射ちでそれだけできれば十分だよ」

「――――っ！　もったいなき御言葉、引き続き精進します」


　拓斗としては現状を鑑みて言葉を贈ったはずだが、ギアの態度はどこか悔しさが滲《にじ》み出るものだった。

　どうやら失敗を慰められたと感じ取ったらしい。

　拓斗としてはそんなつもりは無いのだが、だがそれで彼が奮起してくれるのならばと欲を出してそのままにしておく。

　……実際、彼らが出している成果はすでに生前の世界の人間を超えている。

　そもそも対物ライフルは膝立ちで撃つものではないのだ。

　重量だけでも十数キロあるものをこうまで容易《たやす》く扱えることの凄《すさ》まじさを理解できていないのは彼らが銃に関して未《いま》だ理解に乏しいがゆえか。

　とは言えギアがここまで仕上がっているとなると、彼が率いる戦士団もじきに実戦で役立ってくれるだろう。

　数百メートルから数キロの射程を持つ狙撃銃の

弾丸を避けられる存在は少ない。

ヒルジャイアントなどの強靱《きょうじん》な身体を持つ蛮族や上級聖騎士などの強力な兵ならば、その殺傷能力に耐えられるものも存在するかも知れないが、その時は数で押せばいいだけの話だ。

だから、拓斗はこの状況にとても満足していた。のだったが……。

ドォウン！　と、先ほどの発砲音よりも更に大きな音が拓斗たちのすぐ側《そば》から聞こえてくる。

顔を上げ、視線を音の原因の方へと向ける。

するとそこにはギアが持つそれよりももう一回りほど巨大な対物ライフルを持ったメアリアが立ち撃ちで狙撃練習をしていた。

「わぁ！　流石なのですお姉ちゃんさん！」

「心の目で撃つのー」

どやぁと満足気に頷く姉のメアリアは、妹のキャリアにせがまれるままポイッと玩具でも投げるかのようにライフルを放り渡す。

同じく軽々と受け取った妹は、ウキウキと言った様子で枯れ木でも扱うかのように姉と同じく立ち撃ちの構えを取る。

拓斗の記憶が確かなら重量にして20kgは下らない一品だ。無論本来の用途はこのようなものでは断じてない。

重量も威力も規格外なため、観測や運搬なども含めてチームで運用するものだ。

もちろん射撃の際も地面に接する形でしっかりと固定し、伏せる形で狙撃する。

そうしなければ発射の反動でたちまち吹っ飛ばされてしまう。

無論、的に当てるなど論外だ。

「こうですか……？　えいっ！　――当たったのです！」

鼓膜を揺らす音と共に、眼下のはるか向こうにある的の案山子が粉々にはじけ飛ぶ。

無機物でありながら粉々に散り飛ぶ姿はいっそ

哀れだ。

完全に心臓を捉えた見事なショットだった。アレを喰らっては生半可な生命体では死の認識すら許さぬだろう。

その後もキャイキャイと少女らしい姦《かしま》しさで案山子を破壊していく双子の姉妹。

どのように表現すべきか。ただ規格外という言葉だけが頭に浮かぶ。

もちろん手放しでは喜べないのがこの哀れなダークエルフだ。

どこか非現実的な能力をまざまざと見せつけられたギアは、プライドが粉々に崩れていく音を感じながらガックリと肩を落とす。

ダークエルフ氏族に名高き戦士でありその名を恐れられたギアは、この日二人の女の子に敗北してしまったのだ。

「しょ、精進します……」

注意してようやく聞こえるほどのか細い声。

彼は完全に意気消沈してしまっていた。

「あ、あの二人は特別だから……」

先ほどの言葉から方針転換し、思わず慰めの言葉など投げかけてしまう拓斗。

確かに拓斗も同じ状況に陥ったら落ち込むだろうなと同情してしまう。

とは言え、双子の姉妹がここまで異常な才能を見せるのは理由があった。

二人がイスラの力を継承した魔女であり勇者であるからだ。

月の魔力に狂っておらずともその潜在能力と才能は莫大の一言で、むしろギアは彼女たちに対して健闘しているとも言えた。

すでに拓斗から姉妹の状態を聞いているモルタール老はむろんそのことを知っていたが、ギアを慰めるようなことはせずにカカカと笑うばかりだ。

余計な言葉はダークエルフ戦士としての誇りを

傷つける行為であったし、何よりコイツなら放っておいても大丈夫だろうという嫌な信頼があったからだ。

拓斗も一応声はかけたし、まぁ本人がなんとかするだろうとそれ以上何かを言うつもりはない。

男が男に対して雑な扱いをするのは、どこの世界でも一緒だった。


………

……

…


「しかし王よ、一つ気になる点が……」

「ん？」

「これら弾薬……ですかな？　訓練のため潤沢に使わせて頂いておりますが、かなり費用としてかさむのでは？」

というわけで、ギアという哀れな男は放置され話は進む。

モルタール老の懸念は銃器の習熟訓練に必要とされる弾薬に関してだった。

それら全ては拓斗の緊急生産によって生み出されている。

いくら『ブレイブクエスタス』の金貨を用いたチートじみた魔力供給があるとは言え、終わりはもちろんある。

この場で無駄に弾薬を消費することで、将来あるであろう有事の際に補給が途絶えてしまうことを危惧しているのだ。

だがその問題も拓斗はすでに解決済みだった。

「ああ、大丈夫。薬莢《やっきょう》と銃弾はできる限り見つけて回収してくれているよね？」

「無論、訓練が終わった後に戦士団全員で回収しております。のぉギア？」

「はっ！　王が手ずから生み出された弾薬。一発たりとも無駄にはしておりません！」

「じゃあ大丈夫だよ」

ガックリ肩を落としていたギアがここぞとばか

りに立ち上がり報告を行う。

少しでも失点を取り戻そうとしているのか、勢いが凄まじい。

その態度に苦笑いしながら、拓斗は満足気に頷いた。

「弾丸や薬莢も金属として良いレートで交換できるから。実際ほぼ無料なんだよね」

鉛、真鍮《しんちゅう》、軟鋼。

いくつかの種類に分けられる弾丸と薬莢の素材はそれだけで金属としての価値がある。

そして金属としての価値があるのなら、もちろん《市場》で〝魔力〟に換金できる。

少々特殊な素材ゆえにまとめて〝鉱物〟という扱いだったが、そこは大して問題無い。

トントンとまでは行かないまでもほぼコストゼロレベルまで弾薬の費用を回収できるという事実は、実際確認した拓斗をしてもあまりにもチート過ぎて引くほどであった。

銃が金食い虫なのはその本体もさることながらその銃弾にこそ理由がある。

訓練を行って戦闘に耐えうるレベルまで技能を上げるには当然何度も実射での訓練が必要となり、そのためにはそれだけ弾薬が必要となってくる。

本来であればここで膨大な費用がかさみ、軍の維持がままならなくなる。

だがこの世界における凶悪なコンボは、それを可能にするだけの力をマイノグーラに与えていた。

「爆薬やグレネードだけは少しコストがかかるからおいそれと使えないけどね」

「しかし現在訓練中の狙撃銃や突撃銃だけでも戦場は大きく姿を変えることは確実。これこそまさしく神の軍勢とも言えましょうぞ。王の采配によって我々はより強大な力を手に入れることができましたな」

機嫌良く眼下を眺めるモルタール老。

彼ほどの知恵者であれば現代兵器が持つ凶悪な

殺傷能力が戦場でどのように猛威を振るうのか容易に理解できるのだろう。

拓斗としてもその意見は同じだ。

だがイスラがいてなお後塵《こうじん》を拝した苦々しい記憶が、拓斗に気を抜くなと警告してくる。

この世界には様々な超常の存在がいる。

いくら銃火器が強力であるとは言え、ブレイブクエスタスの四天王や魔王のような存在が現れては一方的に殲滅《せんめつ》できるとは到底言えないだろう。

まだまだ気は抜けない。これで安心しては決していけない。

それにいくら現代兵器が強力であったとしても根本的な問題があった。

「銃器がもたらす戦力はこの世界で猛威を振るう。これなら他国も迂闊《うかつ》に手を出すような愚は犯さないだろうね。けど……」

「圧倒的な人員不足……ですな」

明らかに人数が足りなかった。

ギア隷下の戦士団がおおよそ数十名。

病気や栄養失調から回復し、戦士団への入団を希望した者を合わせても100に届くかどうかという数だ。

四桁どころか、三桁すら怪しい現状の人数では明らかに軍として必要な最低限の数を満たしていなかった。

「ニンゲンモドキに銃器持たせたら暴発させちゃったからね」

「あれでは流石に同士討ちが発生しますからなぁ」

解決策として、マイノグーラ固有の国民であるニンゲンモドキに銃器を装備させる案も当初は存在していた。

これが可能であれば繁殖力に優れるニンゲンモドキの利点を生かして素早く軍を整えることができるからだ。

『Eternal Nations』では武器などは装備アイテ

ムとして扱われる。

弓などの原始的な遠距離武器ならニンゲンモドキで構成された軍でも問題無く運用できていたため欲が出たのだが、流石にそこまで甘くはなかったらしい。

ニンゲンモドキは知的作業が不得意という性質と設定を持っている。

そのため『Eternal Nations』では剣や弓などの原始的な構造の武器は装備できたものの、弩《ど》弓《きゅう》や攻城兵器のような複雑な兵器は扱えなかった。

このような背景があるため、ニンゲンモドキが銃器を扱えないのは無理からぬことではあった。

となると足りない人員は他から持ってこなければいけない。

最低限人種として基本的な知的レベルを有しており、なおかつマイノグーラに忠誠を誓う者たちを、だ。

そしてそのあても拓斗には存在していた。


「まぁ解決策はあるんだけどね。そろそろ君たちとの約束も果たさないといけないし」

「おおっ！　もしや！」

期待していただろう言葉をようやく告げられたモルタール老は明らかに喜色の表情を浮かべる。

背後で話を聞いていたギアも同じだ。

迫害され、未だ流浪の境遇にあるダークエルフたちの同胞を迎え入れる。

ゴタゴタがあって延期となっていたが、元々はその予定だった。

フォーンカヴンとの交流の中で彼らの本国にいくらかダークエルフの難民たちがいることはすでに把握している。

その者たちを呼び寄せればいいのだ。

数としてはそこまでではないが、猫の手でも借りたい状況では必ずやマイノグーラの力となってくれるだろう。

その後の案もいくつか考えている。

ドラゴンタンの街周辺で調査を行っている足長蟲からの情報で、少々難しいが一挙に人手不足を解消できる方法を拓斗は思いついていた。

後はフォーンカヴンとの交渉だ。

相手側の出方が不明だが、互いに脅威を認識した現状ではそう面倒なことにはならないと考えている。

将来どうなるかはわからないとは言え、今はまだ同盟国なのだから。

「――王よ！　ご報告があります！」

拓斗が脳内で作戦を展開し未来の流れに思いを馳せていると、管理棟へ一人のダークエルフが急いだ様子で登ってくる。

何やら報告があるらしく、少しばかり呼吸を乱しながら片膝をつく彼に拓斗は静かに言葉を促す。

「何かな？」

「ドラゴンタンより使者が参りました。フォーンカヴンの杖持《つえも》ち、ペペ様より王への親書を携えてきたとのことです！」

「うん、ちょうどいいタイミングだね」

その言葉に拓斗はパンと手を叩《たた》き頷く。

と同時にまた一つ戦略が頭に浮かび、思わず笑みをこぼす。

誰も思いつかない、だが効果的で驚異的な作戦だ。

「アトゥを呼び戻すよ。主要なメンバーを集めて、すぐに会議をしよう」

相談することは様々ある。マイノグーラの方針が変わったとは言え、ダークエルフたちの意見を尊重することは相変わらず重要だ。

さてフォーンカヴンはどのような話を持ってきたのだろうか？　どこか機嫌良く管理棟を降りていく拓斗に、モルタール老とギアはここ数日めまぐるしく変わる状況と王が見せる采配に深い感激を抱きながら後に付き従うのであった。

Eterpedia

生きている葦

建築物

防衛力　＋10%
追加ダメージ　＋1

生きている葦はマイノグーラ特有の施設で、石壁の代替えです。

通常の能力に加え、都市防衛時、敵ユニットに＋1のダメージを与える効果を持ちます。

第四話　作戦会議

マイノグーラでは会議による国家の運営方針決定が重んじられる。

それは何も民主的な考えによるものではなく、ダークエルフたちが自ら考え意志決定するという土台を作り出すための訓練的な意味合いが強い。

『ブレイブクエスタス』魔王軍との戦争の後にイラ＝タクトはその方針を大きく変えた。

それは世界を征服するという、今までの平和主義的活動方針から百八十度変化するもので、以前ほどダークエルフたちの考えや決定が尊重されないことを示している。

とは言え、ダークエルフたちの自主性を育てる意味合いでも、未《いま》だ会議は行われていた。

だが以前までスムーズに進んでいたはずの会議は、ここに来て初めて暗礁に乗り上げていた。


「これは……一体どう判断すればいいのでしょうか？」

「むぅ、裏があると考えて間違いないかとは思いますが。いやはや……うむぅ」

マイノグーラ宮殿にある会議室にて集まる面々は何とも言えぬ表情を見せていた。

集まった者たちは少ない。

拓斗とアトゥは当然として、ダークエルフに関してはモルタール老とエムルという珍しい人選である。

今回の問題を判断するためになるべく洞察力の高い者たちのみが集められたからだ。

他の者を呼ばなかったのは、内容の吟味にすら時間がかかりそうな議題のためにあまり多くの人員を拘束したくないという理由だった。

そして判断に苦慮しているのは拓斗も同様で、今回の議題がそれほど彼らの困惑を引き出すものであることを示している。

その内容とは……。

「まさか……ドラゴンタンの譲渡を申し出てくるとは」

多種族国家フォーンカヴンによる、ドラゴンタンの街の割譲提案だった。

具体的なことは書いていない。至る事情もむろん書かれてはいない。

ただフォーンカヴンの代表指導者であるペペと、同じく指導者である杖持《つえも》ちたちの連名でこの件に関して早急に会談を行いたいとの依頼がなされているのみだ。

その他は特に無し。

後は先の戦争において戦力を出したことへの感謝が仰々しい定型文で長々書かれている位だ。

どれだけ読み直しても一向に意図が読み取れないその親書に、アトゥは何度も首を傾《かし》げながら唸《うな》る。

「内容をそのまま受け取るのであれば我々にとって喜ぶべき申し出、ですがあまりにも怪しすぎますよね……」

「しかり。いくら親書とは言え、このような重大事をおいそれ伝えるとは外交においては邪道も邪道。罠《わな》を疑うのが道理ではありますが、だとしたらこれまた稚拙の一言。何が何やら分かりませぬわい」

知恵者であるはずのモルタール老ですら唸り声をあげ、推測すらできぬ始末。

取り上げる議題は一つながら、難解なパズルにも似たその問題の対策会議は開始そうそう暗礁に乗り上げ、一向に前へと進んでいなかった。

「王よ……いかが判断いたしましょう」

いてもたってもいられずモルタール老が拓斗へと助け船を求める。

拓斗とてゲームにおける交渉事は何度も繰り返したものの、今回のようなパターンは初めてだ。おそらく……というレベルであれば判断はつくが決め手に欠ける。

とは言え最終的には彼が判断せねばならぬ。

そしてマイノグーラがやるべきことは山積しており、この問題も今日中には判断して方向を決定づけておきたい。

「エムル。分かっている範囲で、フォーンカヴンの状況はどうかな？」

そのため拓斗はエムルへと向き直り情報の整理を行うよう伝え、事態の打開をはかる。

その言葉にかき集めていた資料を素早くめくり始めるエムル。

やがてその場にいる全員が殆《ほとん》ど把握しているであろう情報が再度確認のため報告され、その後いくつか判明した最新の情報がもたらされる。

「――最後ですが、現在ドラゴンタンの街ではかなりの民が流出しています。都市長であるアンテリーゼさんと連絡をとっておりますが、こちら側からの問い合わせの返答が遅れるほど混乱しているようです」

ありがとうと返答し、しばし黙考する拓斗。

フォーンカヴンとは同盟関係ゆえに、ドラゴンタンの情報は以前よりも多く入手することが可能だ。

マイノグーラ自身も戦後のゴタゴタで把握がおくれている面があったが、やはり戦争というものはゲームと違って勝利したからそれで終わりとはいかないものらしい。

「民が流出？　エムル、なぜそんなことになったのですか？」

「先の戦争が原因でしょうなアトゥ殿。エムル、詳しく説明してくれるかの？」

「はい。そもそもかの街はフォーンカヴン本国から遠く、街に入り込んだゴロツキや悪漢により治安の維持にも苦慮していたことが判明しています。今回の戦争において本国から援助が殆ど受けられなかったとするならば、何らかの混乱が発生するのも不思議ではないかと。であれば住民が本国の影響圏内へと逃避するため街から脱出しているものと推測されます」

拓斗が考えをまとめている間に、アトゥとダークエルフたちが情報を元に状況を組み立てていく。

拓斗は静かにそれらの意見を聞きながら、より正確に全ての状況を把握していく。

「うーん。つまり、ドラゴンタンは崩壊しつつある、と？」

「すでに崩壊している……やもしれませんなアトゥ殿。どちらにしろ都市機能が停止するのは時間の問題でしょう」

察しの良い者ばかり集まると少しのヒントで会議は劇的な進行を見せる。

拓斗同様におおよその推察が可能になってきた面々は、確証は得ないものの精度の高い答えを導き始めていた。

否――少しドラゴンタン住民の身になってみれば容易に分かることだ。

本国から遠く離れた土地で暮らしていた中で、突如発生した蛮族の大群。

しかも本国からの増援は見込めないどころか、他国の軍隊に防衛を任せる始末。

安全を求めて本国へと逃れる者が出るのも当然で、場合によっては暴動など起こっても不思議ではない。

もしかしたらマイノグーラへの帰化を求める人々が出ている可能性すらある。

拓斗自身はドラゴンタンの都市長に直接の面識はないが、この状況を収めなければいけない彼女には同情すら覚えてしまう。

「都市機能が崩壊するとなれば実際に被害を受けるのは力を持たぬ弱い人々。彼らを守るためにもいっそ都市を譲渡してしまった方が良いと考えたのかもしれません」

「加えて、今回の戦争では実際に戦力を出したのは我々マイノグーラでございますじゃ。かの者たちの戦力では防衛が精一杯で満足な軍事行動ができておりませぬ。おそらく、治安を維持するための人員にすら苦慮しているのでしょうな」

「なるほど。言い方は悪いですがここでマイノグーラのご機嫌をとってこびを売っておこうと、そういう魂胆《こんたん》ですか？」

アトゥがまとめる。

実にあけすけな言い方であったが、的を射ている。

単純に、フォーンカヴンは進退窮《きわ》まる状況なのだ。

だからこそ大胆とも言えるカードを切り、交渉のテーブルにおいてマイノグーラから先手を取った。


これを最初に考えたのは誰か分からぬが、相当に頭が回る人物であろうと拓斗は考える。

もしくは……特級の考え無しか。

ふとつい最近友人になったフォーンカヴンの指導者の顔が思い浮かび、思考の波に飲まれ消えていった。

「ドラゴンタンを明け渡すことで今後も友好関係を継続しつつ、代わりに何かを引き出そうとしている……ということですかな」

「間違いなく《龍脈穴《りゅうみゃくけつ》》の魔力源は求めてくるでしょうね。まぁあれはそもそも共同管理ということで話が進んでいたので問題は無いですが……」

国土を明け渡すとは生半可な覚悟でできることではない。

特に飛び地であるドラゴンタンはその管理が難しい半面、今後の国家拡張における橋頭堡《きょうとうほ》ともなり得るのだ。

それだけではない。同盟国とは言え街を一つ他国に譲渡するとなると、たとえそれが平和的なものであっても国民の不信感は相当に募る。

であれば当然それに匹敵するだけのリターンを彼らは考えているだろう。

「間違いなく、戦力だろうね」

拓斗が断言するかのように呟《つぶや》く。

フォーンカヴンにとって喫緊の問題が、不足する戦力の拡充だ。

現状でも満足な対応がとれていないことはすでにマイノグーラへと都市防衛の協力を依頼してきた段階で露呈している。

軍拡が一朝一夕で行えない以上、彼らの戦力が未だ乏しいことは明らかだ。

「しかし王よ。フォーンカヴンが戦力を求めて来たとしても我々も脅威に備えている最中。いくら同盟国とは言え、ことさら戦力を抽出する余裕は……」

「うん。そのとおり」

モルタール老の懸念はもっともだ。

あえて口にはしないが、イスラを失った原因の一つに戦力の分散がある。

また同じ轍《てつ》を踏んで国家を危険にさらすわけにはいかなかった。

むろん、そのことは拓斗もよく理解している。

だから……。

「武器を売ってあげよう」

拓斗の言葉でシンとその場が静まりかえる。

今までならその状況に居心地の悪さでも感じていたのだろうが、ある種の覚悟が決まった今の拓斗ではむしろ皆の驚きが心地良い。

自分でも気づかないうちに、「人って成長するんだな」などと場違いな感想を抱いていると慌てた様子でエムルが叫びだした。

「お、お待ちくださいませ王よ！　そ、それは危険でございます！　あれほど強力なものが他国に渡ればどのように悪用されるか分かりません！　あれらの武器の矛先が我が国に向く可能性もあるかと愚考いたします！」

エムルの言葉はその場にいる全員の代弁だった。

強力な武装である銃器はその扱いに細心の注意が必要となっている。

イラ＝タクトの力によって生み出された現代兵器はマイノグーラが手に入れた新たな剣であり護国の盾なのだ。

せっかくの優位性を同盟国だからという理由で提供することは巡り巡って国家の不利益を生じさせる可能性があり、様々な面で危険に思われた。

ただ……彼らは重大な点を忘れていた。

「悪用って、どうやって？」

「それは当然…………あっ！」

全ての兵器そして弾丸は、イラ＝タクトにしか生み出せない。

つまりいくら銃器の提供を受けて戦力を増強させたところで、常にマイノグーラと取り引きを続けて弾薬の補給を受けなくてはその力はあっという間に消費し尽くしてしまうのだ。

そして銃器及び弾薬に使われている技術はこの世界とはまた別の系統樹に属する科学技術の果ての産物。

どう足掻《あが》いてもこの世界で模造品を作り出すことは不可能。

つまり、この強力な武器はマイノグーラの胸先三寸でいつでも取り上げることが可能であった。

そしてフォーンカヴンもこの圧倒的な力が持つ魅力に抗えないだろう。

フォーンカヴン側の動員戦力はざっと試算しておおよそ1万～2万規模。その大半が近接戦闘を主体とした戦士だ。

金がかかる騎兵や弓兵の数も潤沢とは言えず、聖騎士のような単体で高い戦闘力を持つ兵士も数えるほどしかいない。

ドラゴンタンの防衛隊を見るに練度としては最低限、獣人の身体能力でなんとかもっているものの、おおよそ質の面では他国に劣る。

それら脆弱《ぜいじゃく》と表現して適当な軍が、マイノグーラから提供される武器を装備するだけで万夫不当の軍となる素質を得ることができるのだ。

少なくとも蛮族にビクビクと怯《おび》えながら必死で国家を防衛するような情けない生活とは別れを告げることができるだろう。

イドラギィア大陸の南部――通称暗黒大陸と呼ばれる不毛の土地で暮らし、聖王国と精霊契約連合という目に見えた脅威が存在する中で過ごしてきた彼らにとって、これがどれほど魅力的かは想像に難くない。

そしてフォーンカヴンが対案として取れる選択肢は、そう多くはないだろう。

翻《ひるがえ》ってこの作戦はマイノグーラ側にも魅力的な提案となる。

今後敵対勢力との戦争になった時に、近代兵器によって武装されたフォーンカヴンの軍隊と共同戦線を張ることができるからだ。

マイノグーラの戦力は少数精鋭に偏っているため一定の力を持つ兵士の数がそろえられることはとても魅力的に映る。

前線をフォーンカヴン軍で維持し、マイノグーラ軍で遊撃や斬首作戦を行うという強力な布陣を張ることができるからだ。

銃器及び弾薬をフォーンカヴンに提供する。

これはすなわち同盟国の戦力を増強させ、いずれ来たるであろう敵対国との戦争におけるアドバンテージを得ると同時に、その同盟国の首根っこを掴《つか》む二重の作戦であった。

賢《さか》しい者たちは瞬時にしてその裏に秘められた意図に気づき、相手がいわゆる詰みの状態にいることを理解しほくそ笑む。

相手にとって何も悪い話ではないのだ。むしろメリットしかないだろう。

決して逃れられないだけで……。

「なるほど。流石《さすが》我らが王。その深き洞察力と知謀には感服の一言しかございませぬ。……しかし今度は些《いささ》かこちらが出し過ぎになりましたな。王よ、対価としてかの国に求めるものは何が適当でしょう」

モルタール老がほっほと笑いながら鷹揚《おうよう》に問う。

軍事力の強化はおそらく現状でフォーンカヴンが最も欲するものだ。

ドラゴンタンを割譲することの意図がどうあれ、この一点については揺るぎない。

だとすれば、どちらにせよこの武器輸出作戦に喰らいついてくることは間違いない。

「対価……。やっぱり人、かなぁ。生活に困ってる人でも、犯罪者でも、今は全然人が足りないからね」

拓斗が選んだのは国民だった。

現状でマイノグーラが最も欲しており、かつ圧倒的に確保の見通しがとれていないものだ。

「それは素晴らしい案です拓斗さま！　偉大なるマイノグーラの庇護下に入れるとあれば、きっとドラゴンタンの住民も感激にむせび泣くでしょう！」

「邪悪になるけどね」

「い、意外と居心地いいですけどね……その、あんまり変わった感じがしないですし」

「しかり、しかり」

つい最近邪悪な属性になった者たちがウンウンと頷《うなず》く。

どうやら本人たちには好評らしい。

であればドラゴンタンの住民受け入れもなんとかなりそうだと拓斗は安堵《あんど》する。

無論、強制力を伴った人身売買的な受け入れは考えていない。

敵性国家ならそれもありかもしれないが、

フォーンカヴンは未だ同盟国なのだ。

希望者を募る形になるだろうが、実際始めるとしたら中々の大事業になりそうだった。

「しかしこれが上手《うま》くいけば人の問題は一気に改善しそうですね、拓斗さま！」

アトゥがあげる無邪気な喜びの声に頷く拓斗。

フォーンカヴンがマイノグーラの要求に対してどのように判断するかは分からない。

だがドラゴンタンの割譲を予定していることから見て、人員の移動ももちろん考えているのだろう。

親書にわざわざ譲渡の件を記したのも、もしかしたら予《あらかじ》め検討しておくよう言外に伝えたかったのかもしれない。

「さぁ、販売する武器を選定しよう。他に意見はあるかな？　ドラゴンタンがどんな考えを持っているか、漏れがないよう検討は必要だ」

あれやこれやと意見を交わす配下の者たちを眺めながら、拓斗はペペのことを思い浮かべる。

陽気で親しみやすく、どこか憎めない人物だ。

だが彼の本質がそれだけでないことを、拓斗はなんとなく予感していた。

「会談の日にちが楽しみだね」

世界は大きく動く。

自分たちと同じようにゲームの世界から来ているものたちが他にもいるのなら、必ずそれらとぶつかる時は来るだろう。

それはどこか確信めいたもので、ここにはいない誰かから囁《ささや》かれているようにも思われる。

「そういえば……」

「はい、何か懸念がおありですか拓斗さま？」

アトゥが拓斗の言葉にすぐさま反応する。

だがとうの拓斗はその問いに首を左右に振って答えとした。

「いや……何でもないよ」

拓斗は、あえてその話題を口にせず誤魔化した。

そうして……いずれその時が来るまで、自分が持つ能力をしっかりと確認しておかねばと己に言い聞かせるのであった。

挿話　大呪界

分厚い雲によって月光が遮られ、まるで黒のカーテンで辺りを覆ったかのような漆黒に包まれる暗黒大陸。

かつて『ブレイブクエスタス』魔王軍と呼ばれた異世界からの侵略者たちが活動拠点としていたその土地で、闇夜に紛れて高速に動く集団が一つあった。

「――止まれ」

「ギガガァッ」

静かな指令と共に、その集団はまるで一つの生物かのように統一された動きでその場で止まる。

命じたものはマイノグーラが誇るダークエルフ戦士団の団長であるギア。

そしてその命令を受諾し足を止めたのは、マイノグーラ固有の昆虫ユニットたちであった。


「どうだ。動きづらさはないか？」

「ギゲゲゲェ！」

自らが騎乗する《首刈り蟲》に向かって尋ねると、耳障りな警告音にも似た鳴き声が返ってくる。

もうそれなりの付き合いになるからだろうか？　言葉は分からぬが、不思議と意思疎通は行える。

すぐ下から返ってきたソレに、聞きたかった答えが聞けたとばかりに満足気に頷《うなず》く。

「お前たちはどうだ？」

「こちらも問題ありません。移動時の揺れにも慣れました」

「「ギギェ！」」

背後に続く《足長蟲》とそれに騎乗する部下たちからも同様の返答がもたらされる。

現在彼に課せられた使命は、暗黒大陸の警ら並びに、首刈り蟲と足長蟲を騎馬ならぬ騎蟲とした高速移動を可能とする即応部隊の調練であった。

　もともとが斥候として高い移動能力を持つ昆虫ユニット。まるで真昼のように辺りを見渡せる夜眼を持つダークエルフ。

　そしてサイレンサーの装備によって音無く敵を撃滅する特製の狙撃銃の組み合わせが、少数ながらも高い性能を持つ特殊部隊を作り上げることを可能としていた。

　首刈り蟲はともかく、足長蟲は騎乗するには少々サイズが足りないような気もしたが、斥候と言えどマイノグーラのユニットである。

　彼らはその見た目とは裏腹に強靭《きょうじん》な筋力を見せ、ダークエルフの狙撃兵をゆうゆうと運ぶに至り、部隊の発足となったのだ。

『Eternal Nations』では決して考えられない利用法だったが、様々な面で融通のきくこの世界ならではの利用方法とも言えた。

Eterpedia

【首刈り蟲】

戦闘ユニット

戦闘力：5　移動力：2
《斥候》《邪悪》
対人間戦闘　＋20%

解説

～足は速く悪路を行き、目は良く遠くを見渡す。

そしてその鎌は首を狩る。大きく育ったその蟲は、いまや無視できぬ脅威となった～


首刈り蟲はマイノグーラ固有の戦闘ユニットです。

そしてこの組み合わせは国家防衛にとって高い価値を示すことになる。

かつての蛮族大侵攻における失態は、彼らの心に重くのしかかっている。

もちろん防衛能力が不足していた点やフォーンカヴンへの支援決断が不利に働いたという点は存在している。

彼らダークエルフの力で挽回できる可能性は残念ながら無きに等しいものだった。

だとしても、命と種族の誇りをマイノグーラという国とイラ＝タクトという王に救われた彼らにとって、この結果は受け入れがたいものであった。

だからこそ次こそは決してあのような悲劇を起こさぬと鬼気迫る様子で日々訓練に明け暮れているのだ。

そしてその努力は、着実に結果をもたらそうとしている。

「隊長。南南西の方角にオーク1。こちらには気づいていないようですが、辺りを警戒している様子です」

「この暗闇では我々を知覚する術《すべ》はないはずだが……なるほど、匂いか。これはまた王の叡智《えいち》をお借りせねばならぬ事案が増えたな」

実戦でなければ知り得ぬことは数多くあった。

この気づきもそうだ。

これらの小さな改善が先に生きる。

個々の性能は精強なれど、未《いま》だ数の少ないマイノグーラ軍である。不足を補うには神経質なまでの慎重さと、有事に向けての備えが必要であった。

「いかがしますか？」

「俺がやる……」

背負っていた銃を構え、的を絞る。

ヒュッと小さな呼吸音と共に息を止め、ゆっくりと引き金を引く。

パスンと気が抜けたような音が鳴ったのと、暗闇の遠くはてにいるオークの頭が爆《は》ぜたのはほぼ同時であった。

　大呪界周辺の土地に、蛮族が住まう余地はない。マイノグーラの監視区域に侵入した生命体は夜明けを迎えることなくその生命を散らすのだから。

「行くぞ……」

　最初と同じく小さな声で告げられた命令で、また一つの生物のように集団が動き出す。

　その後に残るのは、ただただ漆黒の闇だけであった。


「ギアの方は順調のようですね」

　同時刻。マイノグーラ宮殿にある小会議室では、英雄たる《汚泥のアトゥ》がここ数日の部隊調練の結果について報告を受けていた。

「はい、毎夜訓練を兼ねて暗黒大陸の調査に向かわせておりますが、大きな問題なく任務を遂行しておりますじゃ」

「周辺地域へ影響力を及ぼすことは国家防衛の点においても最重要事項ですからね。先の戦争で我々の存在は広く知れ渡る結果となっています。ここで部隊を増強できることは幸いでした」

　アトゥの言葉にモルタール老も大いに頷く。

　イラ＝タクトが新たに構築した魔力の錬金術はマイノグーラの軍事力を急速に高めることとなっている。

　加えて神の国から呼び出した書物に書かれた先進的な戦略論を用いることによって、より効率的な軍事活動を可能としている。

　それは何も銃火器だけではない。

「新たな配下によって国内の防衛力も更に高まっておりますしな」

　モルタール老が小会議室の窓からちらりと外に視線を向けると、そこには常識的とは言い難い大きさの奇怪な植物がところ狭しと林立し、その威容をこれでもかと主張していた。

《巨大ハエトリ草》と呼ばれるソレは、移動が不可能というデメリットが存在するものの、非常に高い防御力を持つマイノグーラ固有のユニットだ。

生産コストも安いことに加え、ブレイブクエスタス魔王軍より入手した金貨が存在することによって大量に配備されている。

元々が植物で大地から栄養を取り、場合によっては食糧を消費することでも生育が可能という特殊な設定を持っているがゆえだろうか？

それは偏執的とまで言えるほど、都市と大呪界の至る所に配置されていた。

加えて先だって完成した防御ボーナスを有する建築物である《生きている葦》。

衛生兵であり、ユニットの回復効果を持つ《ブレインイーター》。

そして即応性の高いギアたちダークエルフ戦士団。

Eterpedia

【巨大ハエトリ草】

戦闘ユニット

戦闘力：5　移動力：0
《人肉嗜食》《邪悪》
防衛ボーナス　＋25%
※このユニットは攻撃できない

解説

～昔、どんなに大きなハエでも食べたいと願った欲張りな草がいた。今はもっぱら人専門である～

巨大ハエトリ草は防衛専門の戦闘ユニットです。

これらの組み合わせは、こと防衛という点においては正統大陸の国家ですら容易に手出しをできぬほどの力をもたらしていた。

……かつて人々は大呪界をして、一度足を踏み入れれば二度と出ることの叶わぬ呪われた森と称した。

だがその地にイラ＝タクトという存在が出現したことを除けば、ただ広大な土地を有す踏破困難な原生林というだけでしかない。

大呪界には、本来なら呪いなど存在していなかったのだ。

それはもしかしたら未知への恐怖が生んだ妄想だったのかもしれない。

もしくは深い森で迷わぬようにと旅人を戒める警告だったのかもしれない。

だが今は違う。今の大呪界は全く違う。

その地は破滅の王が治め、真性の邪悪がはびこる呪われた大地と化している。

木々は歪《いびつ》に捻《ねじ》れ、生命を蝕《むしば》む瘴気《しょうき》が立ち込める。森の至る所には人々の侵入を拒むかのように凶暴な植物がひしめき合っており、愚かな者の血肉を喰らわんと手ぐすねを引いて待っている。

そして昼夜を問わずにダークエルフたちが警戒にあたり、平穏を乱す者とあればその手に持つ未知なる武器をもって音無き攻撃を加えるのだ。

この地は、この時をもって真なる意味で大呪界となった。

そこに聖なる者が立ち入る余地はどこにも存在しない。

ただただ魔なる者たちが二度とその安寧を奪われぬようにと怒りにも似た感情で眼を光らせ聖なるものを拒んでいる。

ここ大呪界こそが、マイノグーラの首都に相応《ふさわ》しき場所なのだ。

全ては偉大なる王イラ＝タクトとそこに住まう民のために……。

「国の守りを強固にし、自らが有利とする状況を用意し敵を撃滅する。まさに王道の手段でございますな」

「一番手っ取り早く分かりやすいですからね。ここまでくればそう簡単に抜けられるようなことはありませんよ」

着々と進む防衛力の強化にアトゥは満足げな様子であった。

欲を言えばもっと早くこの段階に至っていればという思いはあるが、ブレイブクエスタス魔王軍の金貨があるからこそこの速度で防衛網を構築できたのだ。

今更言っても詮無きことであるし、何よりイスラを失った事実は変えられない。

今は失態を糧《かて》に次へと目を向けることが重要事項であった。

「防衛は盤石となりつつある。となると、今度は打って出る手段が欲しくなりますな。やはりこちらも王道ですかな？」

好々爺然《こうこうやぜん》とした様子でモルタール老が問うてくる。賢者としての知識欲がむくむくと湧き上がってきたらしい。

なおこの場合の王道とは、英雄を中心に強力な配下を揃《そろ》え、その圧倒的な戦闘力をもって敵を正面から叩《たた》き潰すことを指す。

娯楽小説や伝記であれば小が策を用いて大を粉砕する華麗な逆転劇が好まれるかもしれない。

だが軍事の王道と正解はいつだってシンプルだ。

つまりは敵を圧倒する数を揃えて、蹂躙《じゅうりん》する。

マイノグーラの場合であれば、未だ生産が叶わぬ強力なユニットをいち早く揃えることが目標となるだろう。

だがアトゥが見せた表情はモルタール老が考えているものとはいささか違った。

「いえ、実のところ拓斗さまは王道よりも詭道《きどう》の方を得意とされるのですよ」

「ほほぅ！」

モルタール老が強い興味を見せる。

王がどのような采配を見せるか誰だって知りたい。

アトゥは彼の態度が当然であるとばかりに言葉を続ける。

「今まで私は拓斗さまの腹心としてそのお側《そば》で数々の采配を見てきました。そのどれもが、勝敗が分かってから初めてその意図が分かるという非常に難解かつ奇抜なものでした」

何かを思い出すかのように優しい表情を見せるアトゥ。

モルタール老は目の前の少女と自分たちの主の間にある絆《きずな》の深さを再確認しながら、王が過去に行った戦いに興味を寄せる。

「もし拓斗さまが次に戦争を行うのであれば……」

一呼吸おいて、言葉が紡がれる。

「きっとそれは、誰も予想もしない形になると思いますよ」

多くの時を共に過ごした英雄ですら理解が及ばぬとは、果たしてどのようなものなのだろうか？

配下たちが崇敬と畏怖を抱く中、破滅の王イラ＝タクトは次の戦争についてずっとずっと考えていた……。

第五話　かつて彼女は……

【聖王国クオリア　南方州議会場　聖アムリターテ大教会】

神の僕《しもべ》を自負する者たちが作り上げたにしては華美にして絢爛豪華《けんらんごうか》な議場にて、二人の娘が言葉を交わしていた。

「なぜこのようなことをするのですか？」

一人は《華葬《かそう》の聖女ソアリーナ》。

クオリア北方州で魔女事変の対応にあたり、魔女エラキノの前に敗れ去ったはずの娘だ。

「なぜ、このようなことをするのですか？」

ソアリーナは目の前の娘に尋ねる。

先ほどから何度も繰り返した問答だ。

あの瞬間、自らが何か致命的な過ちを犯してしまったことを刹那の時に知覚したソアリーナは、確かに死を確信した。

だがようやく楽になれると思った彼女の運命にはまだ続きがあるようで、気がつけば目の前の少女と共に慣れぬこの南方州へとやってきていた。

ソアリーナは再度尋ねる。

何が楽しいのだろうか。それともこれから楽しくなるのだろうか。

もう一人の娘は先ほどからくるくると議場を踊っており、一人しかいない観覧者の視線を気にすることもなく歌っている。

……ソアリーナが同じ言葉を三度言おうかと考えた時だった。

踊る少女はようやく踊りを止《や》めると、道化師がするかのように陽気な動きでくるりと向き直る。

「それは君が望んだからだよ、ソアリーナちゃん

♪」

少女は、――《啜《すす》りの魔女エラキノ》と呼ばれる存在であった。

「私が、この状況を望んだと？」

「もちろんだよ、ソアリーナちゃん♪」

ニコニコと、まるで長年の付き合いである友人に向けるかのような笑顔を魔女は浮かべている。

エラキノの特殊能力によってその意思を奪われていたソアリーナだったが、彼女の意識は他ならぬエラキノの手によって返却されていた。

最も、それは一部という注釈がつくことになるが……。

ソアリーナが許されたのはあくまで言葉のみだ。

彼女の精神は未《いま》だエラキノに縛られており、彼女の命が無ければ指一本自分の意志で動かすことはできない。

どのような能力であるかは未だもって不明だったが、それは特定の条件をクリアすると人の心をも縛り付けることが可能であることは確かだった。

敵対行動の禁止、助けを求めることの禁止、エラキノに関する情報漏洩《ろうえい》の禁止、異変を気づかれるあらゆる行動の禁止。

おおよそあらゆる禁止事項がソアリーナに課せられ、神の加護さえ届かぬ不可思議な力によって強制的に遵守させせられている。

今やソアリーナは籠《かご》の中の鳥だ。

美しく鳴くその姿は人々を魅了するだろうが、自由を奪われたがゆえの囀《さえず》りでしかない。

だからこそ、ソアリーナは問う。

エラキノの考えを見定めるために、目の前の魔女がどのような信念に基づいて行動しているかを理解するために。

理解できぬそれを、なんとか理解するために。

「私はこのようなことを望んではおりません。貴方はただいたずらにこの国を戦渦に巻き込もうとしている」

「エラキノちゃんが巻き込もうとしているのか、はたまた別の誰かがそれを望んでいるのか。世の中は摩訶不思議だねっ！」

「少なくとも、貴方が来るまではこの国は平和でした」

「だからといって未来が平和である保証はどこにもないんだよソアリーナちゃん。遅かれ早かれ、世界は大きな争いに巻き込まれる。その中で生きるか死ぬか。今はそれが重要事なんだ」

　エラキノの北方州出現によって失われた都市と人々は数知れない。

　寒冷地であったために実際の人口は他の州に比べて少なかったとは言え、それでも無視できる数ではなかった。

　エラキノの言葉は全てが矛盾している。まるで先の出来事は自分の責任ではないとでも言いたげな感覚さえしてくる。

　だが目の前の少女が悪性の存在であることは疑いようがない。

　その証明は驚くほど簡単で、なぜならその証拠が今も目の前に散らばっているからだ。

「ではこの惨状の一体どこに、必要性があるのですか？」

　議場は血と臓物と肉で彩られている。

　それはかつて聖職者たちだったもののなれの果てだ。

　ほんの数時間前まで威勢良くソアリーナたちを罵倒していた彼らは、今は分け隔て無く聖神のもとへと迎え入れられている。

　その問いに満面の笑みを浮かべたエラキノが優雅に踊り始め、びしゃびしゃと血が辺りに散らされ白の聖堂を真っ赤に染め上げていく。

　その様子を、ソアリーナは眉一つ動かさず眺めていた。

「うーん、レッドカーペット！　こりゃあR18だよねっ！　あっ、こういう場合はR18Gって言うのかな？」

　聖女は返答しない。

　エラキノの言葉が持つ意味がよく理解できないということもあったが、下手な返答は彼女を喜ばせるだけだと理解していたからだ。

　だからと言って、魔女の言葉を止めることはできない。

「ねぇ、ソアリーナちゃん。彼らはこの国に必要な存在だったのかな？」

　エラキノの言葉に、ソアリーナがピクリと眉を動かし感情の揺れを表に出す。

「全ての魂は役割を持ってこの世に生を受けています。それらは全て聖神アーロスの導きにより、それぞれの人生を全うするのです」

「ん～？　質問がちゃーんと届いていなかったのかな？　エラキノちゃん、そんなこと聞いたっけ？」

　あざ笑うようにエラキノが尋ねる。

　いつの間にか側《そば》までやってきたエラキノは、うつむき目を逸《そ》らすソアリーナを挑発するかのようにのぞき込む。

　ソアリーナは、己の中にある矛盾を必死で押し殺しながら仮初《かりそ》めの言葉で感情を塗りつぶす。

「《顔伏せの聖女》様がこの地に残っております。いずれこのことが露呈し、聖都守護を司りし残りの聖女――《日記の聖女》と《依代《よりしろ》の聖女》も貴方の企《たくら》みを見抜くことでしょう」

「あーあー、そんなの今はどうでもいいんだよっ。エラキノちゃんにとってはどうでもいいことなんだよ。――ねぇ、ソアリーナちゃん。本音を言って」

「本音？」

　パタパタと手を振りながら問答に飽きたと言わんばかりの態度を見せるエラキノ。

　彼女の言葉に、ソアリーナは虚を突かれたようにぽかんと口を開ける。

と同時に……。

「彼らは、死んでいい人間だったかな？」

それが最も聞かれたくない事柄であることを理解し絶句する。

「皆の生活のために、邪魔な存在だったのかな？

——本音で答えて、ソアリーナちゃん。命令だよ」

血と臓物と肉でできた山を指さしながら、魔女が問う。

意志の決定権はソアリーナにない。

この場で喋《しゃべ》っている彼女はあくまでエラキノに許可された籠の中の鳥。

飼い主の命に逆らう手段など持ち合わせていない。

「不正蓄財に権力濫用。教会に通う少年少女に対する口にすることも憚《はばか》られる虐待行為。およそ民を導く者として不適格」

不可思議な強制力は、今まで決して口にすることがなかった聖王国の矛盾をいとも簡単に吐露させた。

「なるほろなるほろ。じゃあさ、彼らが死ぬのは……良きことなの？」

「……良きことです」

動揺を悟られまいと平静を装っていたソアリーナの顔が苦渋に歪《ゆが》む。

口にするとふつふつと怒りが沸き起こってくる。

魔女に対する怒りではない。

聖女という大層な名前を戴きながら、何もできない自分に対する怒りだ。

そして、その良きことを成したのが目の前で笑う魔女という事実に対して……。

「だったら喜ばなきゃ！　少なくとも、これで彼らの悪事で泣く人はいなくなったわけだよ。これを正義と言わずに何が正義か！　私たちは正しいことをしたんだよソアリーナちゃん♪」

これを果たして正義と呼んでいいのだろうか。

邪魔な者を殺しただけだ。

クオリア南方州は肥沃な大地に恵まれ、経済活動が活発だ。それに比例するかのように聖職者による汚職が特別多い。

枢機卿と呼ばれる者を始めとした上位の聖職者たちはその殆《ほとん》どが不正に手を染めており、神の怒りをも恐れぬその狡猾《こうかつ》さは今までその尻尾を掴《つか》ませることすらさせなかった。

聖王国が定めし法に背いているのは明らか。だが証拠無くして審判はくだせない。

それが国家というものであり、法というものだ。

それを……エラキノは腕の一振りで覆した。

力で、暴力で、悪意で、無配慮に、ただ無邪気に……。

彼女の言うとおり、この惨劇で多くの人々が救われるのだろう。

間違いなく、救われるのだ。

……これでは正義とは何のために存在するのだろうか。

彼女が信じてきた理想は、どこにあるのだろうか。

「私には貴方が何をしたいのか見当がつきません、エラキノ」

己の信念がガラガラと崩れさり、救えなかった者たちの怨嗟《えんさ》の声が幻聴となってソアリーナの耳元で囁《ささや》く。

もはや考えることも億劫になったソアリーナは、ただ呆然と首を左右に振りながら魔女エラキノに尋ねる。

その態度をどう捉えたのか、エラキノは今まで一番の笑みを浮かべソアリーナの問いに饒舌《じょうぜつ》に答え始めた。

「エラキノちゃんとマスターは学んだのだ。この世界を攻略するには、ただ力任せになんでもかんでも推し進めちゃダメだって。ちゃんと手順を踏んで、いろんな人を味方につけないとダメだって♪」

マスターという言葉は何度か聞いていた。

エラキノの口から語られるそれはどうやら彼女の主らしく、その名を口にする時のエラキノには溢《あふ》れんばかりの敬意と親愛が存在している。

どこにいるかは分からない存在ではあるが、きっと彼女はそのマスターとやらを心から信頼しているのだろう。

魔女ですら信頼する存在がいるという事実に、ソアリーナは胸をかきむしられるかのようなザワザワとした気持ちになる。

だが、そんな彼女の胸中を知ることなくエラキノの言葉は先へと続く。

「ねぇ、ソアリーナちゃん。エラキノちゃんと君の利害は、ここに一致しているわけだよ。エラキノちゃんたちは自由にできる国が欲しい。ソアリーナちゃんも自由にできる国が欲しい。二人で頑張れば、きっと素敵な国が作れるんじゃないかな？」

「素敵な……国？」

「そうだよ！　誰も苦しまない、誰も悲しむことはない国だよ！　全ての人が幸福のもと過ごせる国だよ！　エラキノちゃんが欲しいのはあくまで軍隊組織だから、細かい所はぜーんぶ、ソアリーナちゃんのやりたいように任せちゃうよ！　いくらだって困ってる人を救っていいんだ！」

「多くの人を殺した貴方が、それを語るのですか……」

「うーん、それはエラキノちゃんじゃないんだけど……まぁいっか！　同じようなもんだしねっ♪」

どこか浮ついた態度で夢を語るエラキノに思わず皮肉で返してしまったが、ソアリーナの中に欲が生まれたのも事実であった。

南方州上位聖職者の壊滅はいずれ他の州や中央にも知れ渡るだろう。

だがその前に自分の聖女という立場を利用すれ

ばやや強引ではあるがもみ消すことも不可能ではない。

そして聖王国クオリアの各州はかなり広範囲にわたった自治権を中央より与えられている。

南方州に限るのであれば……エラキノの言葉どおり理想の国を作ることができるのだ。

「重要なのは、エラキノちゃんとソアリーナちゃんはもう一蓮托生《いちれんたくしょう》ってやつだよ。ここで力をつけないといずれ飲み込まれるのは確実だ。ゲームはすでに始まってる。降りることはできない、命を懸けたゲームさっ！」

考えがまとまらず、ただ無言を貫くソアリーナにエラキノは更にたたみかける。

「ソアリーナちゃんも気にしてたんでしょ。大呪界で生まれし災厄ってやつをさっ♪」

大呪界における災厄の存在は一部しか知らないはずだ。

そして彼女が神託で受けたそれの証明は、他ならぬ魔女よりもたらされた。

滑稽としか言いようがない。かつて枢機卿はソアリーナの願いに足を引っ張ることで答えとしていたのに……。

「二人で倒そう！　二人で力を合わせて、悪い奴をやっつけよう！　今日したように、今までして来たように！　そうすれば、きっと私たちが望む平穏がやってくる！」

言葉に窮す。

あまりにも魅力的で、抗いがたいものが存在していた。

上手《うま》くいけば、理想の国を作り出すことができるのではないか？　という甘い誘惑だ。

そして、全ての邪悪を退け真なる平和を作り出すことができるのではないか？　という少女じみた妄想でもあった。

本来の彼女であれば、この程度の甘言など一顧だにしないだろう。

だが彼女の自由は今や縛られ、何より失ってきた者たちの声が彼女の心を惑わしていた。

「人生はギャンブルだよソアリーナちゃん。人はそれを運命だなんて綺麗な言葉で飾り立てるけど、結局はサイコロの出目が良かったか悪かったかだけの話なんだよね」

ソアリーナはただ静かに黙想する。

自分が信じていた善が誰も救えず、憎しみを抱いていた悪こそが正義を成すというのであれば、それに懸けてみるのも良いのではないか。

どうせ自分は何もできないのだから。

今も……そして今までも。

「一つ……約束をしてくれますか？」

「なぁに？」

「もう、無益な殺生は行わないと」

「もっちろん！」

保証も何もどこにもない。ただ適当に答えただけにも思えるし、始めからそうするつもりだったからすぐさま了承できたようにも思える。

ただソアリーナが願い、エラキノが受け入れた。

それだけだ。

「のるかそるか、そこが一番の問題なんだよソアリーナちゃん♪」

魔女は嗤《わら》う。

その言葉はどこまでも軽薄で、およそ信頼というものが存在してはいない。

だが同時にソアリーナは思う。そもそもこの世界に信頼できる者など、どこにいるというのだろうか……。

かつて確かにいたその人たちは自分が――――してしまったというのに。

遠くからガシャガシャと鎧の音が聞こえてくる。

異変を嗅ぎつけた聖騎士たちが己の責務を全うするためにこの議場を目指しているのだろう。

決断が必要だ。残された時間は驚くほど僅かで、選ぶことが出来る選択肢は二つしかない。

中央の聖職者たちに示されるでもなく、神託によって示されるでもない。
他ならぬ自分自身による決断。
だがその決断にどれほどの価値があると言うのだろうか。
ソアリーナは静かに息を吸う。
そしてこの世の全てに諦念を抱きながら、この馬鹿げた提案に乗ってみることにした。

Eterpedia

啜りの魔女エラキノ

戦闘ユニット

戦闘力：不明　移動力：不明

※ゲームプロファイルが別のため、表示できない情報があります。

解説

～幾度の試行錯誤の末、サイコロの導きによってその魔女は生まれた～


エラキノは所属不明の戦闘ユニットです。

あらゆる能力が不明で、『Eternal Nations』とは別の法則に従った攻撃手段を有していると推測されます。

その性格は残虐かつ享楽的、終始ふざけた態度が特徴です。

自らの目的のために他者を害することを厭わず、その脅威は未知数です。

第六話　悪意は確かに人々を救う

南方州議会場、聖アムリターテ大教会にある執務室で、ソアリーナは一人書類の束を眺めていた。

それらは全てが南方州議会の老獪《ろうかい》どもがため込んでいた不正の証拠だったが、複雑かつ硬質化した行政システムのため予想を超える情報量となっていた。

ソアリーナは村娘の出自ゆえ、文章にはさほど慣れていない。

初等教育を受け始めたばかりの児童のように、たどたどしい手つきと速度で書類の内容を読み込む。

この書類の数だけ背後に苦しむ民がいる。

一枚でも、一文字でも早く内容を確認し不正を正しき形にしなければ……。

焦りばかりがつのり、余計に作業のペースを鈍化させていく。

……不意に、執務室のドアがノックされ一人の聖騎士が入室してきた。

「聖女ソアリーナ様！　死亡した枢機卿らの私財調査が一段落いたしました」

現れたのは南方州聖騎士団の団長である上級聖騎士フィヨルド＝ヴァイスタークだ。

老齢ながら未《いま》だ衰えぬその技の冴え渡りは南方州はおろかクオリア全域に轟《とどろ》いている。

《誉れ高きフィヨルド》。

聖職者はもちろん市井《しせい》の民でもその名を知らぬ者はいないほどの人物であった。

聖騎士という戦闘を主とする生業《なりわい》ながら、礼を尽くした所作で深々とお辞儀をするフィヨルド。

その彼に対して、ソアリーナは静かに頷《うなず》くとやや期待に満ちた声音で問いを投げかける。

「いかほどでしたか？」

「凄《すさ》まじい……の一言です。よもやこれほどの資産が隠されていようとは。二重帳簿、迂回献金、賄賂。これら民から預かりし喜捨《きしゃ》が貧しき人々にちゃんと行き届いていればと、我が身の至らなさを嘆くばかりです」

日頃から冷静沈着、およそ感情を表に出さないフィヨルドが不快感を隠せず出している。

否——彼だからこそこの程度で済んでいるのだ。

事実、臨時に招集されこの事態の収拾に当たっている聖騎士たちは、あまりにも悍《おぞ》ましいその所業に憤怒のあまり叫び散らしている最中だ。

「神は強き意志で人々の灯火となることを私たちにお望みです。できることをやりましょう——お願いしていた人材の登用は？」

「各町村の司祭なども含め通達を行っておりますが、彼らにもそれぞれの事情があるゆえに急にとなると中々反応が芳しくありません」

穴が空いた行政システムを立て直すのは容易ではない。

ただ適当な人物をあてがえば良いというものではなく、そこには確かな人望と能力が求められる。とは言えエラキノによって殺された司教や枢機卿は南方州行政の上流だ。

殆《ほとん》どの実務が一般の聖職者によって担当されているため、今のところ一般の市民にとっては平時と変わりない日常であり、なんとか均衡を保っている。

しかしながらその平穏も数日中に崩壊するであろうことは明らかだった。

それまでになんとかこの複雑怪奇に入り組んだ諸々の流れを、見える形まで修復しなければならない。

「そうですか……私の名前を出しても構いませんので、引き続き説得を行ってください。今はとにかく人が必要です」

おいそれと出すべきではない聖女という名称の使用許可まで出す。

これがどれほどの意味を持っているのか、そしてソアリーナがどれほどの覚悟を有しているのかを悟り、フィヨルドは震える。

だが畏怖にも似た崇敬を聖女に向ける中、フィヨルドは南方州聖騎士団の団長として確認しておかねばならぬことがあることを思い出す。

「しかし、中央への報告を止《や》めて良いのでしょうか？」

数秒の沈黙。ややして《華葬の聖女ソアリーナ》は答えた。

「はい……そちらは問題ありません。今中央に余計な横やりを入れられては混乱は更に酷《ひど》いものとなるでしょう。無論永遠に隠すということではありません。いずれ時期を見て」

「ふむぅ、ソアリーナさまがそのようにおっしゃるのであれば……」

明らかに誤魔化された。

フィヨルドはただの耄碌《もうろく》した引退間際の老いぼれではない。

その名を大陸中に轟かせる上級聖騎士であり、聖女を除けば最も多くの邪悪を討ち滅ぼしてきたクオリアの誇る英雄なのだ。

その洞察力はもはや予知や読心の域まで昇華されており、ゆえにソアリーナが抱く何らかの後ろめたさと隠しごとを見抜いたのだ。

何かある。ソアリーナが中央にこの重大事件を隠さねばならぬ理由が。

悟られぬように意識を集中し、今までに得た情報を精査する。

何かあるはずだ……何か違和感を見逃しているはずだ。

霞《かすみ》がかった意識の中、フィヨルドの脳裏に何かが見えた——。

辺り一面に散らばった司教たちの死体。血の海で佇《たたず》むソアリーナと少女。

フィヨルドが部下と共に聖騎士剣を抜き放ち、少女へと斬りかかった瞬間――。

「やぁやぁ。なんだかお困り事みたいだねっ！ってか今は悠長にお話ししてる暇ないんじゃないの？」

「――っ！　そなたは……」

「やっほー、騎士団長くん。目の下の隈《くま》が増えたんじゃない？　ちゃんと寝てる？」

いつの間にか現れた少女が気安くフィヨルドに話しかけてくる。

視界がぼやけ、頭がガンガンと鳴る。少女と少女が重なり、血のように赤い瞳とその口腔《こうくう》がニヤリと不気味に笑いかけてくる。

頭痛は更に酷くなり、あと一歩のところでその楔《くさび》を抜き去ろうとしている。

「ぬっ、し、失礼……頭が」

あと少し――あと少し。

そうして聖騎士フィヨルドは、目の前の少女が《啜りの魔女エラキノ》であることを思い出し。

「ありゃりゃ……効果が切れかかってるか。しかたないにぇ。エラキノちゃんを信じてねっ、きゃっ♪」

エラキノの《洗脳》判定
判定：確定成功

気心の知れた聖なる信徒へと挨拶をした。

「むっ……何が？　おお、エラキノ殿。いらしていたのですな。これは失礼した。少し目眩《めまい》がしたもので」

先ほどの頭痛が嘘《うそ》のように引き、途端に意識が冴え渡る。

と同時に正義の想いがこれでもかと己の身体を満たし、目の前の少女に対して礼を失してしまったことを悔やむ紳士の一面が現れる。

「エラキノちゃんの可愛さにメロメロになっちゃったのかな？　あまり無理してお仕事しちゃだめだよ騎士団長くん」

「はははっ！　女性を心配させ気遣いさせるとは、私も精進《しょうじん》が足りませぬな。ですがエラキノ殿。人には時として無理してでもやり遂げなければならないことがあるのですぞ」

「困ってる人を助けること、とかかなっ？」

「うむ！　誠そのとおり！　エラキノ殿もご存じの通り、いまクオリアは未曽有《みぞう》の混乱に巻き込まれようとしております。そしてこの難事にあたり、神の剣となり人々の盾となるのが聖騎士の務めなのです。寝る暇がどこにあろうと言うのですか」

「にゃはは！　うーん、なんというお仕事人間！　企業の社長になったら絶対ブラック化しそうな危うさがあるゾ♪　まぁ、そんな騎士団長くんには希望どおりお仕事どうぞ～」

まっすぐな想いに気圧《けお》されたのか、それとも我が身を省みぬ強き意志に辟易《へきえき》したのか。

エラキノは若干の苦笑いを浮かべながらどこからともなく紙束を取り出した。

「こ、これはっ！」

その書類を受け取ったフィヨルドは思わず驚愕《きょうがく》に目を見開く。

なぜならそれは、決して形として残されるはずのない司教たちの財産の隠し場所に関する情報だったからだ……。

「エラキノ殿……これはどこで？」

「《調査》技能は大事だよっと、おおっと騎士団長くん。いま重要なのはそこかな？　ソレをどうした？　じゃなくてソレを使ってどうするか？　でしょ？」

「むっ！　これは失礼した。確かにそのとおりですな。よき教え、感謝いたしますエラキノ殿」

その言葉に一瞬で思考を切り替えるフィヨルド。

今までの裏帳簿で判明した隠し財産の数は膨大だ。

隠し場所が不明ゆえに調査に難航すると考えていたこれが早期に回収できるとなると、最悪資金にものを言わせて南方州の混乱を立て直すことも可能だ。

混乱収束に希望を見いだせたフィヨルドは、先ほどより幾分顔色を良くし書類を懐へとしまう。

「ではソアリーナ様。エラキノ殿。私は早速この書類を精査してまいります。いまは時間がどれほどあっても足りぬ状況ですからな」

「はい、どうぞよろしくお願いします」

「がんばー！」

入室してきた時と同じく、深々とした礼節に富んだお辞儀をするフィヨルド。

踵《きびす》を返しそのまま退室しようとしたその足がふと止まる。

「私は……お二人がこの国のために立ち上がってくださったことに心から感謝しております。これも神のお導き、この国にはびこる病巣を決して見逃しはしておられなかったのですな」

その言葉が本心であることを、《洗脳》によって相手の思考を覗《のぞ》き見たエラキノはよく理解していた。

そして《啜り》によって完全にエラキノの陣営となったソアリーナも、そのことをよく理解していた。

「良い国にしていきましょう。ではこれにて」

エラキノはニコニコと屈託の無い笑顔で、ソアリーナは何とも言えない張り付いた笑みで。

聖騎士フィヨルドの言葉に頷いた。

………

……

…

「いやぁ、いいことすればなんだか気持ちいいね！　新感覚っ！」

くるくると、執務室を踊りながらエラキノが笑う。

その笑みは童女のもので、屈託の無い笑顔は彼女が多くの人の命を奪った魔女だとは到底感じさせない。

ソアリーナはただひたすら書類を処理する。

見たくも無い現実に蓋をするように、自らの心を嘘で糊塗するように。

「このまま順調にいけば、この地域一帯の悪い人は、ぜーんぶいなくなっちゃいそうだねっ、ソアリーナちゃん！」

「このまま行けば、このまま行けば……」

そう、このまま行けば良いのだ。

不思議なことに、エラキノは本気でこの国を良くしたいと思っている様子だった。

少なくともこの国や先ほどの騎士団長のような知り合いに愛着が湧き始めていることは確かだ。

人の命を何とも思わない魔女が何ゆえそのような感情を抱くのかソアリーナには分からない。

だが万が一にでもエラキノがこの国と国民に対して真なる愛着心を抱くことができれば、全て変わるのではないか？　きっと自分のような不幸な人間が生まれることはなくなるのではないか？

そんな哀れな未来予想図が浮かんでくる。

このまま行けば。このまま行けば……。

ソアリーナはそれだけを小さく呟《つぶや》く。

「このまま上手《うま》く行けば……ですがね」

その言葉は、また別の来訪者の言葉によって否定された。

「フェンネ様……」

そこにいたのは一人の女だった。

身長はいくつだろうか？　ソアリーナよりも高いことは確かだが、まるで怯《おび》えるように身体を縮こまらせており、むしろ小さく見える。

またその肌を隠すように聖衣に身を包みこんでおり、純白のヴェールで顔を隠している様もあいまって一種の不気味ささえある。

反対にその声は女神の歌の如《ごと》し。

まるで声音だけで室内が浄化されたと感じさせるほどのそれは、同じ存在であるソアリーナですら思わず頬を赤らめてしまうほどだ。

女の名はフェンネ――。

イドラギィア大陸救世七大聖女が一人。

《顔伏せの聖女》フェンネ＝カームエール。

「おや！　顔伏せちゃんじゃないか！　初めましてごきげんよう！　もう傷の方はいいのかな？」

どのような技法を用いたのか、いつの間にか部屋にいたフェンネにエラキノはのんきに語りかける。

フェンネはその言葉に無言で顔を向けると、ソアリーナに見えぬような角度でヴェールに手をかけ、片目で直接エラキノを確認した。

「初めましてエラキノ。ソアリーナを下すとは。……上手にやったのね」

「まっねー！　かなり時間がかかったけどね。けどおかげでエラキノちゃんの野望の達成にまた一歩近づいたのだ！　凄《すご》いでしょ？」

「そう、興味ないわね」

――恐ろしいほどの違和感が、ソアリーナを襲った。

彼女はエラキノとフェンネの関係を知らない。

クオリアは州ごとの裁量が大きいがゆえに他州の介入を酷く嫌う文化がある。

ゆえに北方州とは別の州の管轄である《顔伏せの聖女》がエラキノとどのような戦闘を繰り広げたのか一切の情報が入ってきていないのだ。

情報が入ってきていないがゆえに、そこで何が起こったのかも一切不明だった。

「どうしたの？　ソアリーナ」

ソアリーナの異変に気づいたのか、静かにフェンネが問いかける。

その声は相変わらず美しく、まるで宮廷音楽のような荘厳ささえ感じさせる。

脳裏に響くどこか非人間的なその声音を振り払い、ソアリーナは迂遠に尋ねた。

「その、失礼を承知でお聞きしますが、フェンネ様はエラキノから何かをされましたか？」

「「何も」」

エラキノと、フェンネが同時に全く同じ返答をした。

その不気味な一致にソアリーナは思わず身震いする。

「変なことを言うのね、ソアリーナ。私が彼女から何らかの洗脳を受けていると考えたの？ ああ、それとも私が何かを企《たくら》んでいると思った？ だとしたら誤解よ。私はいつだって人々のことを第一に考えている。この状況も仕方なく、よ。一度敗北した身では到底エラキノと貴方には敵《かな》わないもの」

ヴェールの下から瞳がソアリーナを射貫く。

言葉にしていないのに全てを見透かされたようで、思わず言葉に詰まる。

「ああ、こう思っているのねソアリーナ。《顔伏せの聖女》は何らかの密約を《啜りの魔女》と行い、深手を装って潜伏していた、と。それはとてもとても悪い考えだわ。神もそのような恐ろしい考え、決して肯定なさらない。その考えは今すぐ捨てるべきよソアリーナ」

予《あらかじ》め用意されていたかのように、今思いついたことを適当に並べ立てているかのように。フェンネは饒舌《じょうぜつ》にソアリーナの言葉を否定した。

聖女の能力はその全てが原則として秘匿され、たとえ何らかの形で知ったとしても口外が厳禁とされる。

それは同じ聖女間であっても同じで、ソアリーナも自分以外の聖女がどのような能力を有しているか朧気《おぼろげ》にしか知らない。

……ふと、《顔伏せの聖女》が持つ奇跡が真実を見抜くものであると噂《うわさ》されていることを思い出した。

「さぁソアリーナ、人々を救いましょう。そのために聖女という存在は神に生み出されたのですもの」

美しい声音でフェンネが語りかける。

そのまま吸い込まれ、溺《おぼ》れてしまいそうになる声音だ。なぜか縋《すが》るようにエラキノへ視線を向けるソアリーナ。

《啜りの魔女》はただコロコロと嬉《うれ》しそうに笑うだけだ。

「全ての人は救われるべきだわ。そう、全ての人はね」

この場にいる者の意見は完全に一致している。

だがその言葉が真実であるかの答えは、それぞれの心の中にしか存在していなかった。

SYSTEM MESSAGE

南方州が聖王国クオリアから離脱しました。
以後は【国家宣言】イベントが発生するまで独立都市として扱います。

OK

第七話　二国会談

フォーンカヴンの都市、ドラゴンタン。

都市内に《龍脈穴》という重要戦略資源が存在し、様々な思惑と危機に翻弄されるこの特殊な街は……現在かつて無いほどの緊張と混乱に包まれていた。

マイノグーラの指導者イラ＝タクトとフォーンカヴンの指導者ぺぺの会談。

朧気《おぼろげ》ながら市井《しせい》の民に流布するその噂は、フォーンカヴンの民を困惑と同時に不安に陥れ、さながら死者の都とでも言わんばかりの静けさを街にもたらしている。

フォーンカヴンに襲いかかる蛮族の大群、そしてそれらの排除が同盟国であるマイノグーラの助力によって成されたことを街の住民たちはよく理解していた。

だがそれでもなお、彼らの胸中に占める根源的な恐怖と不安は拭いされるものではなかった。

すなわち「私たちはいったいナニと取り引きをしてしまったのだろうか？」という困惑だ。

それらは街の住民はおろか、先の戦争にてマイノグーラと共同戦線をはったはずの兵士たちにも同様に伝播《でんぱ》していた。

「なぁ……知ってるか？　今度の会談の相手」

街の外壁に沿うように建てられた見張り台の上から、視力が自慢の狼の獣人が何か謀り事でも企てるかのように同僚へと声をかける。

その言葉を聞いた人族の兵士もまた、同様に眉をこれでもかとしかめながら獣人の問いに答えた。

「破滅の王イラ＝タクト……だっけか？」

「ああ、そうらしい。何でこんな場所にまでわざわざ足を運んでくるんだか……」

「そりゃあまぁ、ぺぺ様やトヌカポリ様が向こうに挨拶しにいったからだろ。今度は向こうが挨拶しに来てくれるって寸法さ。それに、前の戦《いくさ》の件もある。お偉方にはいろいろと相談事が山積みなんだろう」

二人の兵士が話題にするのは、近々行われるであろう二国会談についてだ。

杖持《つえも》ちであるトヌカポリと同じく杖持ちであるぺぺがマイノグーラの王と直接会談を行ったことは耳ざとい者の間ではすでに周知の事実だ。

同盟国は歓迎すべきものだ。

特に相手側の王がこちらに出向くとは、すなわちそれだけフォーンカヴンのことを重要視しかつ信頼している表れであり、両国の強固な関係性を端的に示すものでもある。

それは、かの蛮族大侵攻においてマイノグーラが自ら血を流してまでその防衛に尽力してくれたことからも明らかだ。

……問題は、相手が想像を絶するほどの戦力を有する存在で、邪悪なる勢力であるという一点のみであった。

「それにしても、大丈夫なのか？　俺たちは間違った奴らと手を組んでるんじゃないだろうな？」

「いや、それは……」

狼族の男の問いに、人族の男は言いよどんだ。否と言える根拠などどこにも持ち合わせていなかったからだ。マイノグーラという国家に関する情報はフォーンカヴンにおいても最重要事項として秘匿されている。

そもそも同盟関係を結んだのがついこの前ということもあって、なんの役職も持たない一兵士如《ごと》きにはなかなか情報が下りてこないのだ。

ただ、恐ろしい相手だということだけは、朧気ながら耳に入ってくる。

「フォーンカヴンとマイノグーラは一応同盟国だ。大丈夫……だと思いたいな」

「ほんと、大丈夫だと思いたいわよねー」

そんな願望にも似た言葉に対して、突如割って入る者が現れる。

凛《りん》と響く若々しい女性のものだ。彼らはどこか聞いた覚えのあるその声にはたと首を傾《かし》げ、次いで慌てたように振り返りながら敬礼する。

「あ、アンテリーゼ都市長！」

「ど、どうしてこちらに？」

現れたのは一人の美しいエルフの女性だった。

「サボ……じゃなくて巡回よ、巡回。皆の仕事ぶりを見ておこうと思ってね」

アンテリーゼ＝アンティーク。

スラリとした体躯《たいく》にいささか豊満にすぎる胸、そして何より特徴的な長耳と金髪のその女は、ひらひらと手を振り敬礼をやめるよう伝えると少々疲れた様子で笑う。

アンテリーゼ都市長は保守的なエル＝ナー精霊契約連合からフォーンカヴンにやってきたという珍しい経歴の女性だ。

無論珍しさは出自だけではない。その能力についても類《たぐい》まれなものを持ち、それゆえいつの間にかドラゴンタンの都市長に就任しているという逸材でもある。

そんなアンテリーゼの場違いなまでの出現に彼らは思わずたじろぐ。

エルフ族特有の非人間的なまでの美、そしてその二つの瞳から放たれる視線がじぃっと見張り番の二人を射貫く。

普段めったに言葉を交わすこともない、ある意味で高嶺の花でもあるアンテリーゼの視線を受け思わず顔を赤らめる二人。

だが先ほどまで任務をさぼって余計な雑談に興じていた事実を思い出し思わず居住まいを正す。

先の蛮族大侵攻からそう日にちは経《た》っていない。

いくらマイノグーラの協力や防衛隊の尽力によって被害が最小限に抑えられたとは言え、決してやって良い行動ではなかったことを思い出したからだ。

「い、いや……これは失礼しました都市長」

「気が抜けておりました……罰はいくらでも」

「いいのよいいのよ。まぁ最近仕事続きだしね、私も気持ちは分かるわ。私だって平穏な日々が懐かしいなぁって最近強く思うもの……、あれ？　平穏な時なんて都市長になってからあったかしら？」

そうおどけて肩をすくめる都市長。

どうやら見逃してくれるらしいと判断した二人は、ポリポリと後頭部をかきながら誤魔化し気味に彼女の来訪についてその真意を探る。

「はは、いやぁ都市長には頭があがりませんよ。今だって我々の気持ちを引き締めるためにこうやってわざわざ巡回してくださっている」

現在フォーンカヴンの都市では市民の流出が相次いでいる。

それは先の戦争においてドラゴンタンの防衛隊が殆《ほとん》ど役立たなかったことと、本国からの応援が皆無だったことによる弊害だ。

市民は平穏を望む。それは人として当然の感情であり、理性で抑えきれるものではない。

また同じような出来事が起こったら。今度は同盟国が参戦してくれなかったら。

そのように考えれば、自ずと彼らがこの地から離れることも咎《とが》められないだろう。

見張りの兵士たちもそのことはよく知っていた。

彼らの士気も正直なところ高いとは言えず、過去には確かにあった国の民を守る決意が屋台骨からぐらぐらと揺らいでいる最中だ。

こうやってアンテリーゼのご機嫌を伺っている間にも、眼下に見える大通りではこれでもかと家財道具を積んだ荷車が列をなして門へと向かっていくのだ。

彼らがどこを目指しているのか分からないが、少なくともこの都市が見限られたことは確かなのだろう。

そんな光景を毎日見続けていれば士気も最低限まで落ち込む。

都市長が治安の悪化を憂慮して監視と激励をわざわざ自らの足で行うのもむべなるかなといったところである。

だが彼らの考えとは裏腹に、アンテリーゼは小さく笑うと「それもあるけど、本当はちょっと違うのよ」と答えた。

「ここだと街が見渡せるから。一応、見納めになるかもしれないからねー。ほら、自分が切り盛りしてた街を覚えておきたいじゃない？　これから先、どうなるか分からないんだしね」

あまりにも物騒であまりにも非現実的な未来であった。

本人は冗談じみた態度で軽く言った様子であったが、その表情が若干引きつっていることを二人とも見逃していない。

それはどのような意味を持っているのか？　少なくとも彼らは推測できるだけの情報を持っていない。ただ、何らかの事情があることだけはアンテリーゼの態度を見ていればよく分かった。

二人の男は、何とも言えない表情で互いの顔を見合わす。

この街がどうにかなるだなんて想像もできない。もしマイノグーラの助力がなかったらその妄想じみた話がとうの昔に現実となっていたことを忘れ、獣人の衛兵は恐る恐る都市長へ言葉を返す。

「え、縁起でもないこと言わないでくださいよ都市長……」

「そうですよ。そうやって脅かそうだなんて、趣味が悪いなぁ。ははは」

「そう言えば、貴方たちは逃げないの？」

見張り台の縁にもたれかかり街並みに視線を向けながら、アンテリーゼはまた別の質問を投げかけた。

市民の流出もさることながら、兵士たちの流出も少なくはない。

ドラゴンタンに見切りをつけた者や脱出する市民たちの護衛など理由は様々であったが、現在ではなんとか街の警備に人員を割ける程度となっている。

無論休む暇など無いし、労働時間は悪化の一途を辿《たど》り続けている。

男二人も正直ここ数日はまともな睡眠を取っていないし、家に帰ったのも相当昔だ。

見張りの仕事以外にもやることは山積みで、先ほどの雑談は激務の中でのほんの一時の休憩といったところだったのだ。

逃げれば楽なのだろう。少なくとも、流出する市民たちの護衛という心理的逃げ道は用意されている。

だが二人はアンテリーゼの問いに、少しだけ声を張って答えた。

「はは、逃げませんよ」

「なんだかんだで俺たちもこの街が好きみたいで」

二人は小さい頃からこの街で育っている。

多くのものをこの街から受け取ったし、様々な喜びや悲しみをこの街で味わった。

他の市民たちの考えはさておき、彼らは最後までこの街に付き合うつもりだった。

彼らのような人々のおかげで、未《いま》だドラゴンタンは致命的な崩壊を迎えずに立ち止まっている。

「そう？　なら私から少しお願いしてもいいかしら？」

その言葉にアンテリーゼは少しだけ嬉《うれ》しそうに微笑《ほほえ》むと、今度は逆に今まで見たこともないような真剣な表情をみせる。

次いで、彼らが予想もしていなかったお願いを告げた。

「……今度の会談でマイノグーラの王を見ても、心を強く持って欲しいの。そして何が起きても、決して動揺した態度を見せないで。これは私たちの立場とか国のことを考えてのことじゃないの。正直ちょっとはそれもあるけど――この街を好きと言ってくれた貴方たち自身のためよ」

ゴクリ……と、兵士たちは息を呑んだ。

つまるところ彼女はこう言いたいのだ、自分たちが起こした行動如何《いかん》によっては、マイノグーラ王の機嫌を損ねて非常にまずい事態になり得ると。

確かに兵の命は安い。

特にフォーンカヴンの状況を考えるのであれば、一兵士が起こした無礼などフォーンカヴンとドラゴンタンが配慮する道理はどこにもないだろう。

適当に首を切ってしまえばそれで丸く収まる。それが外交というものだ。

だがそれほど危険で予想が付かない存在なのか、それほどまでに恐ろしい存在なのかと。

二人の兵士は腹の奥底から湧き出てくるかのような薄ら寒い不安を初めて感じた。

「トヌカポリ様から聞いたのよね。かの国の王はこの世の理《ことわり》から二歩も三歩も外れた存在だと。あれは異常だと」

フォーンカヴンの国民で実際に破滅の王であるイラ＝タクトに会ったことがあるのはマイノグーラの都市で会談を行ったトヌカポリとぺぺのみである。

ぺぺは常人とはまた違った感性を持っているためあまりその証言はあてにならないが、ことトヌカポリにあってはその言葉は絶大な信憑性と信頼性を持つ。

彼女たちフォーンカヴンの杖持ちの実力は彼ら国民の中で大いに知られるところである。

自然霊への交信を始めとした様々な魔術や呪術

を扱う彼らは、その実力と実績からくる尊敬もさることながら、一種の妖怪じみた伝説的な存在として扱われることもある。

その存在が、一兵士からすればまるで雲の上の存在とも取れるような人物をもってして、異常と評するのか。

どこか他人事《ひとごと》のように考えていた二人に危機感がじわりと這い寄ってくる。

お偉い方同士の話し合いだと高をくくっていたものが、決してそうではないとようやく理解できたためだ。

「そ、そんなにヤバいんですか？　その、杖持ちさまの誇張のしすぎでは……」

「貴方たち――アトゥさんを見かけたことは？」

縋《すが》るような問いに是とも否とも答えず、アンテリーゼは逆に問いを投げかけた。

それだけで男たちは目の前の都市長が何を言わんとしているのか理解できてしまった。


――ドラゴンタンの防衛に協力したアトゥという少女は、人が推し量れる存在ではない。

兵士たちが見かけたのは彼女が戦う姿。

街より遠くの場所であり見張り台から目をこらしてようやく見える程度だったが、その戦闘行動は鮮烈に映った。

キラキラと光り輝く氷雪。縦横無尽に振るわれる触手状の何か。

断末魔の叫びと、遠くからでも簡単に分かるほどに空高く放り投げられるバラバラになった蛮族どもの身体。轟音にも似た衝突音。

……あまりにも鮮烈過ぎたのだ。

当初彼らはアトゥについてタコの亜人だなどといった説明を上司より受けていたが、今となってはそれがなんの意味もない誤魔化しに思えてならない。

彼女がそのような凡百の存在であるはずがない。

アトゥという名の少女は、決して彼らが推し量ることのできるような存在ではなかった。

イラ＝タクトは、そんな少女の主であり王なのだ。

あのバケモノを御することができる存在が、普通であって良いわけがなかった。

「と、都市長の言いたいことが分かりました。その……自信はありませんが当日は絶対に余計なことはしないよう心を強く持ちます」

「それだけじゃないわよ、あの可愛らしいエルフール姉妹だって……」

ゴクリと息を呑む。

エルフール姉妹とはマイノグーラより一時期派遣されていたダークエルフの少女たちだ。

二人も遠くからチラリと見たことがあり、なぜこのような女の子がわざわざ？　と首を捻《ひね》ったものである。

遠目に見た限りでは至って普通の可愛らしい少女。だが一体……。

「いや、これは言わない方がいいか。まっ、頑張ってね。私の方がポカやるかもしれないけどねー」

最後にそうやっておどけてみせながら、都市長はそろそろ時間とばかりに街並みへと向けていた視線を戻す。

少しだけしこりが残る会話だったがアンテリーゼの様子を見る限り話はこれで終わりのようで、これ以上何か言うつもりはないらしい。

だが狼族の男はふとあることが気になってアンテリーゼへと声をかける。

「そう言えば、都市長は精霊術を扱えるのでしょう。精霊たちの動きはどうでしょうか？」

エルフ族は精霊との親和性が非常に高い。

彼ら精霊の声に従って、様々な術や占いを行うのだ。

非物質的存在であるがゆえに、より魔に対する感度が高い精霊が今回のことにどのような反応をしているのか好奇心が湧いてしまったがための質問だった。

「えっ、みんな逃げたわよ」

あっけらかんと答えたその瞳は笑っていなかった。

精霊とは世界に遍《あまね》く存在するエネルギーの一種だ。その存在は非常に希薄で実際のところ生命体に特有の本能や意思というものが非常に薄い。

その精霊が全て逃げ出している。この事実をなんと表現すべきか。

言葉に窮していると、先にアンテリーゼが動く。

「貴方たちはもちろん逃げないわよね！　この街が好きなんだもんねっ！　ねっ！」

ガシッと肩を掴《つか》みながらそう語るドラゴンタン都市長アンテリーゼ＝アンティーク。

逃がさないぞとでも言わんばかりの晴れやかな笑顔に冷や汗をかきながら、兵士の二人はもしかしたら自分たちは判断を間違ってしまったのではないかと内心でビクビク震えるのであった。


………………

……

…


焦がれる時ほどその日を迎えるには多くの時間を費やしたかのように感じる。

では決して来ないでくれと祈り続けたその日は、一体どれほどの早さでやってくるのだろうか？

こうして、会談の日はやけにあっけなく訪れた。

Eterpedia

アンテリーゼ=アンティーク

人物

種族　エルフ
所属　フォーンカヴン
役職　ドラゴンタン都市長

解説

～容姿端麗、才色兼備、明朗闊達。

最も信頼され、最も苦労人な都市長～


アンテリーゼは多種族国家フォーンカヴンの都市長です。

フォーンカヴンにとっての重要国、マイノグーラの要人との主要なやり取りを担っており、その重要性から以前にもまして国内で存在感が高まっています。

反面彼女の胃は荒れるばかりで、以前にもまして酒の消費量は増えているようです。

第八話　応対

　フォーンカヴンとマイノグーラの首脳による会談当日。

　ドラゴンタン都市長のアンテリーゼは破滅の王イラ＝タクト含む来賓の出迎えのため、ドラゴンタンの入場門の前で静かに地平線の向こうを眺めていた。

（うう、帰りたい……いや、そもそも帰る場所はここだし。エル＝ナーに帰る位ならどこかでのたれ死んだ方がマシだわ）

　アンテリーゼに課せられた使命はイラ＝タクトらマイノグーラ一団の歓迎と今回の会談場所である市庁舎への案内。

　主たる交渉事は市庁舎で準備万全のぺぺとトヌカポリが行うとは言え、彼女も都市長として出席を求められており、その身にかかる重責は計り知れない。

　この時間ですらすでに苦痛で、今から起こるであろう出来事を考えると胃がキリキリと痛みだす。

　普段であれば酒でも呑んで誤魔化すのだが無論そんな無作法ができるわけなく、今の彼女はただひたすら無事平穏に今日という日が過ぎ去ることを精霊に願う哀れな娘と化している。

　なお祈るべき精霊たちはこれからこの地に起こるであろう出来事を予見し、いの一番に逃げ出している。

　ドラゴンタンの譲渡が大筋で決定している以上、無事平穏を願う彼女の願いが叶う可能性は無に等しかった。

（とって食われたりしないわよね？　一応アトゥさんやモルタール老師とは打ち合わせをしたこと

があるけど……まっ、レベルが違うわよね）

アンテリーゼとてマイノグーラの住民に対して完全に免疫がないというわけではない。

すでにモルタール老やアトゥといった要職たちと何度も交流を重ねているし、何よりエルフール姉妹がやってきた際にどぎつい洗礼を受けている。

フォーンカヴンの中においては、ともすれば杖《つえ》持《も》ちたちよりも交流が多いかもしれないのだ。

ゆえにそれなりにかの国の人々の人となりを理解しているつもりであった。

いや、だからこそ今回のイラ＝タクト来訪に関して最大級の警戒と緊張を持っているのだ。

彼らが語る王とは、それほどまでに巨大で人の想像を超えるものだったから……。

（正念場よアンテリーゼ！　ここは都市長として失礼のない応対をしなきゃ！　なぁに、ここを切り抜ければあとはペペ様やトヌカポリ様が引き継いでくれるんだし、ちょっとの我慢よ！）

ドラゴンタンの譲渡はほぼ実現されるだろう。アンテリーゼの目をもってしてもそれほどまでに今のフォーンカヴンは余裕がない。

この地に住む人々に対してどのような対応がされるかは交渉によって決まるのだろうが、少なくとも現状の両国の関係を鑑みれば悪く扱われることはないだろうと予想する。

アンテリーゼは緊張の最中ふと考える。

ドラゴンタンがマイノグーラの所有都市となるのなら、必然的に都市長である自分はお役御免となる。

今更エルフの国家であるエル＝ナーに帰るつもりもないし、帰れるわけでもない。

一体このあと、どうしようか。

そんな一抹の不安と寂しさがよぎった瞬間だった。

「あ、あ、ああ……」

薄ら寒いほどの沈黙の時間を破ったのは、見張り台から漏れた奇妙な声だった。

ちらりとそちらへ視線を向けると、数日前に会話を交わした兵士が何やら血相を変えて地平線の向こうを指差している。

彼らが来た。

何事かと問わずとも、兵が見せた動揺の理由はすぐに分かった。

「お見えになりました！　大呪界の方角です!!」

その声に先ほどまでの思考を切り替え、気持ちを引き締める。

視線の向かう先は大呪界。

マイノグーラの一団が見えるであろうその場所だ。

……ぽつんと。

それは一見すると小さな集団であった。

無論それは距離があるためそう見えるだけで、実際の規模はまだぼんやりとしかわからない。

少なくとも王が引き連れるにふさわしいだけの数なのだろう。

だが数などこの瞬間においては全く無意味なものだった。

門前でマイノグーラの一団を見つめるアンテリーゼたちは、この瞬間確かにかの一団から空へと吹き上がる巨大な闇の圧力を幻視した。

（ああこれはダメだわ……）

沈黙すら口を閉じてしまいそうな虚無感がアンテリーゼを支配する。

初めて抱く感情。否、大きすぎるがゆえに未知のものと錯覚してしまいそうなほどの恐怖。

アンテリーゼが感じた思い。

《　死　》

奇しくも、それはその場で王の一行を確認した者全員が抱いた感情であった。

薄ら寒い恐怖が支配する緊張の中、閉じられていた門がゆっくりと開き見張り台からは巨大な旗が歓迎の意を示すため掲げられる。

各々がすべきことを予《あらかじ》め指示しておいたのは僥《ぎょう》倖《こう》であった。

むしろこの状況で自らのすべきことを行動してみせたドラゴンタン兵士の胆力を褒めてやるべきか。

皆が皆こわばった顔を隠せずただ一点を見つめる中、ゆっくりと時は進んでいく。

やがて小さな石粒ほどだった集団が握りこぶしほどになり、相手の詳細が分かるほどになった頃。

ようやくアンテリーゼの人生における、一世一代の正念場がやってきた。

（落ち着きなさい私。時間がかかってもいい、無様な態度だけは見せないようにしないと）

すぅと深呼吸し、相手を見る。

マイノグーラの王が率いる一団は、アンテリーゼの前でゆっくりとその歩みを止める。


仰々しいやり取りを相手が好まないことはすでに今までの交流の中で把握している。

とは言え国と国のやり取りなのだ。最低限の形式めいた挨拶は必要だということだろう。

つまり、フォーンカヴンの応対を待っているのだ。

アンテリーゼはゆっくりと、だが素早く王に付き従う人員を確認する。

マイノグーラの一団は想像以上に多かった。

ダークエルフはもちろんのこと、それ以外にも初めてみる装いの者たちが複数いる。

また何やら巨大な荷車のようなものも後ろから続いている。

引く動物が馬ではなく奇妙な鳴き声を放つ巨大な虫である点は流石《さすが》破滅の王が率いる者たちといったところだろうか。

ともあれこの程度はまだ予想のうちだ。

問題はどのような人物が来ているか、だ。

まず目につくのはかつてのダークエルフ氏族の長、モルタール老。

現在マイノグーラにおいていわゆる参謀や宰相といった立場におり、もっとも政《まつりごと》に精通している人物である。

と同時にかの国における魔術組織の統括も任せられ、自分たちでは想像もつかないような闇の秘術を日夜研究している魔術師としての側面も存在している。

かつてダークエルフの暗殺組織で名を馳せていた時の二つ名は《呪賢者》。

目の前で朗らかに笑みを浮かべる好々爺《こうこうや》とした態度とは裏腹に、そのうちに秘める危険は計り知れない。

次いで軍事部門の長、いわゆる将軍的な役割を担っている戦士ギア。

その苛烈で慈悲のない性格はアンテリーゼが故郷にいた時から有名で、彼の手にかかった者はもはや数えることも馬鹿らしくなるほどだと言われている。

二つ名は《暗殺者》。その技術と忠誠心は今や破滅の王のみに捧げられている。

王の両側でまるでメイドが侍《はべ》るように控える二人はエルフール姉妹。

次期マイノグーラの重鎮として王自ら英才教育を施されていると噂《うわさ》される曰《いわ》く付きの少女たちだ。

マイノグーラより使者としてやってきたことがあり、それなりに良好な関係を保っている。

この中では唯一、胃を傷めずに会話ができそうな相手であったが何やら以前より闇の気配が濃くなっており気が気でない。

最後に、王が誇る腹心アトゥ。

ダークエルフとは由来もあり方も根本から違う彼女は、静かに王の横にいる。

彼女について語るべきことは殆《ほとん》どない。

人智を超える力を持つ彼女がマイノグーラ王に

対して絶対の信頼を寄せており、また王からも等しく信頼を置かれていることは今までの交流で嫌というほど理解させられた。

このパッと見れば美しさが際立つだけの少女がマイノグーラが誇る強大な戦力であるとはおよそ理解できない。

だが彼女が本気を出せばこの場にいるフォーンカヴンの人員は全て一瞬のうちに惨殺されるのであろうことは明らかな事実だ。

先の戦争においてフォーンカヴン側が手に入れた情報全てを聞き及んだアンテリーゼは、目の前の存在が確かに闇の存在であるのだと息を呑む。

そして、何より。

ああ、だとしたら、彼女が付き従うように侍るその存在は……相手は……。

アンテリーゼは震える身体を無理やり動かし、視線をソレに向ける。


破滅の王。イラ＝タクト。

ソレは、まるで近所まで散歩に来た友人のように。

静かにそこに佇《たたず》んでいた。

（これが……破滅の王）

王の出で立ちは少しばかり奇妙であった。

豪華な意匠が施されたローブのようなものを頭からすっぽりと被り、まるでその姿を隠すかのようにしている。

これでは顔色や機嫌を窺《うかが》うこともできない。

そう思い、失礼にならない程度に顔を凝視する。

……ローブの奥に潜む虚無と目があった。

「ひぃっ！」

思わず声が漏れ出て、慌てて口を手で閉じる。

身体中から冷や汗が滝のように溢《あふ》れ出し、鼓動が面白い位に高鳴っていく。

まるで自分の全てを見透かされるような、この

世の理《ことわり》の外から見つめられるような、そんな名状しがたい視線だ。

それは一瞬でアンテリーゼの心を恐怖で縛り上げ、地獄の奥底へと引きずり込もうとしてくる。

このまま心の臓がショックで止まってしまうのかと感じたその瞬間、ふっと王の視線がアンテリーゼの瞳から外れた。

「はぁっ……はぁっ……」

命拾いした。アンテリーゼは息を切らせながらそう確信する。

王の視線は瞳から少しばかり下に逸《そ》れ、相変わらず生命を感じさせない虚無で自分を見つめている。

隣にいるアトゥが何やら不機嫌そうな表情で王に耳打ちしているのはどういう理由か分からぬが、少なくとも自分に不快感を抱いていないであろうことはなんとなく分かった。

むしろ王の態度は彼女の予想とは真逆のものだった。

賢《さか》しい彼女だからこそ先の態度を理解する。

破滅の王は、ことさらに自分を恐怖で萎縮させないよう配慮したのだ。

先の悲鳴が聞こえていただろうに指摘することなく、加えて王自ら視線を外してアンテリーゼの胸元を見つめているのもそのためだろう。

ローブを着込んでいるのも、自らをことさら衆目に晒《さら》して恐怖を煽《あお》らぬためか。

その行動はただ破滅だけを望む災害のようなものではなく、少なくとも同盟国に配慮する理性を有している。

――アンテリーゼはマイノグーラという国家が曲がりなりにもフォーンカヴンの同盟国であることに感謝した。

同時に、マイノグーラという国家がフォーンカヴンの同盟国であるという事実に、心の底から怨《えん》嗟《さ》の念を上げる。

（ぺぺくんとトヌカポリ様は本当に理解してこのバケモノと同盟結んだっての!?　人が対等に付き合える相手じゃないでしょ！　マジでどうなっても知らないわよ私は!!）

こちらの動揺を内心で見透かされているかのような気持ちに、アンテリーゼも思わず心の中で罵声を放つ。

もしかしたら本当に心の声を聞かれているかもしれないという危惧もあったが、それよりも圧倒的な理不尽さに今にも爆発しそうな気持ちだった。

それほどまでに、王との接触は彼女の心に衝撃を与えた。

だが巨象が蟻《あり》に配慮しその住処《すみか》へと訪問することが荒唐無稽な夢物語であるように、破滅の根源たる存在が矮小《わいしょう》なる人の住処へ無事平穏に訪問することなど土台不可能なのだ。

彼女の動揺と混乱は、決して避けられないものだったと言えよう。

（落ち着きなさいアンテリーゼ。相手はこちらに配慮してくれている。大丈夫、問題ないわ。まだ失敗は犯していないはずよ）

幸いなのは、この時点で数多くの住民がこの街から退去していたことであろう。

現在ドラゴンタンの街では都市長命令として外出の禁止が言い渡されている。

本来であれば市民と共に相手国の来訪を歓迎すべきなのだが、その余裕がどこにもないのだ。

この判断が正解だった。

礼を失することを承知でアンテリーゼはこの対応を採っている。

彼女の予想とトヌカポリからもたらされた情報が正しければ、きっとドラゴンタンの市民は王の直視に耐えられないであろう。

無論先方にもそのことは伝えてある。

説明としてはまた別の取り繕ったものを用意しているが、相手側からの答えは快い了承であった。

本来であれば不愉快と断じられてもおかしくない対応にもかかわらず、逆に連絡を行った実務担当者のモルタール老からはこちら側の状況を慮《おもんぱか》る言葉さえ送られている。

その思慮と配慮だけを素直に受け取るのであれば、フォーンカヴンとマイノグーラの友好をこれでもかと表す小話となるのだが、その行き届いた気遣いが今では嫌な気持ち悪さとなって胸の奥にへばりつく。

（これ以上黙っているわけにもいかないわね。兵たちも――少しは落ち着いたかしら？）

時間にしてわずか一分にも満たぬ間の出来事である。

その短い間に、一生分の恐怖と不安と混乱を味わったアンテリーゼは一度大きく息を吸い、今まで最高とも言える渾身《こんしん》のお辞儀をする。

「マイノグーラの偉大なる指導者、イラ＝タクト王。そしてマイノグーラの皆様。ようこそドラゴンタンの街へお越し頂きました。私はこのドラゴンタンの都市長を任されていますアンテリーゼ＝アンティークと申します。我が街一同、皆様のご来訪を心より歓迎いたしますわ」

穏やかな微笑《ほほえ》みは人生の折々で学んだ処世術だ。都市長になってからはその激務で使う機会など無いに等しかったが、どうやらまだ錆《さ》びついていないらしい。

ここからが本番、決してしくじることのできない応対が始まる。

「――うん、ありがとう」

ああ、破滅の誘いとは、このような声音をしているのだな。

アンテリーゼの胸中を恐怖という名の狂爪《きょうそう》がかき混ぜる。

きっとこれから起こる会談は、自分が想像する何倍も混乱と混沌《こんとん》に満ちたものになるだろう。

まるで心が存在していない虚無のような存在。

破滅の王イラ＝タクトはこの会談で何を求め、何を対価として出すのであろうか？　アンテリーゼの胸中を恐怖とはまた違った不安と気持ち悪さがよぎる。

願わくば、誰もが泣くことのない結末となりますように。

そんな彼女のささやかな願いが行く当てなくさまよう中、両国の会談が始まった。


市庁舎に用意された会議室は、両国の指導者が集まるにしてはやけに簡素であった。

そもそもが首都でもない辺境の都市であることに加え、現状は人手が足りていない状況である。

他国の慣例のように記念と雇用創出を兼ねた豪華絢爛な専用の会議場を作る余裕などフォーンカヴンのどこにもなく、またマイノグーラ側としてもそのような大層なもてなしに時間をかけるくらいならさっさと済ませたいという事情があった。

ゆえにこの会場。

何もかもが異例づくしの会談である。

それは何もこのみすぼらしく古びた狭苦しい会議室に国家の重鎮たちが集まっていることだけにはとどまらない。

「お久しぶりですタクトくん！　ドラゴンタンを上げるので代わりになんかください！」

開口一番の言葉からもそれはよく分かった。

挨拶もそこそこにフォーンカヴンの指導者ぺぺが言い出したのはドラゴンタンの譲渡。

常道を考慮しないのがタクトの常であるが、ここまで常識を逸した開幕をぶつけられると流石のタクトも思わず突っ込みを入れそうになる。

無論、彼の暴走に関しては予定とは大いに違ったものなのだろう。

ちらりと視線を向けたトヌカポリは頭を抱えて

いるし、アンテリーゼはあんぐりと口を開けて眼をぱちくりさせている。

対するこちら側の人員――モルタール老も冷や汗混じりにあごひげをいじっているし、エムルに至っては手にもつペンを落とす始末だ。

列席者の確認もままならぬ間に始まった先制攻撃にさしものタクトも少々呆《あき》れてしまう始末だった。

「久しぶり、ぺぺくん。うーん、くださいと言われても。何を上げていいのやら」

とは言えすでに会議は始まりを告げている。

さて、少しばかり時間を稼がねばならない。

タクトはそう考え少しばかりもったいぶった態度を取った。

ぺぺの天真爛漫《てんしんらんまん》さや破天荒さは彼の好むところであったが、この場面において相手にイニシアチブを握られるのは少々まずい。

いくら大筋の内容に関しては既定路線とは言え、この場は国と国の交渉場。

特に偶発的な遭遇の末に行われた前回の会談とは違って正式なものである。

今後お互いの国の力関係を明確にするためにも、あまり情けない結果だけは避けたい。

考える仕草を浮かべながら、チラリと周囲を確認する。

フォーンカヴンの主たる列席者は杖持ちであるぺぺに、同じく杖持ちのトヌカポリ。そして都市長のアンテリーゼである。

他は護衛の兵士がいくらかと、書記や資料の手配などを行ったりする文官が数人。

タクトはなるべくアンテリーゼの胸に視線が向かわぬよう気をつけながら、こちらが用意したメンバーに意識を向ける。

まずは会談を行うにあたっての補助的な役割でモルタール老。記録係としてエムル。

アトゥとギアも列席しているが、二人はどちらかと言うと護衛としての役割を求められてである。

すぐ隣の部屋には魔女となったエルフール姉妹もいるし、ダークエルフの兵やマイノグーラ固有のユニットである《ブレインイーター》も控えている。

およそ不覚を取る余地のない布陣であり、良好な関係を築いている同盟国相手としては過剰とも言える戦力だ。

（まぁ、そもそも殆どの戦力を持ってきたから過剰になるのは仕方ないんだけどね）

危険視すべきは戦力の分散、そして各個撃破である。ゆえに全部持ってきた。

マイノグーラの都市とドラゴンタンの距離が比較的近く、再度敵対勢力の侵攻が発生してもとんぼ返りが可能であるがゆえに決定された些《いささ》か強引な手段だ。

ともあれ会議のメンバーはこれで全てである。

実際に参加する人数はひどく少ない。

だが有する決定権は最上であり、タクト側の重要人材が全て揃《そろ》っていることも相まって会談の内容はより深いところまで進むことは確実だ。

あまり国内を疎《おろそ》かにしたくないタクトとしても、今回で全て決める腹づもりでいた。

さて、こちらの手番はどうするべきか……。

「ほっほ。確かに悩みますな王よ。我が国家もまだまだ成長途中。我らダークエルフのふがいなさゆえの結果でまこと情けなく王に向ける顔がございませぬが、なかなかどうして現実として出すことのできるものは限られておりますじゃ」

タクトが時間を稼いだ十数秒で、モルタール老が参戦した。

伊達に賢者と呼ばれるだけの知恵者ではない。すぐさま会談の支配権がフォーンカヴンに移りかける空気を察し、のらりくらりと場をかき乱し始めた。

すでにドランゴンタンの譲渡は規定事項として

語られている。

今行われているのはその対価としてマイノグーラが何を出せるか、何を出すつもりか？　に関してである。

フォーンカヴンは最大限むしり取る腹づもりで、マイノグーラは最大限財布の紐《ひも》を堅くする腹づもりで、言葉の裏で迂遠《うえん》ながらも鋭い探り合いが行われている。

むろん殆どの者はその速度感についていけずにいる。

本来ならば相手の意思や意図を確認するところだ。それどころか先の戦《いくさ》に関する話題などで場の空気をゆっくりと暖めるところだろう。

そんな面倒なことをなぜしなければならない？

奇しくも両国の代表はこの件に関して全く同じ考えを抱いていた。

「またまたぁ！　あれだけ凄《すご》い食べ物を出してくれたタクトくんです。いろいろと僕らに見せていない良い物がまだまだあるんじゃない？　それに何か大きな荷車も持ってきたんでしょ？　中に何があるか見せて欲しいな！」

「そんなたいした物じゃないよぺぺくん。もしかしたら必要になるかも？　って程度のものさ」

「きっと凄いものなんだろうなぁ。楽しみだな！　わくわく！」

目敏《めざと》い。非常に目敏い。

目立っていたのは事実ではあるが、このタイミングでそれを出されると少々返しづらいものがある。無論、馬鹿正直に受けるつもりはない。

「ほっほっほ。ぺぺ様のお気に召せば良いのですがのう……。そう言えばトヌカポリ様。貴国は貴方がた以外にも杖持ちの方々がいらっしゃると伺っておりますじゃ。そちらの皆様は此度《こたび》の提案にどのようにおっしゃっておられましたかな？」

「ん？　んんっ……まぁいろいろと言われたが一応納得はさせたよ。この馬鹿が言い出したことだが、貴国との今後の関係と先の戦争に関する礼として差し出すにはこの位の度量は見せないとね。まっ、《龍脈穴》だけは首を縦に振れないけどね」

「確かに龍脈穴は以前より話している通り共同管理が良いでしょうな。王もそのご意向ですじゃ。しかし、街の譲渡とは些か剛気が過ぎるかと思いますぞ。ワシも最初聞いた時は大層驚いたものですのぅ」

「……まぁ考えの末といったところさね。我が国がどれほどマイノグーラを重要視しているかを理解して貰《もら》えれば幸いだよ」

「しかしながらトヌカポリ様。この街を頂いたとしてもいやはや、そこまで我が国に利点があるか……」

「こら、モルタール。そんなこと言っちゃダメ。ドラゴンタンは素敵な街だよ」

「おおっ！　我が王よ！　これは失礼いたしました！　マイノグーラの、ひいては王への利益を考えるあまりなんと失礼なことを。フォーンカヴンの皆様、老いぼれの戯《ざ》れ言《ごと》とどうか笑って許してくだされ」

話題を塗り替え、ドラゴンタンの価値へと移した。

いささか強引な部分はあったが、そもそもこのような会議に品性を求め過ぎても問題だろう。

重要なのは益となる合意を出すことであり、マイノグーラにとってよりその益が大きければいいのだ。そのためにはあらゆる手段が許容される。

「ごめんね、ぺぺくん」

「そんな、気にしなくていいですよタクトくん。確かにドラゴンタンは何もない街ですから！　わっはっは！」

「はぁ……全くこの子ときたら。相変わらず何も考えずに喋《しゃべ》るんだから……。さてマイノグーラの皆様方、そしてイラ＝タクト王。すでに先日の書簡で送り、そして今この場にて話があった通り、我が国フォーンカヴンは貴国マイノグーラにドラゴンタンの街の譲渡を検討している。その対価として貴国が持つ戦力、またはそれに準ずる戦争理論や武器兵器などの技術提供を求めたい。これが我が国の提案さね」

「ドラゴンタンを手にする利点は？」

「くっ！」

国家間の交渉とは、血の流れない戦争である。

そしてそこには一切の甘えは存在せず、弱肉強食の理論がまかり通る。

その点においてタクトは相手に容赦しなかった。

先ほど自らモルタール老へと注意した言葉を悪びれることなく突きつける。

同盟国とは言え搾れるだけ搾り取るのが彼の信条である。この場合悪いのはこちらではなく口の立たない相手側だ。

もっとも、同盟国ゆえに後々しこりが残らないように限度だけは見極めるつもりでいたが。

「…………」

トヌカポリは黙りこくる。

フォーンカヴンとしては劣勢であった。

龍脈穴をのぞけばドラゴンタンの街としての価値は限りなく低い。都市機能が半ば崩壊しているがゆえに立て直しのために相当の持ち出しが必要だからだ。

加えて相手側……つまりマイノグーラのカードをまだ確認していない。

相手の手札が分からぬ状況で一方的にこちらのカードの価値を落とされている状況では、あと数分もしないうちに敗北を確信せねばならないだろう。

だがこの国には彼がいる。

予想外で突拍子もないことをしでかすが、だが決して侮れない少年がいる。

先ほどまで窓の外を眺めながら明らかに退屈そうにしていたぺぺは、突如思い出したかのように会話に躍り込んできた。

「メリットはあるよ。ドラゴンタンにはとても素晴らしい人たちがいます！　そう、沢山人がいるんです！」

鋭い指摘だ。とタクトは内心で感嘆の表情を浮かべた。

おそらくぺぺにはマイノグーラの内情がよく分かっているに違いない。

マイノグーラに圧倒的に足りないもの、それは人。

都市の施設は魔力さえあれば作れる。現在『ブレイブクエスタス』の魔物たちから手に入れた金貨を魔力に還元すればいくらでも緊急生産で作り出せる。

崩壊した都市のシステムや治安もまたしかり、こちらには都市の治安を向上させる能力を持つユニット、ブレインイーターもいる。

だが人口は別だ。

こちらに関してはどのような手段を用いても用意は難しく、その増加には膨大な時間が必要だ。

いくらマイノグーラ固有の種族である《ニンゲンモドキ》が繁殖力の高い種族とは言え、限度はある。

少なくとも次の世代を作り出すためには数年の時が必要であり、現状マイノグーラが置かれた状況を鑑みるにそれは途方もない年月となる。

マイノグーラには時間がないのだ。

この世界に明確に脅威が存在する以上国力の増強は急務であり、唯一マイノグーラが八方塞がりに陥っている弱点とも言えた。

マイノグーラが元々かの国に求めていた物、それが人であった。

「人、かぁ。うーん、どうだろ」

「素晴らしい人たちばっかりですよ。きっとマイノグーラの皆も気に入るはずです！　タクトくんも賑《にぎ》やかな方がいいでしょ？」

天然でやっているのか本心でやっているのか。

どちらにしろ、タクトの瞳に映るこのぺぺという友人の少年は決して軽視できない交渉人であるということだ。

タクトはようやく本番とばかりに気づかれぬよう姿勢を前のめりにさせる。

その態度に応えるように、ぺぺは瞳を輝かせ笑顔を深める。

「僕らの国は力が足りない。タクトくんの国は国民が足りない。ならお互い足りないものを交換しよう！　そうすれば、きっともっと素敵な国を作れるよ」

事実である。

まごうことなき事実だ。

タクトとしても国民が増えることは非常に魅力的である。

加えてドラゴンタンに存在する龍脈穴のマナを大地の属性に変換できれば、様々な土地肥沃化の戦術魔法が使えるようになる。

不毛な大地であるこの地においては非常に有効な手段であり、一気に都市開発のスピードも上がるだろう。

この先の様々な技術を解禁し戦力を整えるにはより多くの研究が必要になってくる。

いくらダークエルフたちがその献身をもって探究に明け暮れてくれたとしても数の暴力には抗えない。

国民の数とは、それすなわち国力に直結するのだ。

翻《ひるがえ》ってフォーンカヴンにも大いなる恩恵を与えるだろう。

フォーンカヴンという国家のボトルネックは全てその戦力に集約される。

蛮族はびこるこの南部大陸――通称暗黒大陸において決定的な力を持たない彼らは安全を確保できないがゆえに満足に拡張することができずにい

る。

結果として農地の開墾がおくれ、暗黒大陸の土地の性質も相まって作物の収穫量も増えない。

食糧が不足し、余所《よそ》からの輸入に頼ると金銭が流出し国家が疲弊する。

国家全体が慢性的な貧困に陥っているのが調査によって判明した現状だ。

その状況がマイノグーラの力を借りることによって一気にひっくり返るのだ。

彼らがどの程度当たりをつけているかは不明だが、タクトたちが用意している武器ならばもちろんその目論見《もくろみ》は達成される。

更新された圧倒的な軍事力をもって周辺地域を平定し、安全な状況で土地の開墾を行う。

更にはマイノグーラと共同管理している大地のマナも用いれば彼らのポテンシャルは最大限まで引き伸ばされる。

ニンゲンモドキほどではないが獣人も多産で繁殖力が高いと聞く。

長期的に見れば国家が繁栄しないわけがなかった。

締結されればあまりにも両者にとってメリットの高い合意内容。

気がつけば、まるで相手が敷いていたレールの上を走っているかのような気分に陥りつつも、タクトはいくつかのより踏み入った質問を投げかける。

「龍脈穴についてはどう考えているの？」

「細かい管理のこと？　後で決めればいいでしょ、僕らの友好のもとにいい感じの条件で！」

「ペペ君。国民には尊重されるべき誇りと意思があるんだよ。全員逃げ出すんじゃない？」

「誇りも意思も、生きているからこそだよ。それに、全員が全員兵士のように強さと勇気を持っているわけじゃないよ」

「僕の国民になると邪悪になってしまう。その決断はまさしく——とても強さと勇気のいることだと思うけど」

「えー、そうかな？　マイノグーラはとってもいい国だよ。ご飯美味《おい》しいし、凄い物も沢山あるし。それに——ダークエルフの皆もとっても幸せそうだし！　そうですよね、モルタールさん！」

突然の投げかけにギョッとした表情でモルタール老が目を見開く。

次いで全員の視線が自分に向いていることを知ると、苦々しい表情で口を開いた。

「ぬぅ……もちろん。我々ダークエルフ一同、王のもとその国民になれたことで誠の幸福を感じておりますじゃ」

「……」

「お、王よ……」

「ありがとうモルタール老。僕も嬉《うれ》しいよ」

「ははぁっ！」

モルタール老が苦々しい態度を取った理由を正確に把握しながら、タクトは彼の失態を良しとした。

いや、失態と断じるには些か辛《つら》いものがあるだろう。何しろ彼の立場を考えればあの場で是と答える以外に選択肢はなかったのだから。

「きっと僕らの国の人たちがマイノグーラの国民になったら、両国がもっと仲良くなれると思うんだ！　ドラゴンタンはその架け橋だね！」

一手、いや数手上かもしれない。

タクトは内心で驚きの声を上げる。

マイノグーラの民となる国民は、国家とイラ＝タクトに対する忠誠をのぞいてその自由意志がほぼ保障される。

その事実を先ほどのやりとりで見透かされた。

おそらく以前からの交流を通じ、すでにそのことは察していたのだろう。マイノグーラの民となり魂が邪悪になったとしても、自分の意思や誇りが書き換えられ別人になってしまうことはないと。

であれば国民側の説得も容易であると証明でき、ひいてはマイノグーラ側へ国民の移民が容易であることを証明できる。

すなわちそれはドラゴンタンの価値を高めることとなり、交渉を優位に運ぶことができる。

モルタール老に言葉を投げかけたのはあくまで確認に過ぎない。

つまりフォーンカヴンはこう言いたいのだ。

人が欲しいのだろう？　こちらもそちらも、その準備は十分できている、と。

移民に難色を示す形で恩を売りたかったマイノグーラとしては素直に頷《うなず》きたくはない言葉だ。

だがここで頷かねば、そもそも根本から話が破綻してしまう。

互いに妥協点を見つけなくてはこの会談で生まれるのは損だけになってしまうからだ。

「そうだね、両国の友好はとても大切だよ」

タクトは頭を高速回転させてこの後の流れをシミュレートし、互いのメリットデメリットを精査する。

元フォーンカヴンの住民の受け入れ。彼らがマイノグーラの住民に帰化したとしてどちらにしろ祖国のことを完全に忘れることはできないだろう。

無論システム的な制約により彼らの忠誠はマイノグーラに捧げられるが、思い出や記憶としては確実に残る。

ダークエルフたちがマイノグーラの国民となってなお、エルフへの恨みとダークエルフとしての誇りを忘れていない所からもそれは確かだ。

万が一マイノグーラとフォーンカヴンの仲がこじれた場合、この事実は不確定要素としてしこりのように残る。

無論、最終的には新たな民はマイノグーラを取るだろう。だが国民に不幸を押しつけてまで無理を通すことではない。

なぜなら——国民の幸福とはすなわち魔力の生

産量に直結するからである。

この『Eternal Nations』のシステム的制約が、ここに来て大きな枷《かせ》となっていた。

つまりはマイノグーラ側がフォーンカヴンの人を受け入れる以上、どうしてもフォーンカヴンとの同盟関係が重要になってくるのだ。そして現状同盟関係を強化することはメリットこそ存在せよデメリットはないに等しい。

ある種の文化的浸透とも言える行為は、間違いなく攻めの戦略である。

どこまで本人の考えかは知れないが、いずれにしろ計り知れないセンスと言えた。

「両国の架け橋……か。なるほど、確かに良い提案だと思う」

ここが落とし所か。

タクトは彼らが用意した対価を、価値ある物として認めることを良しとした。

これによりこちら側の持ち出しが多くなるが、それを踏まえても合意に至るだけの納得があった。

無論マイノグーラ側にもメリットがある。

ぺぺの言うとおりこの戦略はフォーンカヴンに有利に働くだけでなく、マイノグーラ側にも有利に働く。

マイノグーラと同様にフォーンカヴンもおいそれと同盟関係を破棄することができないからだ。

人の心は単純ではない。自分たちの仲間が余所の国へと帰化し、あまつさえその国家と関係が敵対的なものとなれば国内の動揺は計り知れない。

平和的な譲渡と帰化のプロセスは途端に裏切りや切り捨てと取られ、指導者への不振や場合によっては内乱に繋《つな》がる。

つまり、枷は同様にフォーンカヴンにもつけられている。

どう転んでも、互いに互いを裏切れない。それが今回の合意でなされる結果であった。

「あっ、そうだ。本国の方にもダークエルフの人たちがいたみたいだし……その人たちにもマイノグーラの国民になるかどうか相談してもいいかもね！　というか本国の人たちも誘ってあげようよ！」

そしてお馬鹿で考えのない、だがその奥に深い知識の光が垣間見えるぺぺの独壇場は続く。

その言葉ににわかにダークエルフたちが色めき立つ。

こちら側から提案するべきことだったが、ここでも先手を取られた。

なるほど人心掌握に長けている。タクトは自分も彼ほどコミュ力があったらもうすこし楽しい人生を送れていたのだろうかと少しばかり悲しい気持ちになる。

「ま、待ちなぺぺ！　その件はアンタの独断だよ！　まだ決まっていない話さね！」

「んー？　そこら辺はお婆ちゃんがなんとかしてよ。この前みたいに上手に言いくるめてさ！」

「このっ……お馬鹿が！」

「それに、今の国民を全員食べさせてあげるだけのご飯があるの？」

「くっ！　アンタ本当にどっちの味方さね！」

見ていて面白いとも思った。そしてやはり上手《うま》いと感じる。

まぁその辺りの決定はすぐ行わなくても良いだろう。今のマイノグーラが有する魔力を用いれば食糧の支援もある程度は可能だ。

これ以上トヌカポリの胃に穴があくのも可哀想だし、この辺りで助け船を出してもいいかもしれない。

そんなことを考えていると、突如ぺぺがタクトへと向きなおり真剣な眼差《まなざ》しを向けてきた。

「タクトくんには悪いことをしたと思っているんだ。だってこの前の戦いではボクらは何もできなかったからね。流された血は、本来ならボクらが担うべきだった」

タクトはその言葉に少し考える素振りを見せ、本心を語る。

「アレは世界の滅びと征服を望んでいた。どちらにしろマイノグーラとも敵対していたよ。フォーンカヴンが悪いわけじゃあない」

「じゃあ悪いのは、ボクらに戦争をふっかけてきた悪い奴らだってことになるね！」

「そして、万全な備えを怠った僕たちでもある」

そう、全ては準備不足。否——認識の甘さが祟《たた》った悲劇だ。

それは何もフォーンカヴンだけにとどまらず、マイノグーラやタクトにも言えることだ。

「だから、次は万全の備えをしようタクトくん。誰がどんな考えで来ても倒せるように。圧倒的な力で」

その言葉に、全ての者が巻き込まれていた。

カリスマ性のある言葉とは、こういうことを言うのだろう。タクトは感心しながらも、その想いに酷《ひど》く共感する。

備えは重要だ。圧倒的な備え。圧倒的な国力。そして圧倒的な力。

何をおいても、それが必要だった。

「僕らが出すのは人。君が出すのは？」

タクトは心の中で笑う。

実に面白い相手だ。

力とは単純な暴力だけに限定される物ではない。物事とは複雑であり、様々な要因が人や世界に影響を与える。

力とは、どれだけ自分以外に影響を与えることができるか？　を表した物なのだ。

その点で言えば、ぺぺが持つ天才的洞察力とその天真爛漫で奇抜な行動力はまさしく力と言えた。

そしてタクトは、そういう相手を非常に好ましく思う性格だった。

「モルタール老」

「はっ！　こちらの準備はできておりますが……

よろしいのでしょうか？」

「ぺぺくんの方が交渉上手だったってことだよ。まっ、互いに利がある話さ」

タクトはここで当初の予定を変更する。

本来であればある程度提供を絞る予定だった対価を、全力で放出することにしたのだ。

覚悟の対価には等しく覚悟を。

ぺぺらフォーンカヴンがここまで本気でマイノグーラにかけるつもりであるのなら、自分たちも応えないわけにはいかない。

いずれ野望を果たすために彼らとの関係に何らかの決着をつけなくてはならないとしても、今はまだ同盟としての友情がそこには確かにあった。

「ぺぺくん——力が欲しいかい？」

タクトは静かに、わずかにもったいぶった様子でその言葉を告げる。

それは以前の世界でよく聞いた、いつか使いたいと思っていた言葉だ。

「欲しいねっ！」

「じゃあ今度はこちら側が驚かす番だ」

そう、今度はこちらが彼らを翻弄する番だ。

彼らが想像している対価の、何倍もの価値を有する力を提供してやろう。

もう二度と両国に敵対しようとするものが現れないように。

「ではお望みどおり、本物の〝暴力〟というものを見せてあげるよ」

「楽しみだなーっ！」

そう無邪気に笑うぺぺとは裏腹に、トヌカポリを始めとしたフォーンカヴンの列席者は一様に青ざめているのであった。

Eterpedia

獣人

種族

《種族補正》

近接ボーナス	＋10%
平地ボーナス	＋5％
繁殖力ボーナス	＋10%
食糧生産ボーナス	－5％
研究ボーナス	－5％

解説

～獣の魂と人の魂を持つ者たち。

大地こそが、彼らの住まう家である～


獣人は狼、猫、牛といった様々な動物と人の亜人を総称した種族になります。

細かい分類はあれど、基本的には戦闘能力に優れ、繁殖力の高い生存性に優れた種族です。

ただし手先が不器用な面があるため、食糧生産と研究にマイナスのボーナスが存在しており、これらの対策を考慮したプレイが求められます。

第九話　未知なる力

本物の力。

アンテリーゼはマイノグーラの王であるイラ＝タクトが放ったその言葉を反芻《はんすう》しながら、今から見られるであろうその演目に微かな期待と大いなる不安を抱えていた。

無論、アンテリーゼとてそこらの村娘ではない。子供じみた夢想だけではなく、現実的にマイノグーラがどのようなものを用意するかはおおよそ推測がついていている。

一般の兵が利用可能な新種の武器。

それがマイノグーラが自分たちの要求をあの書簡から察し、用意してみせたものなのだろう。荷車からかすかに聞こえる硬いものがぶつかり合う音からもそれは分かった。

当初は自分たちにも利用可能な戦闘魔術、もしくは制御可能な魔物の提供を望んでいたフォーンカヴンだった。だが確かに武器だとしても要求には適合している。

むしろ才能やセンスを要求され習得時間も必要な魔術や、暴走の可能性があり制御の技術も習得せねばならない魔物よりも、即効性があり、より戦略の幅が広がるとも言えた。

唯一の懸念はその武器の流出や模倣などだが……これらに関しては実物を見るまではその判断は難しいだろう。

何しろどのような代物が出てくるのか、その見当すらつかないのだから。

「さて、準備はこれでよろしかろうと。フォーンカヴンの皆様には、突然の申し出にもかかわらず迅速なる対応感謝いたしますぞ」

「い、いいえお気になさらずにモルタール老師。けれどよろしいのでしょうか？　ここは場合によってはひと目につく可能性があるかと思うのですが……。どのようなものをお見せくださるか分かりませんが、あまりおおっぴらにしても良いものではないのでしょう？」

「ほっほ。お気遣いまことかたじけない。しかしながら我らが王が生み出しし力は、少々過激で目立ちますがゆえに」

「は、はぁ……」

アンテリーゼは辺りを見回し、その準備とやらをそれとなく窺《うかが》う。

場所はドラゴンタンの街はずれ、過去に質《たち》の悪いゴロツキが住み着き一種の無法地帯となっていたスラム地区だ。

ゴミゴミとした住居とも言えぬ建物が立ち並び、ボロボロに崩れたその外見もあいまって廃墟といって差し支えないだろう。

そんなある種奇妙な場所に用意されたのは、複数の案山子《かかし》であった。

元々は兵の訓練用に用意されていたものだが、現在はクオリアから流れてきた重厚な鉄製の鎧《よろい》を着せられて的として一列に並べられている。

少し離れた場所にあるそれらを眺めながら、アンテリーゼは更に思考を深める。

（遠距離武器？　もしかして弩《いしゆみ》の一種なのかしら？　構造が複雑で量産に向かない学者のおもちゃというのが一般的な評価だけど、実戦に耐えうるものを完成させていたの？）

だとしたら少々落胆せねばならぬだろう。

複雑な構造を用いて弓の貫通力と命中率を上昇させた弩と呼ばれるそれに関して、アンテリーゼが知っていたのは偶然だ。

エル＝ナーにいた頃に氏族の権力者がどこからともなく手に入れ見せびらかしていたものを触らせてもらったことがあったのだ。

その時は構造が複雑ゆえ破損の可能性が高く戦場ではおよそ役立たないと弓術に一家言あるエルフの戦士たちにこき下ろされていたのだが、マイノグーラはそれら問題点を改善した弩の開発に成功したのかもしれない。

だが……解せないこともある。先ほどモルタール老は「過激で目立つ」と言った。

よしんばこれから披露されるものが弩及びそれに類する射撃武器だとしても、そこまで目立つとは考えにくい。

狭く最低限の設備しかないとは言え、ドラゴンタンにもある練兵場で事足りたはずだ。

にもかかわらず彼らはその提案を丁寧に断ってきた。

その代わりにと指定されたこの地区は現在完全な無人地帯となっているとは言え、間者やそれに類する招かざる客が紛れ込まないとも限らない。

無論人払いのための人員は配置しているが、それでも予想外が起こるのが世の常というものだ。

マイノグーラがそのリスクを理解していないわけではないだろう。

だとすれば答えは一つしか考えられなかった。

ソレは弩などでは決してなく、隠すことが不可能なほど派手で激しいものなのだ。

「モルタール老。こちらも荷解き及び各部チェック完了しています。射撃の準備はできていますがいかがしましょう？」

アンテリーゼが難しい顔で思考の深みに陥っていると、隣で指示を行っていたモルタール老へと質問をしてくる人物がいた。

マイノグーラの重鎮の一人エムルだ。

すでに手紙で何度もやり取りしたことがあったため、実際に挨拶した時は久しぶりにあった友人のような感覚さえ覚えたものだ。

種族的には犬猿の仲だが、なかなか好感の持てる付き合いやすい人物だ。

そんな彼女は何やら専門用語を用いてモルタール老へと問いかけをしている。

運用が確立されている証拠だ。どうやら考える以上に大規模で既存の技術から離れたものらしい。

「ふむふむ。ではワシは王と杖持《つえも》ちの方々にお声がけしてくるとしよう。アンテリーゼ都市長、一旦失礼いたします」

突如自分に向けられた言葉に慌てて他所行《よそい》きの顔を作ると、笑みを浮かべて頭を軽く下げる。

どうやらそろそろ始まるらしい。アンテリーゼも覚悟を決めて深呼吸する。

「あっ、すいません。その前に……」

「むっ？　どうかしたのかの？」

だがこの場から離れようとするモルタール老へエムルより声がかかった。

何やら質問が残っているらしい。

この場で聞き耳を立ててもいいものか迷ったが、二人とも特に気にする様子を見せないことからアンテリーゼも変わらずその場で待機する。

「いえ、最初の射撃者は誰にするのでしょうか？　一応ギア隊長と選抜の人たちは準備しているのですが……」

「ふむ…………」

あごひげをゆっくり撫《な》でながらモルタール老が辺りを見回す。

そうして何やら思いついたような、少しばかり意地悪気な笑みを浮かべ……。

「エムル。お主がやりなさい」

そんなことを言い出した。

「あっ、はい。ではそのように……わ、私ですかぁ!?」

どうやら寝耳に水だったらしい彼女は素《す》っ頓《とん》狂《きょう》な声を上げている。

この人もいろいろ苦労していそうだなぁ……。

アンテリーゼは妙な親近感を抱きながら、優しい瞳でワタワタと準備をするエムルを眺めるのであった。

………

……

…

「では皆様方、大変長らくお待たせいたしました。これからマイノグーラが誇りし力を、お集まりいただいたフォーンカヴンの皆様に存分にご覧頂きたく存じ上げます」

時間にして半刻ほどたった頃だろうか、進行役はモルタール老であった。

マイノグーラの王であるイラ＝タクトは彼を見守るように簡易の観覧席にてその様子を眺めている。

フォーンカヴンの杖持ちたちや、文官。そして兵長などの役職持ちが様々な思いを抱いた表情で眺める中、その未知なる演目は始まった。

「このたび我々マイノグーラが対価として提供するのは、個人が利用できる新たな武器でございます」

やはりそうきたか。

アンテリーゼは己の推測が当たったことに小さな喜びの気持ちを抱く。

と同時に、やはり弩だろうかと小さな落胆を抱いた。

「戦《いくさ》における武器とは、あらゆる要求を満たさなくてはなりません。誰でも扱え、習得が容易で、運用が容易《たやす》く、敵に奪われにくい。何より殺すことに長けている。そのようなものが大量に、そして安価に必要となります」

「巨大な個の戦力や複雑かつ強力な魔術が戦場の華となることも当然ございましょう、しかしながらその屋台骨となり支える者たちが必要なこともまた事実。何をもってしても一般的な兵の戦闘能力というものは、無視することの叶わぬ事柄にございます」

「……フォーンカヴンの皆さま方におかれまして

は先の戦において忸怩《じくじ》たる思いをお抱きになっているかと愚考いたします。平和に暮らしている皆様の生活がなぜあのような野蛮で分別をしらぬ劣等種共に脅かされねばならぬのか？　と。何か奴らの鼻っ面を全力で殴りつけることができるような力がないかと。自国に手を出すことがどれほど愚かであるかその足りぬ頭に教育する手段はないかと」

「——我が国はそのための手段をここにご用意いたしました」

話が上手《うま》い。そして引き込まれる。

ある種の煽動家《せんどうか》じみた言葉繰りにその場にいる人々が魅了され、マイノグーラが持つ異質な雰囲気も相まって強い興味と興奮を湧き起こさせる。

アンテリーゼも気づかぬうちに拳を固く握りしめ、その話に聞きいっていた。

「さて、ここにおりますエムルは我が国の文官にして、さほど戦闘技術を持たぬものでございます。その知識と技術は我が国に大いに貢献すれど、身体能力は一般の兵に大きく劣るどころか、年頃の子供にすら負ける始末でしょう」

「あっ、えへへ……」

モルタール老の言葉によって、一人の女性が会場にやって来る。エムルだ。

注目が集まっていることに緊張しているのか、彼女はペコペコとお辞儀をしながら会場の中央へとやってきた。

その姿を見た瞬間、アンテリーゼと幾人かのフォーンカヴン側の列席者は少しばかり表情を変える。

彼女が杖のようなものを持っていたからだ。

いや、形状としては弩に似通っている部分がある。特に持ち手は見たこともある。

だがそれ以外の部分——特に射出箇所が異様であった。弩のような弦を張る箇所がなく、なぜか異様に長い。

果たしてどのように使うものなのだろうか？　フォーンカヴンの面々はその不可思議な武器に釘《くぎ》付《づ》けとなっていた。

と同時に、この特段戦闘が得意にも見えぬ女性がどのようにあの武器を使うのか……と疑問を抱いていた。

「ですがご心配に及びませぬ。重ねて申し上げます。武器とは——誰でも扱え、習得が容易で、運用が容易く、敵に奪われにくい。何より殺すことに長けている。それが必要な条件でございます」

その考えを見透かしていたかのように、心配など無用とでも言わんばかりにモルタール老は再度同じ言葉を紡ぎ、

「エムル、やりなさい」

フォーンカヴンの運命を変えるであろう始まりの宣言をする。

「は、はい!!」

その瞬間、アンテリーゼは全ての時間がゆっくりと流れる様を幻視した。

武器のいくつかの箇所をいじっていたエムルが的に向かってゆっくりと構え、狙いを絞るような姿勢を取る。

一瞬の静止。後に——。

恐ろしい破裂音の連鎖が辺りに響いた。

「きゃっ!?」

思わず可愛らしい叫びを上げたことなど気にもとめず、アンテリーゼは慌てて的である案山子へと目を向ける。

そこにあったのは、先ほどまで重厚さと防御力を誇っていた鉄の鎧ではなく、哀れなほど穿《うが》たれひしゃげたただの鉄くずであった。

何が起こったか全く分からない。全ては大きな破裂音が連続して発生した瞬間に終わっていたのだ。

「こ、これは……」

思わず、唸《うな》りに似た声が漏れる。

起こった出来事をなんと表現すれば良いだろう。

言葉で表すのはひどく難しい。ただ離れた場所に見える兵士に見立てた案山子が、一瞬のうちに強烈な攻撃を受けたことだけは分かった。

杖のような武器の先からは煙のようなものがうっすらと立ち上り、辺りには嗅いだことのない奇妙な刺激臭が漂っている。

鼻の良い犬族の兵士らが思わず顔をしかめる中、まるで予定どおりの結果と言わんばかりにマイノグーラ側の人々は話を進めていく。

「むぅ……照準が甘いのう。エムル、お主教練は何時間受けておる？」

「えっと、確か講習二時間の実技八時間ほどかと……」

「ふむ。補習が必要じゃな。――とは言え、まぁ及第点じゃな。よろしい、下がりなさい」

最後に観覧席に向かって深々とお辞儀をしたエムルは、ようやく出番が終わったとばかりに小走りではけていく。

だがアンテリーゼはそんな彼女を気に留める余裕などどこにもなかった。

「じゅ、十時間だって!? あれだけの威力を出して、いや……だからこそか！ なんてモノを用意してくれるんだい!!」

トヌカポリが上げた興奮混じりの驚きの声にアンテリーゼも内心で頷《うなず》く。

あまりにも危険で、あまりにも規格外であったからだ。

エムルの情報は交流の中ですでにある程度把握している。

ダークエルフの戦士団で副官をしていたとのことなので荒事が苦手と言うわけではないだろうが、見た目の印象やその役割から判断するにどちらかというと頭脳面でその地位にいたと考える方がふさわしい人物だ。

つまるところモルタール老が語るように彼女の身体能力は一般人であり、その教育レベルを除けばそこらにいる市民と変わらぬほどの素質と言える。

それが硬い鉄で作られた鎧に穴をあける。その事実がどれほど凄《すさ》まじい意味を持つかを考えれば、この沈黙も当然のものと言えた。

（弩の発展型かと思っていたけど私の考えがあまかった！　なんなのあれ、どういう機構で発射されているのか全く分からない！　そもそも矢の速度が早すぎる！）

一瞬のうちに放たれた矢は瞬く間に的に当たり、その鎧を蜂の巣にしてみせた。

あらゆる攻撃から身を守ることが役目の硬く重い鎧がこの様だ。実戦において同様のことが起こった場合、中にいる装着者がどうなるかは火を見るより明らかだろう。

人が持つには過剰すぎる武器。そして何より恐ろしいのは――マイノグーラはこれを大量に提供する用意があるということだ。

（戦争の形態が変わるわよ！　こんな馬鹿げた威力、接近戦に持ち込む前にあらゆる対策ごと射抜かれるじゃない！）

「さて、エムルだけではいささか情報に不足があろうかと思いますじゃ。ギア、戦士団を」

「うむ、皆のもの、王が恥じることなきよう鍛錬の成果をお見せするのだ」

「「はっ!!」」

無論、アンテリーゼの混乱などマイノグーラは知らない。

彼らはその衝撃的な光景を目にして思考が追いつかないフォーンカヴンの列席者を尻目に、予定どおり演目をこなしていく。

「目標！　射撃的二番から三番！　連射二秒！　射撃態勢！」

「てーーーーっ!!」

先ほどの数倍の破裂音が輪舞曲となって眼前の的を破滅へといざなう。

キーンと耳鳴りがする中に現れたものは、およそやりすぎといって差し支えない光景であった。

それは圧倒的だった。

これに対応できる存在を、エムルはほとんど知らない。

上級聖騎士はおそらく、もしかしたら中級聖騎士程度であっても射線が向いたことを察知して回避などが可能かもしれない。

逆に言えば、それほどの上位の戦闘能力を有する兵力を用いなければ、この地獄から呼び出されたごとき死の雨からは逃れることができないのだ。

(は、ははは……何これ、何と戦わせるつもりなのよマイノグーラは)

その圧倒的な力の前に、思わず乾いた笑いさえ漏れ出てきそうになる。

同時に、強い興奮が胸の奥から湧き出てくることも感じられる。

あの武器を装備したフォーンカヴンの兵士は、一体どれほどの戦果をあげるだろうか。

間違いなく、マイノグーラを除けば暗黒大陸でも有数の精強な部隊を作り上げることができるだろう。

無論流出等の危険性を考え管理を徹底する必要があるが、少なくとも街のチンピラやごろつきにでかい顔をされる必要もないし、土地を荒らす蛮族たちに苦々しい思いをする必要もなくなる。

以前散々っぱら自分に苦汁を飲ませてきたあの商会屋気取りたちですら、一撃で肉塊にしてみせるだろう。

これは劇薬だ。

この変化は劇薬にすぎる!

「フォーンカヴンの皆様。これにてマイノグーラが誇る新たなる力――〝銃〟の披露を終えますじゃ」

沈黙であった。

誰しもがこの過剰と言えるまでの威力と、異質な力に反応を示せずにいる。

フォーンカヴンはこのような理由ゆえに、そしてマイノグーラはまるで状況を理解する時間を与えるかのように、静かに沈黙を保っている。

だがそんな中で唯一キョロキョロと辺りを見回す仕草をしている人物がいた。

マイノグーラの王、イラ＝タクトであった。

その様子はともすれば「あれ？　どうして驚かないの？」とでも言わんばかりの態度だ。

そうではない。驚きすぎて皆思考が止まっているのだ。

もっとも破滅の王がどのような思考でいるかなどエルフの小娘ごときに推測できようはずもない。ゆえにアンテリーゼは王の態度を見なかったものとし、この霧がかかった思考の中なんとかこの状況を把握しようと努力する。

そんな彼女の本能的回避とも言える努力をあざ笑うかのように、その声は静寂の中やけにハッキリと響いた。

「もう少し、インパクトがほしいな」

マイノグーラの王イラ＝タクトは、突如そんなことを言い出した。

「キャリア、メアリア」

「はーいっ」

「はいなのです」

次いで紡がれた言葉は早かった。

マイノグーラの人員からも動揺の声が漏れ出ているようなので、予定外の行動らしい。

唯一かの王の腹心であるアトゥと、名前を呼ばれた二人の少女だけは一切の動揺を見せることはなかった。

「できたよーっ」

「準備できましたのです」

そうしてアンテリーゼはただただ絶句した。

馴染みである二人が明るくハツラツとした声と共に持ち出したそれは、およそこの年頃の少女が持つにふさわしくない巨大な装置であったから。

（まさか……あれも、銃とやらなの⁉）

構造は大きく違う。杖のような物が束ねられたそれは何やら複雑な機構を有しており、明らかに携行を意図されているものではない。

それを軽々と持ち上げるこの二人に一体何があったのだろうか？

いや、そもそも自分はこの二人をなんだともっているのだろうか？

彼女たちもマイノグーラの国民であるということは、以前に散々思い知らされたはずなのに。

そんなアンテリーゼの驚きもさることながら、真に注視すべきことが今は存在していた。

一般的に、大きさとはすなわち威力に直結する。

エル＝ナーではより高い威力と射撃距離を出すために、一部の精霊闘士が巨大な長弓を用いることがあった。

その単純な計算を考えるのなら、この眼の前にいる二人の少女がそれぞれ持つこのあまりにも巨大な武器は。

一体どれほどの……。

「銃の凄《すご》さを見せてあげて」

「「てーーっ‼」」

そして空気が破裂し、大地が爆発する。

巨大な蜂が飛翔するかのような奇妙な音と共に吹き飛んだのは、ひしゃげて原形をとどめていない的の背後にある家だった。

バラバラと小さな筒のような物がその巨大な銃より飛び散り、輝く杖先からは目にも留まらぬほどの速さで数え切れぬほどの矢が破滅の殺意を込めて目標へと殺到していく。

フォーンカヴンの建築物は木材と泥を利用した堅牢なものだ。硬く固まった土壁は容易には破壊されず、火矢などに対する耐性も強い。

それがまるで砂山を蹴散らすかのように木っ端《こぱ》微塵《みじん》に砕かれていく。

ここに至ってアンテリーゼはようやく腑《ふ》に落ちる。

そりゃこれだけやれば目立つし過激だろう……と。

――わずか数秒の時間にもかかわらず、目の前の景色は一変していた。

アンテリーゼはキーンとなる耳を思い出したかのように緩慢な動作でもって今更抑えながら、ただ何も言えずその光景を眺める。

「いまお見せしたものは残念ながらご提供できるものの品目には入っておりませぬ。あくまで我が国はこれほどの力を有し、その圧倒的武力でもって友好国である皆様にご協力を申し出ていると理解していただければ幸いにございますじゃ」

そう言いながら、少しばかり冷や汗をかいたモルタール老が締めくくる。

「――どうかな？」

満足げな破滅の王の声が破壊の限りを尽くした会場に響き渡る。

流石《さすが》にぺぺも、この光景にはあんぐりと口を開けるばかりだった。

……………

……

…

「跡形もない……わね」

マイノグーラの面々が市庁舎に撤収し、会談の続きを準備している頃。

アンテリーゼは幾人かの職員を連れ、やけに見通しが良くなった会場にて後片付けの指示を行っていた。

「ちょっといいかい、アンテリーゼ」

「トヌカポリ様……」

声をかけられ振り向くと、いつの間にか牛頭の杖持ちが自分の隣にきている。

その表情に激しい疲労が浮かんでいるのはアンテリーゼの気の所為《せい》ではないだろう。

むろんアンテリーゼも同様にひどい顔をしているに違いない。

「前に言ってた長期休暇の件……すまないけど無期限延期で頼むさね」

「はは、ははは……分かりましたー」

都市が譲渡されたらお役御免などと心配した自分が馬鹿だった。

フォーンカヴンには人材が少ない。この調子だとまだまだ自分は馬車馬の如《ごと》く働かされるだろう。

もしかして就職先間違ったかな？　ぼんやりと考えるアンテリーゼだったが、全ては後の祭りと言えた。

Eterpedia

銃器（近代／安価）

武器

《武器補正》
戦闘力ボーナス　＋4
先制攻撃ボーナス　＋40%

近代の戦争において決して外すことのできないこの兵器は、人という種族に驚異的な力を与えます。部隊に装備させることで攻撃力ボーナスを獲得することができ、遠距離攻撃手段を持たない近接兵科に対して圧倒的な優位性を誇ります。

ただし銃器の運用はその威力に見合ったコストが必要になり、これらは常に軍費を圧迫するでしょう。

第十話　締結

マイノグーラとフォーンカヴンが此度《こたび》の会談で締結した条項は以下の通りである。

・フォーンカヴンはドラゴンタンの街をマイノグーラに譲渡する。
その際、マイノグーラは都市に所属する市民で希望する者の移籍も受け入れる。
・マイノグーラはフォーンカヴンへ新兵器である銃器弾薬及びそれに付随する備品や戦術等を無償提供するものである。なお本事項は別に決定したとおりの戦力基準をフォーンカヴンが満たした段階で有償提供するものとする。
・マイノグーラ及びフォーンカヴンの都市間に街道を敷設し、両国の交易と防衛を強化する。
・ドラゴンタンの《龍脈穴》は共同管理とし、別に定めたとおり運用を行う。
・マイノグーラ及びフォーンカヴンは引き続き世界の脅威に対して共に対処することを確認する。

詳細は文官や担当官レベルで決定されるであろうが、主だった事項はこれらの通りだ。

この日をもってドラゴンタンの街はマイノグーラ所属となる。

だが言葉で記すのは易く、実際行うのは難い。

ドラゴンタンの移譲に向け行うべき諸々の手続きと作業を考えると、むしろこれからが本番と言えた。

マイノグーラの《宮殿》にて王たるイラ＝タクトは自らの腹心であるアトゥを呼び寄せ、今後の方針に関する秘密の相談を行っていた。

タクトたちマイノグーラが元々『Eternal Nations』というゲーム由来であることを知っている者は限定的だ。

タクトとアトゥ……今まではここにイスラも加わっていたが、現状ではこの二人だけがマイノグーラがゲームシステムに由来していることを理解している。

ゆえにダークエルフたちにも秘して相談せねばならぬことがあるのは当然であり、ゲームのシステムを踏まえて俯瞰《ふかん》的に状況を把握する時間が必要であった。

「ゲーム中でも都市の移譲や占領で所属を変えるにはそれなりのターンがかかったからね。これは仕方がないのかも」

現在の話題はフォーンカヴンより譲渡されたドラゴンタンの街に関するものである。

交渉に関しては概《おおむ》ね予想どおり。ややフォーンカヴンとの結びつきが強くなってしまった結果であったが、同盟強化という点では許容範囲内であろう。

しかしながら黄金よりも価値ある時間は常に消費され続ける。

ドラゴンタンを譲渡されたとは言え、では明日からマイノグーラのものだとはならず、諸々の引き継ぎを含めた雑多な業務に時間を取られる形となっていた。

「そうですね拓斗さま。ただ平和的な移譲のため、最低限の都市機能を回復させてマイノグーラの都市として運用するにはそれほど時間がかからないと思われます」

「うん、そこは実にやりやすかった。フォーンカヴンの皆も納得してくれたようだし、ある意味で棚からぼた餅的に都市が手に入ったわけだ」

「街が一つ増えるとできることが増えますからね！」

『Eternal Nations』において都市の取得は大きく分けて二つある。

一つが自ら開拓団を送り込んで都市を作り出す方法。そしてもう一つが他の国家から何らかの形で得る方法である。

どちらも時間がかかり加えてコストがかかるものであったが、蓋を開けてみると平和的な都市の移譲というのは最も時間的にもコスト的にも効率的な方法と言えた。

タクトは望外に得た成果に満足げな表情を見せながらも、同時に気を引き締める。

「忙しくなるね。いつまた敵対勢力が来るか分からない。国内外の調査に戦力強化、国力増強にフォーンカヴンとの交流強化。忙しいったらないよ」

「でも、国家運営の本番って感じですね」

そう、ここからが本番である。

『Eternal Nations』においてその熱狂的人気の源泉となる一つが都市運営。

ダークエルフたちと共に作り上げた大呪界のマイノグーラ首都においてもその魅力を十分に発揮することができたが、都市の規模が違う。

ドラゴンタンの人口は現在三千人前後と予測される。戦争や移譲を理由とした人口流出によって現状ではこの規模だが都市のポテンシャル自体はもっと高い。今までよりもできることは増えるだろう。

とは言え危機はまだ去っていない。決して楽観視すべき状況ではないが、タクトは己の内にワクワクとした感情が湧いてくることを感じる。

「ああ、じゃあまずはフォーンカヴンに送る戦力を検討しようか。食糧はこちらで用意して現地の住民には街の復旧をメインでやってもらおう」

緊急生産によって戦力の補充はすぐに行える。

マイノグーラが生み出せる配下はまだどれも初期のものばかりであるが、数を揃《そろ》えれば立派な防衛力となり堅牢な都市を作り出すだろう。

加えて既存兵力の拡充も怠らない。移籍してきた市民で兵役についていた者はそのまま新しい戦術に組み込むことによって戦力強化を行う。

「どこかの余計な奴らが死んでくれたおかげでお金はたくさんあるからね。さぁ、急ピッチで進めるよ」

やることは山ほどある。

まるで何かに駆り立てられるかのように、タクトは国力の強化に傾注していった。


一方のドラゴンタンの街では、まさに混乱の極みといったところであった。

街の移譲に関する決定が急であったのだ、そもそも住民にとっては寝耳に水で一体何が起こったのかと困惑する時間すら与えられていない。

連絡も立て札一つ。地区の顔役に聞いても満足な回答は得られない。

だが世界は急速に変化していく。

いくら叫んだところでそれは待ってくれるはずもなく、人々は否応なしにその変革への対応を余儀なくされていた。

「お母さん。怖い……」

「だ、大丈夫よ。新しい王さまは、きっと私たちのことを考えてくれているわ」

居住区の片隅に居を構え、ほそぼそと暮らすこの獣人の母親と娘もまたそうだった。

特徴的な猫耳としっぽから彼女たちが猫族であることが分かる。

戦争の折に父親に逃げられ、蓄えた貯蓄と地区の住民たちより受けた助けでなんとかこの日まで食いつないできた、ドラゴンタンでは珍しくもない境遇の親子であった。

ドラゴンタンがマイノグーラという国家に譲渡された話については彼女も地区の顔役より説明を受けていた。

当然そこに住まう彼女たちも自動的にマイノグーラの国民とされるそうだ。

拒否するものはフォーンカヴン本国へ行くことも許可されているそうだが、そもそも彼女たちにそんな余裕はどこにもない。

ただ大きな流れに翻弄されるしかないのだ。

今日は地区の顔役から聞いた配給日だ。

新しい国は、自分たちのように困窮する住民に向けて食糧を提供してくれるらしい。

すでに台所の備蓄は空だ。このままでは餓死するしかないと諦めかけていた親子は不安感を必死で押し殺して支度をする。

「さっ、いい子だから一緒に配給をもらいに行きましょうね」

「う、うん……」

マイノグーラが邪悪な国家であるとは、市中においてもっぱらの噂《うわさ》だった。

善なるものへの憎しみと怒りに溢《あふ》れ、逆らう者を決して許さない。

先日行われた両国の会談において実際に王を見たという兵士より端を発したその噂は瞬く間に住民たちの間に広がり、強い恐怖心を抱かせる結果となっている。

果たして自分たちはどのようになってしまうのか？　今までは貧しいながらそれなりに暮らすことができた、だが次に来る生活は同じであるとは限らない。

それどころか邪悪なる儀式の生贄《いけにえ》にされたとしてもおかしくはないのだ。

フォーンカヴンが自分たちを売ったとは思いたくはないが、かねてより街に襲来していた蛮族への満足とは言い難い対応を考えると最悪の予想ばかり湧いてくる。

不安は拭えない。だが自分たちを助けてくれるものなどどこにもいないのだ。

母親は怯《おび》える娘の手を取り、数日ぶりに外へと続く扉を開ける。

どうか最低限、生きていくだけのことはできますようにと祖霊に祈りながら……。

「ギギギギェーーーーッ!!」

そんな親子の目の前を突如巨大な虫が高速で走り抜けていった。

恐怖より驚きが先にくる。今まで見たこともない巨大なソレは、親子の存在など認識していないかの如《ごと》く一心不乱に駆け抜けて行く。

あまりの速度に発生した風でかき乱された髪を整えながら、親子はようやく目の前で何か超常的現象が起こったことを理解する。

なお恐怖はない。そもそも件の虫はすでにどこか遠くへ走り去っており姿すら見えないのだ。ただその奇怪な叫び声が聞こえるあたりまだ近くにはいるのだろう。

「お、お母さん！　おっきい虫さんが！　虫さんが！」

「おっ、大きな虫さんだったわね」

目をまんまるに見開きながら興奮気味に報告する娘に曖昧な笑顔を浮かべ、謎の巨大昆虫がやってきた方角へと歩き出す。

マイノグーラは様々な悪しき魔物を従えると聞いた。

きっとあの虫もそのうちの一つなのだろう。

どうやら例の虫は街の巡回を行っているらしく、その後何度か目撃することができた。

無駄に速いためハッキリとその姿を確認することはできないが、まぁ向こうもこちらを気にしている様子はなかったので問題はなさそうだ。

初《しょ》っ端《ぱな》からマイノグーラの洗礼を受ける親子。

恐ろしさよりも困惑が凄《すご》かったが、今度は驚きが彼女たちを待ち受けていた。

それは彼女たちが街の大きな通りへと出た時に起こる。

「な、なんだか凄いわね……」

「ねーっ！」

街はかつてないほどの活気に溢れていた。

どこから用意したのか分からぬほど大量の資材に加え、支援物資と思われる様々な物がそこかしこに積み上げられている。

どうやら街の修復に使う物らしく、あちらこちらで旧ドラゴンタンの住民たちが大わらわで動き回っていた。

それらを指導するのはダークエルフの文官らしき人たちだ。

見慣れぬ身なりと覇気に満ちたその態度から彼らがマイノグーラの首都から派遣された者たちであることがよく分かる。

親子が知るドラゴンタンはもっと閉塞的で状況も相まって閑散としていた。

それがどうだ。今や祭りでもするのかと言った状況で、何もしていないにもかかわらずその熱気に当てられ気持ちが高ぶってさえきてしまう。

そんな親子の興奮を知ってか知らずか、奇妙な一段が前方よりやってきた。

「おーいっ！　この《人肉の木》はどこに持っていけばいいいんだ!?」

「あー……どこだったっけ、たしか――っ!!　はっ！　かしこまりました！　ご命令感謝いたします王よ！　――向こうの区画だ！　獣人の土木担当が整地してくれてるらしい」

「えっ、もしかしてお前、いま王からお言葉頂いたのか？　くそっ！　羨《うらや》ましいな、おい！」

「はっはっは！　王は常に俺たちの働きを見てくださっているんだ！　さぁ、いくぞ！」

ダークエルフたちが引っ張る木製の台車の上には人の背丈ほどもある木が載っていた。

それは彼女たちが知るそれとは大きく異なっており、まるで世界の法則を無視するかのように奇妙なねじれを見せており、どういうことか目や口に見間違う窪《くぼ》みすら存在している。

またその木には奇妙な果実がなっており、人が食べるにはおよそ適さない、何か冒瀆《ぼうとく》的な見た目をしていた。

「お母さん、凄《すご》い変な木だよ！　木！　……木？」

「えっと、何かしらね。明らかに見ちゃいけない実がなっていたような気がするけど……木なのかしらね」

人肉の木って言ってた。完全に人肉の木って言ってた。

しかもなぜかその木は器用にその枝を揺らして手を振るかの如く娘に挨拶している。

チラリと見た娘は元気よく手を振り返しているが、自分が何と挨拶をしているのか理解しているのだろうか？　樹木が歌って踊るのは物語の中の話だ。現実は歌いもしないし踊りもしない。

いや……現在進行形で手を振っているのでどうやら間違っていたのは自分らしい。

ガラガラとどこかへ連れて行かれる謎の樹木に母親は頭痛めいたものを感じながら、未《いま》だ元気よく手を振る娘を連れ歩く。

「えっと、確かここだったはずよ」

「わぁ！　人が沢山だよお母さん！」

「そうね、迷子にならないようにしましょうね」

やがて街の広場に来た。

つい先日までは蛮族との戦《いくさ》に向けて剣や矢といった様々な戦時物資が積み上げられていた場所だが、今はその代わりにマイノグーラが住民へ配給を行ったり様々な指示を行ったりする場所となっている。

近くにあった案内の看板の文字は彼女たちのような身分の低いものでもなんとか理解できるもので、近くを警らしていたであろうダークエルフに確認をとって指示された配給受け取りの列へとならぶ。

母親は列の先をみやりながら、驚くほど街の住民が従順に並んでいることを不思議に思う。

多種族国家であるフォーンカヴンでは様々な種族の人々が住まう。当然マイノグーラに移籍することになった住民も同様に多種多様だ。

文化も風習も微妙に差異があるし、何より気性が全然違う。

本来ならこうも簡単に言うことを聞くはずもないのにやけに皆おとなしく、それが母親には不思議に思えてならなかった。

「配給はこちらですぞーっ！　さぁさぁドラゴンタンに住まう市民よ。王の国民よ！　たらふく食べて偉大なる破滅の王イラ＝タクトさまへの忠誠を高めるのだ！　わっはっはっは！」

「お母さん、あの鳥さんは？」

「きっと新しい国の兵士さんよ。ちゃんとご挨拶するのよ」

「はーいっ！」

配給場所にいた兵士と思《おぼ》しき人物は、不思議な格好をしていた。

頭から足まですっぽりと黒い布をかぶり、鳥の頭を模した頭巾をかぶっている。

まるで自らの肌を露出することを避けているかのように手までグローブを付けているその兵士は、見た目の異質さとは裏腹に軽快な声で配給を住民に渡している。

もしかしてあの中身には人ではない何か悍ましい存在がうごめいているのでは？　そんな非現実的な考えを抱きながら、母親は自らの順番が来るのを待つ。

奇しくも母親の想像どおりの化け物であるそれは、マイノグーラが誇るユニットの一つ、《ブレインイーター》と呼ばれる存在であった。

無論親子がそんなことを知るはずもなく、自らの順番が来た娘は元気よく挨拶をする。

「おはようございますっ！　トトっていいます！　四歳です！」

「これはご丁寧におはようございます!!　ブレインイーターのシゲルです！　生まれたてのゼロ歳児でございます!!」

見た目の奇妙さとは違い、その陽気な仕草は娘の心を解かすに十分だったようだ。

この気さくな兵士が気に入った娘は途端に顔をほころばせ、嬉《うれ》しそうにぴょんぴょんと飛び跳ねている。

「さぁさぁ、元気に挨拶できる子には沢山配給を差し上げましょう！　模範的で忠誠心ある市民に対しては、王は最大の褒美にて報いるのです！」

「えへへ、ありがとうっ！」

「ありがとうございます」

娘の代わりに配給の包みを受け取りながら、母親は丁寧に礼をする。

そうしてチラリと自分の後ろを見、さほど列が長くないことを確認してから意を決したように質問をする。

「あの……それで相談がございまして。実は私たち親子は夫がおらず、子供も小さいため働き口がなかなか見つからないのです」

いまは配給が行われているがそれも永遠に続くわけではない。

どうにかして働き口を探さなければこの後自分たちが生きていくことはできないだろう。

娘を自宅において働きに出ることも考えたが、それはあまりにも危険なため母親には選べない。

兵士の数が少なく治安も良いとは言えない現状では、人攫《ひとさら》いにあう可能性も捨てきれないと彼女は考えていた。

何か自宅でできる内職のようなものを斡旋《あっせん》してもらえないかと思う母親であったが、返ってきた言葉は想像とは全く別のものだった。

「なるほど！　専門が違うので難しい話は分かりませんな！　わっはっは！」

なるほど、鳥頭である。

元気よく笑うその姿はいっそ清々《すがすが》しいが、求める答えは一欠片《ひとかけら》も含まれていない。

そもそも彼は配給役だ。このような相談を投げかけるべきではなかったのかもしれない。

誰か話の分かる人を紹介してほしい。そう考え母親が口を開こうとするその前に、助け船はいつの間にかその場所にいた。

「そちらに関しては大丈夫なのです」

「あっ、貴方は？」

「一応この鳥頭さんたちの上司になりますね。キャリアと言いますです」

母親が気づかぬ間に現れたダークエルフの少女は、自らをそう名乗りペコリと頭を下げる。

上司ということは部隊長か何かだろうか？　娘よりは大きいが成人しているわけでもないこの少女がそのような高い地位についていることに驚きを隠せない。

そんな彼女の内心を知ってか知らずか、キャリアはスラスラと母親が求めるであろう答えを説明し始めた。

「母子家庭や病人がいる家庭、働き手が不在の家庭に関しては王さまから優先的に配給を回すよう指示が出ています。税もドラゴンタンが再建完了まで免除。その後も状況に応じて減免制度や支援制度が作られる予定なのです」

「えっと、それはどういう……」

難しい言葉を並べられ混乱する。

母親に学はほとんど存在していない。元々教育レベルが低いフォーンカヴンである上に、今までの生活でそのようなものを要求されたことがなかったからだ。

自分よりはるかに年下の少女からもたらされた言葉に必死についていこうと頭を働かせる母親。

どうやら動揺が瞳に出ていたようで、目の前の少女――キャリアはなるほどと得心した様子で言葉をかえる。

「誰であろうと真面目に生きている民を王さまは決して見捨てないということなのです」

「あっ、はい！　ありがとうございます」

ようやく自分でも理解できる説明を受けることができた。

邪悪なる国家の王がそのような慈悲深い行いをするのだろうか？　という疑問も湧いたが、なぜかそれは当然のことであるとして疑問は霧散していく。

「全ては王さま、イラ＝タクトさまのおかげなのです」

「はいっ！　偉大なるイラ＝タクト王の慈悲に感謝いたします！」

マイノグーラは恐ろしい国家だと聞いていた。善なるものに憎しみと怒りを抱き、逆らうものを決して許さぬ悪逆非道なる者たちであると。

だが蓋を開けるとどうだ、なんと慈悲深く寛大なのだろうか。

感激の涙が思わず零《こぼ》れそうになってくる。

安堵《あんど》が感謝となりかわり、王であるイラ＝タクトがもたらした慈悲に対する忠誠がこれでもかと湧き起こってくる。

自分たちは庇護《ひご》されている。今まで重くのしかかっていた将来への不安が嘘《うそ》のように消えていく。

母親はようやく肩の荷が下りたかのような気持ちになった。

ああ、マイノグーラはなんと素晴らしい国なのだろうか。

貧しく力の無い自分たちでも何か国の役に立つことをしたい。焦燥感にも似た思いに駆られた母親は、帰ったら早速そのことを娘と一緒に考えてみようと心に決める。

まだマイノグーラの国民という実感は強くない。

これから学ぶことは沢山ある。だが親子の瞳はどこか誇らしさに輝いていた。

「やめろ！　はなせこのっ！　バケモノが！」

ふと、何やら喧騒《けんそう》が親子の猫耳に入ってきた。

チラリと視線を移すと大柄な牛の獣人が別の鳥頭——兵士に引きずられている。

何か問題でも起こったのだろうか？　晴れがましい思いと決意が無粋な叫びに汚されたような気持ちになり、少しばかり不快感が湧いてくる。

眉をひそめながらその様子を観察していると、娘のトトが声を上げた。

「キャリアお姉ちゃん！　あの人はなぁに？」

「なんでしょう？　シゲルさん、知ってますか？」

キャリアの言葉にぐるりとその首を横に向け、じぃっと件《くだん》の騒ぎへと視線を投げつけるシゲル。

やがて彼は思い出したかのようにポンと手を叩《たた》く。

「ん～～？　おおっ！　確かあれは無辜《むこ》なる市民より配給を脅し取ろうとしていた不埒者《ふらちもの》ですな！　裏で捌《さば》いて小銭でも稼ごうと考えていたのでしょう。今から生きたまま皮を剥いで処刑します」

「だそうです。悪い人を捕まえたので、皮を剥ぐらしいのです」

「えっ！　か、皮を!?」

さらっとえげつないことを言われた。

奇妙な兵士と、ダークエルフの少女はそれが当然の行為であるかのような態度を見せている。

まるでこれから休憩するのでお茶でも淹《い》れるかの如き気軽さがそこにはあった。

「ですです。よければご覧になってください」

「えっ、ええっ……」

母親は困惑する。確かに罪人は許されざる存在である。

このような状況下にあっては無法者には厳罰が必要であろう。特に貴重な配給を脅し取ろうなど死罪もおかしくはない。

だが……皮を剥ぐのはどうだろうか？　加えて見ていってはどうかと来た。罪人の死刑が見世物になるのはよく聞く話だが、流石《さすが》に皮剥ぎを見世物にするのは聞いたことがない。

どうしたものかと困惑する母親、すると彼女の袖がくいくいっと引っ張られる。

「お母さん！　あたし見に行きたい！　悪い人が生きたまま皮を剥がれるところ、見てみたい!!」

「ええっ……」

娘がとんでもないことを言い出した。

瞳がキラキラと光っており、ワクワク感が全身から溢れ出ている。

罪人が生皮剥がれるところのどこにワクワクする部分があるのだろうか？　せっかく平和に暮らせると思ったのに今度は娘の将来を心配せねばならぬようだ。

「ま、まぁちょっとだけなら……」

「やったーっ!!」

とは言え何事も勉強である。

罪人が苦しみながら死ぬところを見ることで学ぶことも何かあるだろう。

加えてちょっぴり自分も見てみたいという気持ちが母親にはあった。

長らく辛《つら》く苦しい生活をしていたのだ、これくらいの娯楽は許されて良いだろう。

そんなことを考えながら母親はキャリアと配給役のブレインイーターに別れの挨拶をする。

「ごゆっくりなのです」

「お気をつけて!!」

ブンブンと手を振りながらピョンピョンと跳ね回る娘を騒がぬよう軽く叱りながら、母親はどこかウキウキとした気持ちで処刑会場へと向かうのであった。

Eterpedia

ブレインイーター

衛生兵ユニット

戦闘力：3　移動力：1

対人間戦闘　＋50%
対人間治療　＋50%
人間都市治安　＋50%

解説

〜人間！　人間！　人間！〜


ブレインイーターはマイノグーラにおける衛生兵です。

人種都市の治安を安定させる効果を有しており、ユニットを人種都市に配置させると犯罪やスパイを取り締まってくれます。

また衛生兵ユニットであるので、都市の衛生状況の向上にも寄与します。

ただしデーモンやゴーレム、ニンゲンモドキ等の非人間種ではその効果は発揮されないため、運用には注意が必要です。

第十一話　再建

ドラゴンタンの所属がマイノグーラとなってからおおよそ二週間。

移譲に関する混乱は引き続き存在しているものの、ようやく担当する人員にある程度の慣れが生まれなんとか業務が軌道にのった頃合い。

引き続きこの街における最重要人物とされてしまった都市長アンテリーゼ＝アンティーク。

紆余曲折あり彼女はマイノグーラの所属となり、引き続き都市長に任命されている。

当初は邪悪な存在になることを恐れ警戒していたのだが、邪悪だから仕事中に酒を飲んでも良いと王自ら許可されてはやる気と忠誠心も上がろうというものである。

しかも自分のために神の国の酒と呼ばれるものを大量に用意してくれたのだ。

極上の酒を仕事中に堂々と飲める。

今の彼女は無敵であった。

そんなアンテリーゼは、以前に比べ整理整頓された執務机で今日も仕事と格闘していた。

「都市長、書類をお持ちしました。都市住民の基礎教育に関する草案です」

「ありがとう。そこに置いといてー」

開け放たれた都市長室のドアからノックもせずに入ってきた文官見習いの男が白い紙の束を執務机に置く。

作業を一旦中断してそれら書類をざっくりと確認したアンテリーゼは、緊急の案件がないことを確認すると机の片隅にある〝未処理〟と書かれた箱の一番下へと放り入れる。

その様を目の前で見ていた男は、早速後回しにされた哀れな案件に同情しながら疑問を挟んだ。

「良いので？」

「ん？　ああ、これ住民の教育に関する草案よ。《学習施設》の建築が決定されたから将来的に基礎学力を上げるための仕組みを作る予定なの。まぁ今急いで手を付ける案件じゃないからとりあえず保留。あっ、ちょっと他所《よそ》の部署に届けてほしい書類があるから待ってて」

そう言いながら戸棚より書類の束をいくつか引っ張りだし始める。

以前のような雑多な執務室から打って変わって、現在の都市長室は整理整頓が行き届いているためその動きに迷いはない。

書類を持ってきた文官見習い。この男はいつぞや都市の見張り台の上で会話を交わした縁より都市庁舎の職員として抜擢された元衛兵だ。

およそらしからぬ人事ではあったが、このような例が現在のドラゴンタンでは数多く見られている。

都市の防衛をマイノグーラの異形ユニットに任せることができているため、現在大幅な人事再編が行われているのだ。

今は何をもってしても都市を動かす頭脳が必要だ。そのため文字を読めて書ける人材ならば片っ端から都市の事務職員として引っ張っている。

元衛兵の男もこの大改革に巻き込まれた一員だ。本人は無駄に頭を使うこの仕事を嫌がっている様子だが、いかに横暴で前例のない人事であっても辞令が下れば首を縦に振らねばならぬのが宮仕えの辛《つら》いところでもある。

なお相方の獣人は幸か不幸か選抜のため行われた試験で満足な結果を出せなかったために衛兵続行となっている。

給料は加増が見込めるとは言え、覚えることは以前の仕事に比べて段違いだ。

今まで半ば休眠状態だった脳みそをフル回転さ

せる必要がある現在の仕事に、思わず元同僚への恨み節すら出てしまいそうになる。

そんな内心の小さな不満を新たなる主であるマイノグーラへの忠誠で塗り潰しながら、元衛兵、現文官見習いの男はマイノグーラが強く推し進めている改革の一助にならんと全力で職務にあたっている。

とは言え慣れない仕事ではあらゆることが手探りで、今までとは正反対の業務内容もあって毎日失敗と混乱の連続だ。

今だってアンテリーゼが保留とした案件がどの程度の優先度と重要度を持っているのか推し量れず難しげな顔をしている。

「しかしまぁ……基礎学力向上に関する草案ですか。確か一般市民にもいろいろ教えるって話なんですよね？　こういうのはもっとお偉いさんがするものだと思っていたんですが……」

「最低限の知識は必要よ。何より王の臣下たる国民が字も読めない有様じゃあ示しがつかないしね。あなたも王の顔に泥を塗らない程度には知識をつけておきなさいよ」

「が、頑張ります……」

確かにそう言われては反論することもできない。とは言えどうにも肌に合わない部分がある。

王への忠誠と勉学への苦手意識の間で揺れ動きなんとも言えない表情を見せている男にチラリと視線を向けながら、アンテリーゼは内心で急速に変化する世界を感じ取っていた。

（将来的にどのような産業に従事するとしても、基礎学力は必要ってことよね。最低限文字の読み書きができないと、そもそも円滑に業務を習得させることすら難しいもの）

マイノグーラ本国がドラゴンタンに対して様々なテコ入れを行っていることは都市運営に関わるものならば周知の事実だ。

その範囲は多岐にわたり、多くの金、人材、資材が使われている。

　ここまでであればある程度は理解できることであったが、彼らが特に驚いたのは将来的にとは言え住民への教育を強く推し進めている点であった。

　それは今までは特に必要でないとされていた労働者層にも波及しており、旧来の考え方を持つ殆《ほとん》どの者からは戸惑いの声が聞かれるほどだ。

　知識層の増加は、すなわち新たな概念とブレイクスルーの獲得につながる。

　これはマイノグーラがどれほど新技術の研究を重要視しているかを示す証拠であり、同時に教育に国力を割けるほど豊かで強大であるかの証左でもある。

　無論、彼女が知るマイノグーラ本国の規模ではそのような大それた施策を行うには些《いささ》か無謀にも思えた。

　では何がその無謀を可能へと変貌させているのか。

　答えは一つ。偉大なる破滅の王イラ＝タクト。

　全ては彼女たちの新たなる指導者がもたらす深淵なる叡智《えいち》と力によるものであった。

（というか、マイノグーラ本国からいろんな知識を授けてもらって、改めて教育の重要さを感じるのよね。特にフォーンカヴンは北大陸の国家に比べて技術力で劣っているから、王が教育を重視するのも凄《すご》く理解できちゃう）

　フォーンカヴンが技術力で大陸北部の国家に後れを取っていたのは大陸南部における過酷な環境が原因だった。

　土地はやせ細り作物は実り難く、凶悪な蛮族が命を奪い去らんと跋扈《ばっこ》する。この地はそういう危険のある土地だったのだ。

　教育とは金と時間と労働力を食う。かつての祖国、フォーンカヴン時代においては子供と言えど重要な労働力だった。

　一通り言葉が喋《しゃべ》れるようになれば、親や家庭の仕事を手伝うのが一般的であり、その中で行われる徒弟的な指導によって次代の職人や労働者を生み出すのだ。

　そのため市民にとっての教育というのは一部の金持ちや特権階級だけに許された道楽的な意味合いが多分にあり、多くの人はこの過酷な土地でなんとか今を生き残るだけで精一杯というのが実情だった。

　だがそれもマイノグーラという国家の庇護《ひご》を受けることによって、すなわち破滅の王イラ＝タクトがもたらす恩恵に与《あずか》ることによって一変している。

　ある意味でドラゴンタンとその住民たちは、初めて文明的な生活を送ることができているとも言えた。

　とは言え、その変化は急激の一言であり、毎日が衝撃の連続だ。

　昨日まで見ていた街の一角が翌日には全く違う景色に変わっており、慣れ親しんだ手続きと仕事のやり方が明後日には別のものへと変更されている。

　新たに生まれ変わるという表現がこれほどまで適切だと思わせるほどに、現在のドラゴンタンは変革の渦中にあった。

「しかし、何もかもが凄い勢いで進んでいくんで、なかなかついていくのが難しいですよ」

「本国より供給される無限にも等しい食糧と資材。何よりあのでたらめな能力を持つ銃を配備した部隊があるからこそ、できる施策よね」

　見習い文官の言葉に半ば同意しながら、アンテリーゼはこの急激な施策を進めることが可能となっている要因の一つ、銃兵部隊について考える。

　すでに選抜された精鋭によって構成される都市の銃兵は最低限の習熟訓練を完了しており、街周辺の警備と共に国内に侵入してくる蛮族の駆除にあたっている。

その威力は絶大の一言であり、以前のように田畑が荒らされるようなこともない。それどころか周辺地域に存在している蛮族の巣を根こそぎ駆逐せんばかりの勢いだ。

この調子なら街の外に大規模な農地を有する村落を作ることも可能だろう。

もっとも、現状はドラゴンタンの都市機能を再建することが先決だが。

アンテリーゼはすでに決済が終わった書類を担当部署ごとに分け付箋を貼る。

と同時に目の前の男に先日依頼しておいた重要な業務を思い出した。

「そう言えば、他国の情報収集に関してはどの様な感じかしら？」

ドラゴンタンの都市は混乱と混沌《こんとん》のさなかにあるとは言え、鎖国の如《ごと》く閉鎖されているわけではない。

当然フォーンカヴンとの交易も続いており、更には以前より行っていた北大陸の行商などとのやり取りも継続されている。

情報とは時として金以上の価値を生み出す。

アンテリーゼは人手が足りない中でも、予算と人員を割いて他国の情報を収集するよう命じていた。

無論この件についてはマイノグーラ本国、ひいてはイラ＝タクト王からの直々の指令である。

彼女としても万が一にでも中途半端な仕事となって王の不興を買うようなことがあってはならないと、気軽さのある質問とは裏腹に内心では気が気でなかった。

「向こうの都市の様子や噂話《うわさばなし》程度ではありますが、順調に集まってきておりますよ」

「へぇ。意外ね。もっと難航するかと思っていたわ。情報源は行商や傭兵かしら？」

「おっしゃるとおりで。連中、金になると思ったらどこからともなくやってくるんですよ。しかもいつもよりやけに値段が高い。ありゃあ完全に足元を見てますね」

「マイノグーラ本国からの支援が厚いとはいってても、足らないものももちろんあるわ。幸い資金はあるんだし、多少割高になってても買っておいていいんじゃないかしら？　その方が口も滑りやすくなるでしょう」

予想していたよりもスムーズにことが運んでいるようでアンテリーゼはホッと胸をなでおろす。

邪悪なる国家ゆえ、行商などが警戒するかと思ったがそんなことはなかったらしい。

現在ドラゴンタンはある種の移行状態にある。将来的にはもっと悍《おぞ》ましい外見や雰囲気になる可能性があるらしいが、現状を見ると大規模な再建が行われているものの以前のドラゴンタンの面影を強く残している。

そのようなある意味で中途半端な現在の状態が、彼ら行商の警戒心を緩めているのかもしれない。

もっとも、本国の様子を考えるに将来的に彼ら他国の者たちがどう判断するのかは未知数だが。

「了解です。じゃあ後ほど担当の者に行商より購入する物品の目録と見積もりを持って来るように伝えておくので、よろしくおねがいします」

ともあれ現状は情報の収集も物資の購入も問題なくできる。

そしてそれは今のドラゴンタンとマイノグーラにとって重要な事項だ。

アンテリーゼは文官の言葉に頷《うなず》き、優先的に処理するよう伝える。

「けど目録と見積もり……ねぇ。こういう細々《こまごま》した作業、本当に増えたわよね」

「言った言わないだの、誰の責任だだの、そういう面倒な話をする手間を考えたら、安い作業では？」

「確かに。徹底した管理と仕組みのもとに運営される組織って面倒ごとが少なくて素敵よね。裁可のためのサインも日々上達してるし、文句の付け所はないわ」

「というわけで、そろそろ都市長が書かれた素晴らしきサインを日夜頑張る者たちへと届けたいのですが？」

「はいはい。これよ、持っていって頂戴」

少しばかり雑談に興じてしまっていたようだ。見習い文官からの咎《とが》めるような指摘もなんのそのでアンテリーゼはすでに用意が終わっていた書類を渡す。

用が済んだとばかりにさっさと退室していく男を見送りながら、アンテリーゼは机の下から酒瓶を取り出すと堂々とその蓋を開ける。

「さてっと、お仕事お仕事。お酒飲みながらお仕事しちゃうぞ～っと」


【ドラゴンタン都市開発計画及び呪われた大地に関する注意事項】

都市開発の進捗は概《おおむ》ね予定どおり。

住民の流出で増えた所有者不明の空き家を国家にて一括で接収し、然《しか》るべき補修を行った上で住居を求む住民へと提供する。

また旧スラム街等の倒壊の危険性がある建物は撤去の予定。

将来的にマイノグーラ固有の性質〝呪われた土地〟の影響で土地が変質する可能性が高いため、住居の強度は高めに設定しておく。

同時に《魔法研究所》《市場》《練兵所》等固有建築物の生産も継続して行う。

《龍脈穴》に関してはマイノグーラ及びフォーンカヴンによる調査と検証、今後の運用方針の決定等時間がかかるため、現状では立ち入り禁止区域として区分するのみとする。

【食糧生産計画】

ドラゴンタンによる既存食糧生産力では都市の需要に対して供給が極めて乏しく、栄養及び発育状態に問題がある住民が多数存在している。

そのため、当面王が生み出す栄養価の高い食糧を優先して供給することを主とする。

また同時に都市の食糧状況改善策として人肉の実の普及を目指し、市民が新たな食文化に慣れ親しめるよう市中の酒場などに人肉の実を利用した料理の採用について積極的に協力を仰ぐ。


【国家内街道敷設計画及び同盟国への流通網整備計画】

マイノグーラ首都及びドラゴンタンへ街道を敷設し、物流の円滑化を図る。

起伏が激しく巨木による整備が困難な大呪界の開発が主となり、こちらは本国の整備部隊が行う。

ドラゴンタン側も担当者を派遣して協力と検討を行うが、基本は街の整備と再建が優先される。

また、同時にフォーンカヴン首都クレセントムーンへの流通経路の策定及び整備も行うものとする。


【情報収集】

街に存在する酒場及び食堂、宿の全てをマイノグーラ直轄とし情報収集の要所として運用する。

また店主や従業員に関しては簡易の専門教育を行い、より上質な情報収集を可能とする人員を育成する。

目標は仮想敵国である聖王国及び精霊契約連合の国内情報及び動向。次点としてフォーンカヴンやその他南大陸に点在する小国の情報。

情報収集に関しては本国直轄とし、ドラゴンタンは指令に基づき情報を収集する役目を負う。

並行して進められている作業は多岐にわたる。

マイノグーラ本国より指示されたそれらの情報を吟味し、順次処理していく。

おおよそ全てが既存の都市運営とは装いを新たにした新事業であり、どれもが軽視できるものではない重要案件だ。

これら以外にも娯楽施設の建築計画、外壁の増築等都市の防衛設備の強化計画などが議題に上がっている。

もっともこれらは優先順位として一段階下になっており、現状では教育機関の設立と共に保留となっている。

「やることいっぱいだけど、希望があるぶん気持ちは楽よね～」

かつてのような、自らの将来を不安視する状況ではないことが幸いであった。

マイノグーラの王が見せたその力は彼女らドラゴンタン住民になんとも言えない安堵《あんど》感のようなものを与えており、ある種の麻薬めいた幸福感さえ覚えることもあった。

これが邪悪になるということなのか？　と疑問に感じつつも、目の前の仕事を進めていくことに注力する。

しばらくは忙しい日々が続く。

ドラゴンタンは未《いま》だ譲渡の途中であり、所属の面ではマイノグーラであるものの、本当の意味でその支配下となるにはまだもう少し時間がかかる。

「ええっと。あの指令書、どこいったっけ？

――あったあった」

そしてその日は、この忙しさを考えるとあっという間に訪れるだろう。

アンテリーゼは本国から受け取った指令書を確認する。

【ドラゴンタン移譲式典及び――】

「……あと一ヶ月、か。無事に準備ができるよう頑張らないとね～」

満足するだけの報酬は与えられている。ならばこの身を削ってでも達成せねばならぬだろう。

王より賜った酒の瓶を愛《いと》おしそうに撫《な》で、その中身を勢いよく呷《あお》る。

おそらく、マイノグーラはおろか世界にとっても重要な意味を持つであろうその日に向けて、アンテリーゼも今一度身を引き締め職務に邁進《まいしん》するのであった。

第十二話　懸念

【大呪界マイノグーラ首都役場】


　ダークエルフたちによって作り上げられた政策における実務処理を担う建物ではイラ＝タクトの狙いどおり文官が育っており、モルタール老やエムルといった従来では内政に関わる業務を一手に引き受けていた者たちがおらずとも各種業務が円滑に進むようになっていた。

　本日新たに増築された会議室にて、ダークエルフの文官数名がドラゴンタンの併合によって膨れ上がった業務を処理している。

「ドラゴンタンの再建計画は順調だな。獣人たちは力強く、こちらの指示もよく聞いてくれているので建築に関してはむしろ予定よりも早く進んでるよ」

　少々疲れがあるのか、眉間を軽くマッサージしながら目の前の報告書を確認する。

　机の上には大量の資料と、決裁書類。壁際には情報を整理するためのボードや地図がはられ、部屋の片隅には王より賜った「元気が出る飲み物」と称される原色の色彩が目立つ缶詰めされた飲料が山ほど積み上げられている。

　一般的な感性を持つものであれば愚痴の一つでも言いたくなる状況なのだろう。

　だが過去において苦難の道程を歩み、そして現在無上の喜びと共に王と国家に対して奉仕している彼らにとって、この程度苦のうちにも入らなかった。

　身体的な疲労はやや見受けられるものの、それ以上に気力に満ちた瞳で彼らはドラゴンタン再建計画に関する進捗の確認と報告書や指示書の作成を進めていく。

「建物関連については問題なさそうだな。ただ、想像していたよりも住民たちの知識水準が低い。現段階では影響はないが、教育計画に関してはエムルさんに報告した方がいいだろう」

別のダークエルフが、顎先に手をやりながらふむと口に出す。

上司であるエムルより彼らに振り分けられた仕事は、主にドラゴンタンにおける内政面の采配全てにわたる。

無論大きな方針と優先順位は王であるイラ＝タクトが決定しているし、その情報をもとにエムルが業務の振り分けを行っている。

最終的には上の確認が入ることは当然であったが、だからといって気を抜いて良い仕事ではない。

むしろ自分たちの直属の上司であるエムルが普段より抱える仕事量を考えるに、余計な雑事を増やしてこれ以上彼女の負担を増やすわけにはいかなかった。

「しかし、わざわざエムルさんに報告するほどひどいのか？　あの人に相談するということは、つまり王にもお伺いをたてるということだぞ」

別の文官――教育関連の手配を行っていた者が疑問を口に出す。

自らの汚点を誤魔化そうとしたわけではない。単純にドラゴンタン住民への教育と知的水準の向上は優先順位が低く、取り立てて相談を行う必要性が感じられなかったからだ。

優先すべきことは他にも山ほどあり、先にそちらを片付ける方が重要であることはこの場にいる再建担当メンバー全員の共通認識だった。

だがその認識を改めるだけの事情が実は存在していた。

「いやな。先日王より賜った肥料を試験的にドラゴンタンの農業従事者に提供したことがあったたんだよ」

「ああ、知っている。確か疲弊した土地の再活性化計画の一環だったたな。なんだ、それだって……」

ドラゴンタンでは都市の再建に加え、イラ＝タクトの指示によって様々な革新的試みが実験的に行われている。

この〝神の国の肥料〟を用いた改善も、そのような案件の中の一つだ。

とは言え土地の活性化に関しては龍脈穴のマナを使用した大規模な土地改善魔法がメインの対策として検討されている。

ゆえにこちらに関しては緊急時の代替案、及び魔術と科学を併用した場合の効果を計るための検証実験という意味合いが強い。

つまりこちらも優先順位は低い。報告の必要性が感じられないほどに。

むろん報告は重要だ。とは言え何もかも上に投げていてはなんのために自分たちに仕事が振り分けられているのか分からなくなる。

だからこそ、この場において状況を吟味する必要があった。

優先順位を考え、多少の問題であればこちらで処理すべきなのだ。

「肥料や農薬の使用頻度についてはもちろん説明して渡したんだろ？　定期的に撒くだけの簡単なものだったはずだ。何か問題でも？」

「俺はちゃんと説明した。だがやけに威勢のいい牛族の彼は、翌日全部土地にぶちまけやがったんだよなぁ。肥料も、農薬も。一年分全部を……」

「な、なぜ？　王から賜りし神の国の物を……」

「そんなに素晴らしいものなら、一度に全部撒けばもっと素晴らしいことになるだろうと思った……だとさ」

その場にいる全員が頭を抱えた。

彼らダークエルフは元々がエルフ族お抱えの暗

殺部隊を源流としている。

ゆえに基本的な教育は全ての者に対して行われており、特にこの場で内政官として業務を任されている者は戦士団の兵士などに比べても明確に知的水準が高い。

だからこそ彼らは見誤っていた。彼らが想像する以上に、ドラゴンタン住民の知識レベルは低いのだ。

「いわゆる、常識が通じないんだ。こちらがまぁこの辺りは常識的に分かるだろう、という点ですら彼らには覚束《おぼつか》ない。この辺りの認識の差にはモルタール老も頭を抱えていたよ」

「王になんと報告して良いのか。問題や損失は発生するのが当然だから気にするなとはお言葉を頂いているが、流石《さすが》にこれでは……」

「言うな。汚名を返上するだけの成果を出すしかない。命を断って仕事の進みを遅くするわけにはいかないしな」


予定外のトラブルは、いつだって気まぐれかつ無遠慮にやってくる。

それはこちらの事情などてんでお構いなしだ。

ダークエルフたちは実際有能だ。彼らが持つ国家と王に対する忠誠心、そして出自を元にしたその能力を用いれば都市の再建など片手間に終わるはずであった。

だが何事もそう上手《うま》くいかないのが現実であり、本質である。

この件だけでも報告書の作成、物資を無駄にしたことで発生する不足分の調整。

対象の住民への詳しい聞き取りや説明指導が必要だ。

問題の対処と対策はその後に大きく影響するため決しておろそかにも後回しにもできない。

先送りにした挙げ句またぞろ同じ問題が発生したとあっては今度こそ王の前で首を差し出す必要があるだろう。

「ただでさえ王から期待されているんだ。それにこれ以上不甲斐ない姿を見せるわけにはいかないぞ」

ダークエルフたちは一生懸命働いている。

なおこの件に関して報告書を受け取った拓斗は、先にダークエルフの文官が見せたのと同様に頭を抱えた。

そして今回の問題について担当文官たちをねぎらう言葉を直々に授けるのであった。

【大呪界　マイノグーラ宮殿】

ダークエルフの文官たちが次から次へと現れるトラブルに頭を悩ませていたその頃。

彼らの上司であるエムルやモルタール老、そしてギアもまた、濁流の如《ごと》く押し寄せてくる情報と問題の山の対処に追われていた。

「時間、金、資材。何をとっても到底足りぬ。理解はしていたが、都市を造るのにはやはりいろいろなものが必要じゃのう」

部下から上げられてくる報告書の束を流し見しながら、モルタール老が独りごちる。

彼の担当は魔術部門と緊急時の他部門フォローだったため直接的に関わることはなかったが、報告書を軽く流し読みするだけでも都市一つを手に入れ治めるということがどれほど苦労することなのかを再確認させられている。

「何分かなり強引に進めていましたからね。キャリアちゃんとメアリアちゃんにもお仕事を頼まないといけない始末ですし……」

目を回しながら慣れない書類仕事を進めていたエルフール姉妹を思いだし、エムルはあははと苦い笑いを浮かべる。

とは言えここで弱音を吐いて足を止めるわけにはいかない。

甘えがどのような結果をもたらすかは、この場にいる全員はおろかマイノグーラに住まうもの全員がよく知るところであったからだ。

「本来であればもう少し時間をかけるべきなのだろうが、世界の状況を考えるとそうも言ってられないからな」

ギアが口にする。――そう、脅威が存在するのだ。

それは虎視眈々《こしたんたん》と彼らの大切な人々を狙い、平穏を脅かそうと企《たくら》んでいる。

いつその牙が自分たちに向くかはわからない。明日来るかもしれないそれに備え、彼らは今日を決して後悔しないよう全力を尽くすのだ。

その決意は、皆が口に出さずとも共有しているものだった。

「さて。内政に関しては優秀な文官たちが育っておるから良いだろう。それでギアよ。エル＝ナーの情報はどうなっておるのだ？」

ドラゴンタンについての話題はそうそうに切り上げられ、別のものへと向けられる。

一般のダークエルフたちに決して振り分けることのできない重要な議題こそが、彼らが処理すべき問題であり、マイノグーラの重要人物と化した彼らがいまから行うことだ。

それは軍事に関するもの。つまり現在進行形でこの世界に起きている異常と、他国の調査分析にあった。

聖王国クオリア、エル＝ナー精霊契約連合。

二つの善なる勢力は明確にこちらと敵対するであろうことが判明している国家だ。

ブレイブクエスタス魔王軍や北方の魔女のように別の脅威も存在しているが、その巨大な国土とそれに支えられた戦力を考えるに決して軽視していい相手ではない。

特にエル＝ナーに関してはダークエルフたちと明確に対立していることに加え、ここ最近あまり表舞台に姿を現さないことから彼らの中でも懸念事項となっていた。

何も問題なければそれで良し、だが何か理由があってそこまで動きがないのであれば……。

暗殺者時代に築き上げた独自の調査網を用いてエル＝ナーへと調査を行っていたギアからもたらされた答えは、残念ながら彼らにとって良くないものであった。

「エル＝ナーからの情報はほとんど途絶している。おそらく何らかの情報封鎖が行われている可能性があるかと思うのだが……いくつか手に入れることができた情報を分析したところ、何らかの敵対勢力の侵略を受けている可能性がある」

「なんと！　それは本当なのか!?」

モルタール老とエムルが驚愕《きょうがく》に目を見開く。

驚天動地の情報とはまさにこのことだ。寝耳に水とも言える。

クオリアで発生している魔女事変とブレイブクエスタス魔王軍に類する新たな脅威の懸念だけでも手一杯なのに、更に異変が起きているとは彼らでも予想がつかなかった。

否――これこそが新たなる脅威だ。新しくマイノグーラの脅威となる存在が現れたのではなく、すでに存在していたそれが今明らかになっただけなのだ。

王であるイラ＝タクトを含め、マイノグーラに住まう者全てが抱いていた焦燥感と、偏執的なまでの脅威に対する備えの理由が、今ここに明らかになった気がした。

モルタール老とエムルの視線がギアに突き刺さる。

その視線が先を続けろという意味だと理解していた彼は、無言で頷《うなず》いた後に顔を伏せて手元の資料をチラリと視界に入れ、また顔を上げた。

「あくまで予測だが、その可能性が高いと俺は考える。理由は皆にも言えない筋からの情報が主だが――まぁそれはいい。集めた情報は取るに足らない些細《ささい》なものが多かったが、それらをまとめて見ると少々きな臭い。クオリアとの国境の警備が増強されている形跡があり、物資の値段も急騰している。あからさまではないが氏族長の命令で臨時徴税も始まっているとのことだ」

それだけならば他国への侵攻を企てているのではないか？　とも考えられるが、ギアがそこまで言うのであればその可能性は排除されていると言えよう。

おそらく――――彼の言う皆にも言えない情報網にその答えがあるのだろうが、モルタール老とエムルはその点について言及することはなかった。

たとえ怨敵《おんてき》であるエルフに内通者がいたとしても、この場でそれを指摘することは意味あることではなかったからだ。

それよりも喫緊で対応協議すべき事案が湧き起こった。

これはもはや彼らの手に余り、王であるイラ＝タクトや英雄アトゥの意見も交えて方針を決定するべきであろう。

そんなことを考えていると、ふとモルタール老はクオリアの現状についてまだ話が及んでいないことを思い出す。

「そう言えばクオリアはどうなっていたのだエムル？　あの国も北方の魔女にかかりっきりだったと記憶しておるが……」

「引き続き同じ状況ではないのか？　王やアトゥ殿から聞いた話ではそう簡単に対処できる存在ではないらしいいし。まぁ善なる勢力は我らに敵対的であることがわかっている。魔女によってかの国の国力が低下するのであれば結果的に我が国にとって益となるのでは？」

先ほど見事な情報収集能力と分析能力を見せた男とは思えない悠長な言葉だ。

こういったどこかツメの甘い部分があるゆえに、モルタール老も未《いま》だギアにダークエルフ族長の座を渡すことを躊躇《ちゅうちょ》している。

その不甲斐なさへの若干の落胆が、思わず嫌味となって出てくるのは仕方のないことなのだろう。

「はぁ……そういう短絡的な決めつけは足元を掬《すく》われるぞ。全く、お主のそういうところはなかなか直らんな」

「くっ‼　この老いぼれがっ！」

「喧嘩しないでくださいよ……。忙しいんですから」

グチグチと言い合う二人を制したのはエムルだった。

全くもっての正論である。その瞳からは「余計なことで時間を使うな。これだから男は……」的な蔑みの視線がありありと見て取れる。

マイノグーラにおける様々な出来事が彼女を成長させたのか、それとも終わりの見えぬ書類の山が彼女の精神をやさぐれさせたのか、最近のエムルは以前にも増して辛辣《しんらつ》であった。

「うぉっほん！　そ、それで、実際のところどうなんだ？」

「そ、そうじゃな。今すべきことをするのが王の臣下たる我々の責務じゃ」

大抵において、男性とは怒れる女性に頭があがらないものである。

これから先の精神的な序列が決定しそうな雰囲気に冷や汗をかきながら、男性二人は情けなく言葉を濁して話題を戻す。

重要なのはクオリアの状況。その確認が先決だ。

完全にご機嫌取りの様相だった。

だが二人の態度と質問に、エムルは顔を曇らせ「それが……」と言葉を濁す。

「クオリアは……少しおかしい状況なのです」

語られた情報は、先の報告にも増して異質なものだった。

クオリアは比較的南部大陸の中立国家との交流が深い。そのため民間の行商人を通じていくらか情報が手に入る。

ドラゴンタンで集められた情報をまとめて報告するエムル。

その顔色は優れず、問題が起こっているというよりも判断がつかないと言った方が正しかった。

その後一時間に及び議論は紛糾し、提示された情報に基づく推測と懸念事項の洗い出しが行われる。

「――すぐに要点をまとめて王へと直接報告するぞ。事態が動いている可能性がある」

会議が終了した時、三人のダークエルフたちが浮かべていた表情は逼迫《ひっぱく》したものであった。

マイノグーラが大きな変革を迎えている中、他の国家もまた大きな運命のうねりの中にその身を翻弄されていた。

………

……

…

「これは……嫌な雰囲気ですね」

その情報を目にして開口一番、アトゥは苦々しい口調でそう感想を述べた。

拓斗は最も信を置く前世からの付き合いである英雄の言葉に頷いて返事とすると、この厄介極まりない事案に対して己の考えを説明する。

「ああ、明らかに怪しい雲行きだ。クオリアにエル＝ナー。特にクオリアでは観測されていたはずの魔女の情報がぱったり途絶えている。『ブレイブクエスタス』の魔王軍の力を考えるに、魔女がそう簡単に消えるとは思えない」

二人が口にするのは、善なる二大勢力が置かれている状況だ。

聖王国クオリアとの最初の邂逅《かいこう》――聖騎士との遭遇戦の際に奪取した情報によって、かの国が魔女エラキノという未知の存在によって侵略を受けていることが判明した。

無論拓斗としてもその件に関して忘れていたわ

けではなく、常に頭の片隅にマイノグーラの脅威となる可能性のある注視すべき存在としてリストアップされていた。

だが侵略を受けている箇所がクオリアでも北方に位置する地域であり情報が入りにくいこと、フォーンカヴンとの交流、そして他ゲーム勢力との戦争勃発という混乱下に後回しになっていたことは否めない。

だが予想に反して状況が動きすぎている。

まるで奇をてらったかのように事態は急変し、部下からの報告をもって初めて異変に気づくという有様だ。

完全に後手に回っている。少なくとも、国内外の情報収集システムに関して今後抜本的な改善が必要なことは明らかだろう。

報告には消えた魔女エラキノに関する情報。

そして同時に起きたとされる真意不明の大改革。

——現在クオリア南方州は、未曽有《みぞう》の政変の最中にあった。

表立って動いているのは《華葬の聖女ソアリーナ》。そして《顔伏せの聖女フェンネ＝カームエール》。

聖女の影響力はかの国において絶大なものがある。だが悪い意味で保守的、かつ革新的な行いを嫌う宗教国家クオリアが踏襲的なやり方を変えて様々な行いを取り入れていることが二人に違和感という名の警鐘を鳴らす。

報告書ですらここまでなのだ、実際のかの地はどのようになっているのか。

南方州の国民は様々な改革下で行われた新たな救済政策や規制免除によって希望に沸いている。

更には汚職が払拭され、金で購入可能な権威ではなく正しく人々から支持される者が高い役職についている状況だ。

あまりにもできすぎていて、裏で手を引く者の影がチラついて仕方がなかった。

「行動が読めないところが不気味ですね。『Eternal Nations』だったら参加する勢力が固定されているのである程度までなら戦法を推測することができましたが……」

「未知となるとこれほどまで厄介とは思いも寄らなかった。しっぺ返しを恐れて手を出しにくくなるという点でもやりにくいったらないよ」

『Eternal Nations』においても暗躍を好む国家というのはいくつか挙げられる。

そのうちの一つがマイノグーラなのだが……とは言え候補は絞られるため次に相手がとってくるであろう戦略もおおよそ予想がつく。

だが今回ばかりはそうもいかない。

相手の意図が読めないし、今後どのような手段をとってくるかを予想するのもそもそもの意図が読めないゆえ非常に困難だ。

少なくとも、聖女が真なる善意を発揮して南方州に改革の大鉈《おおなた》を振るっているということだけはありえないだろう。

もしそんなことが可能なら、聖王国クオリアの歴史はこれほど長く停滞していないだろうから……。

「我々の目的を考えるに、必ずぶつかる相手ですからね。今はできる限り戦力を整え、相手の情報を収集することが先決でしょうか？」

「近代兵器のアドバンテージがあるとは言え、ぶん殴りに行くほど国力も情報もあるわけじゃない。何にせよ今はまだ内政の時間だ」

どちらにしろ取れる手段はひどく限定的だ。

クオリアならまだしもエル＝ナー精霊契約連合まで似たような始末だ。

ついでかの国に関する情報が二人の間で検討される。

前世を知る特別な関係である拓斗とアトゥ。

様々な経験を経てこの地に立っている二人をもってしても、現状では余計な手段を取らずに情報収集をしつつ内政で引きこもるという選択しか取れなかった。

マイノグーラは戦争に向く国家ではない。ひたすら他国の目を避け内政に打ち込み、あらゆる面で準備ができて初めて敵を殴りに行くのが正しい戦略だ。

本来なら未だ雌伏の時。できる限り国力増加に努めるのが先決であった。

「せめて攻城系のユニットと、打撃力のあるメインのユニットは揃《そろ》えたいですからね。正直完全防御モードで引きこもりたいのが本音ですが……」

「その防衛能力に関しても不安が残るんだよね。エルフール姉妹がいるとは言え、彼女たちの能力はかなりピーキーだ。月夜ならまだしも、昼間の戦闘になればそもそも地力で押される可能性がある」

アトゥとエルフール姉妹。

現状で拓斗が戦力として本当の意味で期待できるのは彼女たちだけだ。無論ダークエルフの魔術師や銃兵部隊も頑張ってくれてはいるが、いかんせん数が足りない。

フォーンカヴンと軍事同盟を結んでいるとは言え、かの国は結局のところ他国である。

拓斗とアトゥが戦力に不安を感じ、後手に回る危険性を承知で引きこもるという選択を取るのも仕方ないと言えよう。

「けどこのまま悠長に国力が育つのを待つのも芸がないし危険だ。現状を打破する新たな何かが必要だよ。そう……例えば何があっても敵に対して巻き返しをはかることが可能な《英雄》とか」

拓斗は黙考する。

イスラが抜けたのは痛かった。

彼女がいればマイノグーラの戦力は他の追随を許さぬほど膨れ上がっていただろう。

特に彼女の能力は防衛に特化していたため、敵が特異な能力を有していたとしても対処できる可能性が高かった。

　だが過ぎてしまったことを悔やみ、そればかりに思考を割くのは無意味でしかない。

　だからこそ、その穴を塞ぐ意味で新たな英雄の召喚が急がれるのは当然であった。

　他に芸がないというわけではない。ただ圧倒的効果があるため、他の選択肢が霞《かす》むのだ。

　しかしここに一つ問題が発生する。

　英雄の生産は技術と密接な関係を有している。特定の技術を開発しないとそもそも生産することができない者が多いのだ。

　マイノグーラは比較的その制限がゆるい国家だとしても、現在開発済みの技術はお世辞にも優れているとは言えない。すなわちそれは……。

「英雄を作るとすると、現状候補は一人に絞られる」

　生産できる英雄が限られるということでもあった。

「も、もしかして……」

　アトゥがぎょっとした表情で拓斗を見る。言外に本気で言っているのか？　という驚きがある。

「御明察。候補は彼だけなんだよね」

　アトゥの顔が絶望に青ざめる。当の拓斗も浮かない顔だ。

　コストさえ用意できれば英雄を作り出すことができるという状況にもかかわらず、二人の態度は何やらすぐれない。

　それどころかその反応は明らかに何かを躊躇している様子であった。

　果たしてどのような問題があるのだろうか？

　その答えは他ならぬアトゥよりもたらされた。

「あれは絶対嫌ですよ！　絶対に！　やめてください！　やめてください拓斗さま！　あれだけは本当に無理なんです！」

　自らの王が何を考えているのか理解したアトゥ。

　彼女は目にも留まらぬ速さで拓斗に縋《すが》り付くと、

とたんにわーっと騒ぎ出した。

　この態度に拓斗も致し方ないとばかりに同意を込めて頷く。

　それほどまでに彼が検討している英雄はアトゥとの仲が悪いとされていたし、そもそもが大問題児ゆえに誰彼構わず常にトラブルを起こすという困った存在だった。

　この世界に喚《よ》び出した際の影響は未知数。下手をすると全ての戦略を根本から見直す必要性がある。

「ぼ、僕も不安しかないんだけどね……」

　拓斗も口に出して「もしかしてうかつな考えだったかも？」と後悔を始める。

　その考えを補強するかのように、アトゥはかの英雄が持つ輝かしき戦歴という名の悪名を語り始める。

「『Eternal Nations』部下にしたくない英雄ランキング堂々一位、並びに上司にしたくない英雄ランキング堂々一位！」

「そして、人格破綻者ランキング堂々一位の英雄。いやぁ……実際どんな感じなんだろうね？　忠誠心はあるのかな？」

「忠誠心はありますよ。忠誠心あってやって良いこと悪いこと全部理解した上で、笑顔でスキップしながら地雷を全力で踏み抜くようなヤツなんですよあれは……」

「ああ、わかる。そんな感じだよね彼……」

　マイノグーラは邪悪な勢力であり、時として人類が決して及ばぬ思考と価値観を持つと設定されている。

　その最たる例がその英雄であり、ある意味で最もマイノグーラを象徴する英雄とも言えた。

「……とは言え、今彼を生産したところでメリットはないんだよね……いや、デメリットはあるから実質マイナスか」

　その英雄は単純に戦闘能力が高いというわけで

はなかった。

　どちらかと言うと絡め手において真価を発揮する英雄で、現在のような明確に脅威が存在している状況では運用が難しかった。

　平時における暗躍こそ、かの英雄がその力を発揮する場面なのだ。

「そうでしょうそうでしょう！　だからやめましょう！　あのペテン師を召喚するのはやめましょう！　他にも素晴らしい英雄はいま……います！　いますから！」

「アトゥとイスラがマイノグーラ英雄の良識枠だったからなぁ……」

　なお残りのマイノグーラ英雄も彼までとは言わずとも似たりよったりの問題児だ。

　基本的に邪悪勢力の英雄は人格破綻者として描かれることが多い中で、逆にアトゥとイスラが常識を持ち合わせ過ぎていたということもあるだろう。

　つまり今後は戦力を増やすたびに胃痛が増えることは確実である。

　拓斗は『Eternal Nations』の世界観に厚みをもたせるため実装されていたショートストーリーの中で毎度英雄の尻拭いに奔走していた指導者に思いを馳せる。

　まさか自分がそんな目にあうとは思いもよらなかったが、かといって英雄の持つ能力を考えると召喚しない手は無いのが悲しいところであった。

「仕方ない、彼を呼び出すのは一旦保留としようか。あれが必要な場面は力押しではなくもっと迂遠で狡猾《こうかつ》、そして常識外のやり方が必要となる時だ――そう、例えば万が一僕に何かあった時……とかね」

　その言葉にアトゥがぎょっとした表情を浮かべる。

　まさかそのような言葉が出てくるとは思いもよらなかったからだ。

「もし、万が一僕に何かあったら、彼を呼び出してほしい。今のうちに、命令しておくよアトゥ」

アトゥに宣言する。その言葉は、まるで将来そのような出来事が起こるとでも言っているようであった。

「そんなことは決して実現させません！　このアトゥが、拓斗さまの身を必ずやお守りしてみせます！　何をもってしても！」

慌てて拓斗の言葉を否定するアトゥ。

だがこの世界に必ずという言葉が存在しないことを拓斗はよく理解していた。

アトゥの忠誠と力を疑っているわけではない。全幅の信頼をおいてなお、どうにもならないということは確かに存在するのだ。

無論アトゥを不安にさせるためそのようなことを言うつもりはなく、誤魔化すように笑ってみせる。

「ははは、それはありがとう。なんだか女の子に守られるって少し恥ずかしいんだけどねぇ。僕もこう、戦ってみたりかっこいい場面があったりすればいいんだけど」

「拓斗さまは一般人なのですから、流石に厳しいものがあるかと……というか、拓斗さまが出ないといけない場面ってすでに詰んでいるような……」

その言葉に確かにと頷く拓斗。

指導者の本分は本来国家を導きその方針を指示することである。決して前線に赴いて剣を振るうことではない。

かつての世界、その中に数多く存在した歴史上の英雄譚《たん》では自ら剣を取り先陣を切る指導者もいたことにはいたが、あれは例外というものであり、そもそも後世による創作が多分に含まれている。

指導者は決して戦ってはならないのだ。

実のところ、拓斗とて直接的な戦いに関してはすでにいくらかの奥の手を用意している。

だからといって、前に出て良いという道理はどこにもない。

アトゥが言う通り、国家の指導者が矢面に立たねばならぬ時はそもそもが詰んでいる……いわゆる敗北寸前といったところなのだろう。

だからこそ拓斗は自らが前に出ることを良しとしなかったし、そもそもそのような出来事が起こらないよう物事を進めていくつもりだった。

だが現実はそう上手《うま》く行かず、今の今まで予測と予定は常に修正され続けていた。

「まぁ、とにかく覚えておいて。僕に万が一があった時は、彼の力を借りてほしい」

「分かりました。ですが指導者たる拓斗さまに何かあったとして、アレが忠誠心を発揮して真面目に問題解決に奔走するとは思えませんが……」

「奇遇だね、僕もそう思う」

おおいに、おおいに頷く。

自分に何かあったとして、アレは最初に爆笑するだろう。その上で、全方位に最も迷惑がかかる方法で解決を試みるに違いない。

できれば喚び出したくないという気持ちと、怖いもの見たさで一度見てみたいという気持ちが交差する。

拓斗は軽く苦笑し、先ほどから納得いかないと頬を膨らませるアトゥを宥《なだ》める。

「ただまぁ、彼ならなんとかしてくれるさ」

そう切り上げまだ見ぬ英雄に思いを馳せる。

どちらにしろ、彼に対する信頼は悪い意味でも良い意味でも厚かった。

「さて、引き続き力を蓄えていこう。例の式典に向けて……ね」

一週間後に行われるそれはドラゴンタンの移譲式典だ。

祝い事として大々的に布告し、対外的な面においてもドラゴンタンをマイノグーラの支配下に置く。

もっともドラゴンタンは事実上すでに支配下であるため、これは一つの節目や区切りとして行うものだ。ゆえに堅苦しいものではなく、どちらかと言うと祝祭に近い。

ダークエルフたちもこの日のために奔走しており、拓斗やアトゥもお祭り気分でその日を楽しみにしている。

まだまだやるべきことは山積みで、世界は脅威に満ちている。

けれどもこの日くらいは骨休めをしても許されるだろう。

そんなことを考え、次なる事案の検討に入る。

だが……。

その日がマイノグーラ史上において……。

もっとも長くもっとも衝撃的な一日になることを、この時の二人はまだ知るよしもなかった。

Eterpedia

大地のマナ

マップ資源

毎ターン以下のものを得る
大地のマナ　1

※大地のマナの効果
　国家の食糧生産力　＋10%
「大地の軍事魔術」の使用解禁

大地のマナは龍脈穴から採取できる純粋マナを変換することによって入手できる戦略資源です。国家がマナ資源を所持しているだけで食糧生産力を改善する能力があります。また魔術ユニットによって土地の改善に強力な効果を発揮する「大地の軍事魔術」が使用可能となります。

第十三話　やがて少女は夢を見る

拓斗たちマイノグーラの上層部が善なる文明の異変に懸念を抱いている頃、聖クオリア南方州では彼らが危惧する通り大変革の最中にあった。

「「聖女さま！　聖女ソアリーナさま！」」

「「偉大なる聖女さま！」」

南方州議会場、聖アムリターテ大教会。

腐敗した聖職者たちの伏魔殿は、今や聖女の支配下に置かれ、賛美歌と光が包み込む神の家へと本来の姿を取り戻していた。

様々な人々が教会の前に集まり、聖女への感謝と称賛の言葉を紡いでいる。

今日は祝日でもなんでもないただの平日だ。にもかかわらず人々は教会へと集まりその賞賛と感謝の声を南方州の新たな指導者となった聖女へと届けんとしていた。

「ふぅ……」

人々の声に応え、バルコニーより手をふる《華葬の聖女ソアリーナ》。

義務ではないが、さりとて放置を貫くのも気がとがめる。よって毎日数分だけ人々に顔を見せるのがここ最近加わった日課の一つだった。

眼下に見える無数の人影に向かって手を振り、ひとしきり笑みを浮かべたのちに室内へと戻る。

ソアリーナの顔には些《いささ》か疲労が見える。それは肉体的な疲労というよりも精神的なものだった。

「お疲れ様！　ソアリーナちゃん！　なかなか様になってきたんじゃないかなっ？」

柱の陰から声がかかる。現れたるは《啜りの魔女エラキノ》。

ソアリーナと共にここ南方州にやってきた彼女

は変わらぬ様子でカラカラと笑うと、軽快な足取りで直《す》ぐ側《そば》までやってくる。

魔女エラキノはいままでと変わらぬ態度だ。どこか軽薄で、道化じみた態度で、全てを娯楽としか考えていないような闇の雰囲気をまとっている。

聖女と魔女は不倶戴天《ふぐたいてん》の敵同士。いわば水と油の関係。決して相容れない存在。

それが道理であり、それが摂理。

決して違えることのない世界の根本から存在する法則だった。

だが、長年の友人のように気軽な声掛けをするエラキノに向かってソアリーナは……。

「もう、恥ずかしいからやめてください……エラキノ」

まるで年頃の少女のように可憐な笑みを浮かべ、その言葉に応えた。

「にゃはは。南方州を治めし聖女！　神が遣わした真なる指導者によって人々の生活はウナギ登り！　……ウナギはここにはいなかったか、急上昇中！　もはや飛ぶ鳥を落とす勢いのイケイケだね！　皆とっても喜んでるよ！」

「それもこれも、エラキノのお陰です。貴方が協力してくれたから……。貴方が私の背中を押してくれたから、この平和が成ったのですよ」

優しい微笑《ほほえ》みを浮かべるソアリーナ。

それはまるで年頃の少女のようで、ソアリーナの年齢から考えるとややそぐわない幼い態度に思える。

だがこれが本来の彼女だったのだろう。聖女という存在は様々な思惑や期待を人々から寄せられる。

その巨大な感情を一身に受ける彼女たちは大なり小なり心を閉ざす傾向がある。

そんな中で気の置けない相手が現れたのなら、普段では見せぬ表情を浮かべるのも道理だろう。

「むっふー！　そでしょそでしょ、エラキノちゃんのお陰でしょ！　ってか！　もっと砕けた喋《しゃべ》り方でいいのに。エラキノちゃんとソアリーナちゃんの仲でしょ？　マブダチはお喋りもフランクなのだよっ」

「ご、ごめんなさい！　まだなんだか慣れなくて……。これでも貴方の言う通り気軽に喋ってるつもりなんですよ？」

「え〜！　まだまだかたかただよっ！　本当ならもっと気安く『エラキノちゃん』って呼んでほしいのにっ♪」

「そ、そんなことできませんっ」

穏やかで、平和な時間が流れる。

啜りの魔女と未《いま》だ姿を見せぬゲームマスターがこの南方州に拠点を移して以降、エラキノとソアリーナの関係性は予想していたものとは全く違った形となっていた。

どのような奇怪な流れによってそれがなされたのかは誰も答えることができない。もしかしたら神々ですらその判断は不可能とすら言えるかもしれない。

だが南方州の政治を行う中で二人の関係性は急速に深まり、結果としてソアリーナとエラキノの関係は今や無二の親友と呼べるほどのものとなっていた。

……エラキノが能力によってそう仕向けたのではない。

むしろ彼女が持つ《啜り》の能力による洗脳はすでにエラキノ自身によって解かれており、自主的に彼女と共にこの国を良くしようと邁進《まいしん》している始末だ。

だから、これはもっとも簡潔に説明するのならただ「仲良くなることができた」というだけのことに他ならない。

滑稽で、愚かで、あまりにも陳腐な話である。

悪意の塊であるはずの魔女が聖女にほだされ、善性の具現であるはずの聖女が魔女に心を砕く。

今までの犠牲や失ったものから目をそむけるように、二人の関係性は親密になり、その間柄を示すかのように南方州に住まう人々の幸福度は向上していく。

歪《ゆが》みに歪みきった……されど決して不幸になる者のいない平和であった。

だがそんな二人を冷ややかな目で見つめる者が一人いた。

「随分と……仲良くなったのね」

「フェンネ様……」

いつの間にかその場にいたのは《顔伏せの聖女》フェンネ＝カームエール。

ヴェールで顔を隠し、決して自らの素肌を見せようとしないその聖女は、いつもどおりの冷淡な声音で浮かれるように手を取り合う二人の世界に割って入った。

常に不機嫌そうな彼女がこのような態度を取るのは別段珍しいことではない。

むしろ全ての人間に対して同様の態度であり、聖女としての実績がなければおよそ人々から受けいれられるとは言い難い性格をしているのがフェンネという名の聖女であった。

ゆえに彼女の言葉はいつもどおりのものだ。

だが自分の中に後ろめたさがあったのだろう。どこか棘《とげ》のある物言いにソアリーナがたじろぐ。

そんな彼女を守るかのように、エラキノは前へ出てその軽薄なる口調で言葉を投げ返す。

「あらら、嫉妬しているのかな顔伏せちゃん！　エラキノちゃんとソアリーナちゃんがズッ友になったからってそんなに妬かなくてもいいんだゾ！　そ・れ・に。エラキノちゃんはちゃ～んとお仕事頑張ってるよ。今まで悪巧みしたこともないし、この国の人々が幸せになれるよう一生懸命頑張ってるんるん♪」

「それについては一応、認めてあげるわ。確かに貴方たちのお陰で民は救われている。救われるべきだった人々が幸福であることは、神も私も望むところよ」

　エラキノの言葉を興味なさげに受け取るフェンネ。

　その言葉にはどこか心が籠もっておらず、エラキノは本当に彼女は聖女なのだろうかと疑いすらしてしまう。

　だがフェンネが聖女であることは明白であり疑う余地がない。

　自分たちとはまた違った目的があることを、エラキノと彼女に対して密かに指令を出すそのゲームマスターは知っていた。

「あの、フェンネ様のご協力にも感謝いたします。貴方様のお力によって、この国からさらなる不幸が取り除かれています」

　ソアリーナの言葉にフェンネは頷く。

　人を寄せ付けぬ性格とは言え、二人とフェンネの間には明らかに一枚壁が存在している。

　そのことにソアリーナも気づいていたが、かと言ってフェンネが何らかの企《たくら》みを抱いているとは考えられなかった。

　フェンネは彼女たちが行う改革に協力的だし、その力をもって貢献もしてくれている。

　少なくとも、他の聖女同様に人々の平和を望んでいるのは間違いないだろう。

　聖女は神によって選出される。

　平和を望み人に奉仕する心がなければ、決して聖女になれないのだから。

「フェンネ様のご懸念も承知しております。ただ、エラキノはここに来てから約束を違えたことはありません。他者へ疑いの目を差し向けることはすなわち自らの内に住まう恐怖の表れであると……神もおっしゃいました」

「………そうね」

　おそらく、聖女と魔女が仲良くするという事実が受け入れがたいのだろう。

本当ならばフェンネとも同じように心を開いて会話ができるようになりたいと夢抱いているソアリーナは、今までの浮ついた気持ちが少しばかり冷めてしまう。

そんな彼女の内心の揺れ動きを知ってか知らずか、フェンネは変わらぬ態度で自分たちを取り巻く状況について確認を投げかけてきた。

「聞きたいことがあるの。中央や他州の反応はどうなのかしら？　いくら耄碌《もうろく》したお歴々と言えども、流石《さすが》にこの状況では感づくと思うわ。それに、放っておくと《依代の聖女》の耳に入るわよ」

「中央は依然として沈黙しています。現在は北方州の魔女事変によって荒廃した地域の再編監督に追われており、西方と東方の州が責任追及と担当する枢機卿に対する辞職勧告で横やりを入れてきているようですね」

クオリアでは透明性に疑問が残る密室会議によって選出された三人の法王を頂点とし、その下に枢機卿と呼ばれる上位聖職者が複数存在している。

彼らが権力闘争の主戦場とする場所が聖都であり、中央と呼ばれる統治機構であった。

「なるほど、北方州を切り取りたいのね中央の方々は……。それにしても、これだけ改革と好景気に沸く南方州に目をつけないのは不思議ね、ソアリーナ」

ソアリーナたちが行う改革によって、南方州は未曽有《みぞう》の好景気に沸いている。

もともと豊かな国だったのだ。気候は温暖で食物はよく育ち、統制された聖騎士団の巡回によって治安も良い。

資源も豊富で神の加護によるものか大きな天災や疫病も無い。

更には聖女による神託によってあらゆる邪悪は未然に防がれている。

だからこそ、一部の聖職者たちが集めた金銭を民に流せば、大きな経済のうねりが発生するのは当然だった。

食糧から衣服、住戸などの生活必需品。はては娯楽品や嗜好品。

民に金が流れることによって発生した需要は生産者たちを潤わせ、その生産者たちによる購買欲求はさらなる需要を生む。

豊かになった感謝の印として神への喜捨《きしゃ》が活発に行われ、それらは聖騎士団や聖職者の装備や設備の充実化となる。

聖騎士も聖職者もまっとうなものは自分の私財を売り払ってまで民に施しを与えるような生真面目で清貧好きばかりだ。

汚職が完全に消え去れば、そこにあるのは理想郷への約束された未来のみとも言えよう。

だからこそ、欲深い中央や他州の聖職者たちが掣肘《せいちゅう》しない理由はなかった。

ソアリーナは無言であった。

なぜ横やりがないのか？　という疑問への答えが一向に示されない。

だがその表情は口ほどに雄弁で、だからこそフェンネはソアリーナが何を行ったのか容易に知るに至る。

「ああ、そう」

ソアリーナは、およそ聖女らしからぬ手法にて中央や他州からの介入を排除するに至った。

「ふふっ、神の下で黙らせたのね」

初めてフェンネが笑った。

その笑みはどのような意図が込められていたのだろうか……。

いや、それは明らかだ。明らかにそこには冷笑の意図がありありとこもっている。

クオリアが侵された病巣は深刻だ。

神の名を語り私腹を肥やし、他者との強調を拒んでただいたずらに権力を振るう。

自我が肥大し、自尊心が膨張し、執着が肥え太る。

ともすれば自身を神であると勘違いすらしていそうなほどの愚者がはびこり、自らの権益を奪われないための様々な法律が神の名のもとに施行されている。

それがその国で、そんな国が嫌でソアリーナはこの場に立っているはずだ。

立っていたはずだった。

そんな自分が、相手の動きを牽制するためとは言え不法に手を出すなど。

ソアリーナは歯噛《はが》みする。

理想という言葉はかくも無力なのか……。ソアリーナの見てきた現実は、いつだって理想や希望を容易《たやす》く押しつぶしてみせた。

「今回のことで消費した資金は必ずや民のもとへ返されるでしょう。今はまだ中央の介入を招くべきではありません！　将来を見据えるのならこの判断は！」

堰《せき》を切ったようにソアリーナが自らの意見をぶつけてくる。

その言葉すらフェンネを喜ばせるものでしかないことを知っていてなお、ソアリーナは何かを言わねばならぬという焦燥感に囚《とら》われていた。

「ふふっ。落ち着いて、私は貴方の行為を咎《とが》めているわけではないの。だから自分の中にある罪悪感を私にぶつけないでちょうだい。大きな声を出されると、とても怖いわ」

だがフェンネには梨の礫《つぶて》だった。

否、初めからソアリーナの一人相撲だったのかもしれない。フェンネの言う通り彼女の中にある正義と罪悪感が、自身を苛《さいな》んでいるだけなのだ。

ソアリーナの瞳にうっすらと涙がたまる。

自らへの無力感が、ただ運命に絶望して毎日泣いていたあの頃の自分と重なる――。

「フェンネちゃん。それ以上ソアリーナちゃんをいじめたら許さないよ」

彼女に手を差し伸べたのは、今まで沈黙を保っていたエラキノだった。

「エラキノ……貴方も随分とほだされたみたいね。私だけ仲間はずれなの？　少し寂しいわね。もう少し優しくしてほしいわ」

「仲良くしたいと思うなら、意地悪なことをしちゃダメだと思うんだけどなぁエラキノちゃんは！　フェンネちゃんこそ、自分の中にあるどうしようもない感情のはけ口をソアリーナちゃんに求めるのはお門違いじゃなくなくない？」

エラキノの反撃に初めてフェンネが動揺の態度を見せる。

それは知らずのうちに己の本心を指摘されたとでも言わんばかりの態度で、どうやらフェンネ自身やりすぎたと思ったのか、口調と物言いが幾分柔らかくなる。

「……これは一本取られたわね。ちなみに、その推測は貴方のもの？　それとも貴方の愛《いと》しいマスターのもの？」

「さぁ～ね？　フェンネちゃんは意地悪だから教えてあげな～い！　いこっ！　ソアリーナちゃん！」

「嫌われてしまったわね。でもごめんなさい、少し待ってくれるかしら？」

ソアリーナを引き連れてそのまま退室しようとするエラキノを、フェンネは静止させる。

まだ余計な小言があるのかと言わんばかりに眉をひそめるエラキノ。同様にまた何か不都合な事実を突きつけられるのかと怯《おび》えた表情を見せるソアリーナ。

そんな二人の対極の表情をヴェールの下から見つめ、フェンネは損ねてしまった二人の機嫌を取り戻すかのように慎重に言葉を述べる。

「私にはまだソアリーナに聞きたいことがあるの。安心して、次の話はちゃんとしたものよ。これからの南方州の運営に関わる話」

「それだったら聞くけど。ソアリーナちゃんもそれで良いかなっ？」

「う、うん……」

二人が互いの顔を見合わせ、フェンネの提案に同意する。

話が致命的にこじれなかったことに内心で胸をなでおろすフェンネ。

そもそもフェンネがここにやってきたのはこの件に関して真意を問いただすためだった。

先の皮肉めいた言葉はやや悪い遊びが出てしまった前座のようなものだ。

フェンネに促されエラキノとソアリーナが椅子に座り、彼女の方へと顔を向ける。

フェンネは二人を眺めながら、これから質問を行う計画について軽く思い起こす。

そしてやはり分からないとヴェールの下で眉をひそめた。

この件に関しては、ソアリーナが賛同しエラキノが反対している。その事実はどうしても理解に苦しむことだった。

普通に考えればその立場は反対であるはず。

いや、このような状況で……善悪の二人が仲良く手を取りあっている状況でそれを悩んでも詮無きことか。

フェンネは首を小さく左右に振り、今まであれこれ考えていた全てを振り払い意を決する。

そして……。

「ソアリーナ。貴方が計画しているマイノグーラに対する斬首作戦。この意図について話を聞かせてほしいわ……」

今後の自分たちの状況を確実に左右するであろう計画について、真正面からソアリーナにぶつかる。

先ほどまでどこか怯えた様子だったソアリーナの瞳が、ヴェールの向こう側に存在するフェンネを射抜く。

場の空気が少しばかり張り詰め、やがて静かな声音でソアリーナが語りだす。

「神託が下っております。大呪界に発生する災厄の兆候。そして呼応するように噂《うわさ》に流れるマイノグーラなる国家の発生。このまま放置しておくにはあまりにも危険です」

「神託の重要性は私も理解しているわ。ただあまりにも性急すぎる判断ではないのかと考えているのよ。何が貴方をそこまで突き動かすの？」

マイノグーラが危険な国家であるという点に関しては、フェンネも意見を同じくしている。

この点に関してだけは彼女たちはおろか隷下の騎士団においても別意見を持つものはいないだろう。

だがその対処に関しては別だ。

現在南方州はお祭り騒ぎにも似た表向きとは別に、置かれている状況は非常に危ういものとなっている。

中央からの介入を危惧し未だ戦力も十分に整っていない中で、そのような強硬手段を主張する理由がどこに存在するのか甚《はなは》だ疑問であった。

「マイノグーラの王はどのような存在か聞き及んでいますか？」

「南方州は暗黒大陸と呼ばれる南部の大陸に近いから行商からの情報もある程度集まってくるわ。聖騎士団経由で市井《しせい》の噂話程度にはという感じよ……。たしかイラ＝タクトなる人物が王なのよね。そしてその者は――」

「はい、破滅の王と呼ばれています」

情報収集とは何も御大層な専門職を秘密裏に送り出してのみ行うというものではない。

経済的な交流があるのであれば、当然そこには人の交流も存在する。

人々の関係性は単純に善悪では語りきれないし、仕事終わりに酒でも入れば口も軽くなろう。

だからこそ、上層部が到底知らないような事実を市井の民が知っているなどということは珍しくない光景だった。

あとは聖騎士団による人海戦術で行商や食堂の店主などに聞き込み調査を行えば良い。

これらの地道な調査が功を奏し、現在クオリア南方州では大呪界に存在する破滅の王であるイラ＝タクトがマイノグーラという国家を樹立し、魔女を使役し周辺に影響力を発揮し始めているということは既知の情報となっていた。

そう、破滅の王である。

この破滅の王という単語こそが、ソアリーナに焦燥感を与えている原因だった。

「なるほど、〝古き聖女の神託書〟……ね。黴《かび》の生えた骨董品が真実であると、貴方は考えているの？」

「少なくとも、我々は神の実在を確信しています」

「そうね。ただ私も読んだことはあるけど、あまりにも詩的すぎてイマイチ信用ならないのだけれども……」

一つ合点がいったとフェンネは内心で一人ごちる。

古き聖女の神託書は聖クオリアに伝わる重要機密品の一つだ。

それは過去の聖女が聖神アーロスより賜った神託のうち、普遍的な警告や未来において必要とされるであろうものをまとめ記したものである。

各州と聖都に置かれるこの神託書は枢機卿以上の聖職者しか閲覧を許されず、一般の者では正気を保てない恐ろしい予言まで記されているとされ厳重に保管されている。

実際はそこまで危険な内容が含まれるわけではなかったが、その中でも決して軽視できない神託が存在しているのは事実だった。

その一つが〝破滅の王〟に関する神託。

ソアリーナは神がもたらした神託に記される通り、破滅の王が恐ろしいものをこの世界に運んでくると考えているのだ。

だからこそ早急な討伐を考えている。

目の前に唐突に転がってきた幸運を決して逃さぬために、危険因子を排除しようとしているのだ。

「ねぇねぇ！　その神託書って何？　エラキノちゃん初めて聞くんだけど？」

「過去聖女をつとめた者たちが受け取った神託を書き記した書物よ。その中に破滅の王という存在に言及した部分があるの。何分古いものだからいまいち意味が分からないのだけれどもね」

「マイノグーラについては知っていたけど。ふぅん……イラ＝タクト、かぁ。プレイヤーかな？ちなみに、その破滅の王ってのはヤバいのかにゃ？」

「それが、分からないんです。エラキノならもしかしたら何か分かるかもしれないから、後で見せてあげますね」

「やった！」

「閲覧制限のかかってるものなんだけど、まぁ今の貴方たちには関係ないわよね」

コロコロと笑うエラキノと、その態度につられ笑みをこぼすソアリーナ。

誰の許可を得て神託書を見せるのか甚だ疑問だったが、それよりも今はエラキノと彼女の主とされるゲームマスターの助けが必要だ。

彼女たちは自分の知らない事実を知っている。

マイノグーラについては当初よりエラキノより警告を受けていた。その国が決して相容れない存在だということは彼女とゲームマスター共通の見解だった。

同じ魔女という存在であることに何らかの意味があってその判断がされているのかもしれないが、どちらにせよエラキノがマイノグーラを敵視していることは間違いない。

当初彼女はその能力によって洗脳したソアリーナを伴って、そのままマイノグーラが存在すると目される大呪界へと進む予定だったのだ。

そのあまりにも無謀な作戦にソアリーナが犠牲になることを恐れ、なんとか南方州にとどまるよう説得したのは他ならぬフェンネだったのだから。

結果奇妙な関係性が魔女と聖女の間に築かれたのだが、それに関しては今更言っても詮無きことだろう。

フェンネは話の舵《かじ》を取り、やや強引に本筋へと戻す。

「それよりエラキノ。貴方の意見も聞きたいわ。貴方はマイノグーラへの攻撃をどう思っているのかしら？」

フェンネは内心ではこの作戦にあまり乗り気ではない。

作戦そのものは重要であると考えているし、マイノグーラと破滅の王が決して座視することのできない危険な存在であることも間違いない。

ただ、もう少し様子を見て情報を収集するべきだと考えていたのだ。

立場上決して言葉には出さないが、場合によってはマイノグーラという国との交渉も必要だとすら考えていた。

だからこそ、同じく否定的な意見を持つエラキノがソアリーナをたしなめてはくれないかと質問を投げかけた。

「……いまはまだ、動くべきじゃないと思うなぁ」

「貴方のマスターとやらは今回の作戦に賛成なのよね？　彼はここに来られないのかしら？　直接意見を聞きたいのだけれども」

「マスターは恥ずかしがり屋だから……」

ゲームマスターと呼ばれる不思議な存在に関しては、エラキノよりすでに説明を受けている。むろん警戒していないと言えば嘘《うそ》になる。

様々な知識で彼女たちに協力をしてくれているため一定の信頼をおいてはいるが、だとしても顔をあわせることができないというのはむず痒《がゆ》いものがある。

　フェンネとしてはここに存在しないもう一人の意思決定者の考えを直接聞きたいところだったが、それが叶うことはなさそうだ。

「なるほどね。ソアリーナとゲームマスターは賛成派。エラキノは反対派。じゃあ私はバランスをとって反対派に回ろうかしら。あら奇遇ねエラキノ、貴方と一緒の派閥になったわ。どうぞ仲良くしてね」

「うへぇ……」

　フェンネの言葉にエラキノが本気で嫌そうな表情を見せる。

　ちょっとした軽口なのに、そこまであからさまに嫌がらなくてもいいだろうとヴェールの下で苦笑したフェンネだったが、彼女がエラキノの態度をからかう前にソアリーナが声を荒らげた。

「ど、どうしてですかエラキノ!?　破滅の王と魔女を危険視しているのは貴方だって一緒のはず。このままでは私たちが作った国が災禍に見舞われる可能性があるのですよ！」

「確かにソアリーナちゃんの懸念は大事だよ、けど……」

　エラキノが自らの意見を異にしたことを嫌がったのか、ソアリーナの動揺は激しい。

　その表情はまるで捨てられた子供のようで、エラキノも普段の軽薄な態度を潜めて冷静にソアリーナに説明を行う。

「嫌な予感がするんだよね。そして、こういう理由のない予感は信じた方がいいと思う」

　自分、仲間、そして多くの民たちの命運を左右する会議の場において感覚を根拠とするとは最も愚劣な行いである。

　だが時としてそれが最善手となることもまた真実であった。

　世の中は理屈や道理だけでは決して説明しきれぬことがある。

魔術や神の奇跡といった不可視の現象がまかり通る世界において、魔女の勘というのは決して馬鹿にならないのかもしれない。

だがそれでもなお、ソアリーナは納得しなかった。

「ねぇエラキノ。どうして私に賛成してくれないの？　私たちの力があれば決して困難なことじゃない。何が気がかりなの？　最初はとても乗り気だったはずなのに……」

「にゃはは。いやね、エラキノちゃんもちょーっとこの状況が心地良いというか、なんというか万が一があったらと思ったらね」

その言葉にソアリーナは途端に眉をひそめ黙りこくる。

「と、というかむしろソアリーナちゃんの方がノリノリじゃない？　も、もう少し冷静に……ってかねぇ、フェンネちゃん！　フェンネちゃんからも何か言ってよ！」

明らかに機嫌を損ねてしまったことに慌てたのか、エラキノはわざとらしい言葉ぶりでフェンネへと助け船を求めた。

「そうね……確かにマイノグーラと破滅の王、そして王により使役される魔女という存在は脅威の一言よ。神の神託によってその危険性が記されている以上、そこに間違いはないわ」

冷ややかに二人を見守っていたフェンネは、これまた冷ややかに自らの見解を述べる。

またぞろ二人だけの世界を作られては敵《かな》わないためあえてエラキノの言葉にのったが、正直なところフェンネとしてはソアリーナが暴走気味であることを危惧していた。

「マイノグーラはいずれ対処しなければならないわ。けれども危険性が高すぎる。預言書の通りならクオリア全土と全ての聖女の力を結集して対応に当たらないとならないような問題よ。我々だけでことを成すにはあまりにもいろんな物が不足している」

ソアリーナは確実に焦っている。

その源泉がどこにあるのか朧気《おぼろげ》に理解しながらも、フェンネは根気よく彼女の真意を探る。フェンネには強引にそれを知る方法が存在していたが、できればそのような手段は用いたくなかった。

「場合によっては中央からの破門や神敵認定もされる可能性がある現状で、そこまで他所《よそ》に目を向ける理由は何？　貴方が持つ正義と神への献身を疑いはしないけれども、残念ながらそれだけでは些か説得力に欠けるわ。ソアリーナ、答えて頂戴。貴方は何を狙っているの？」

ヴェールの下からフェンネの瞳がソアリーナを射貫き、ソアリーナは何度か何かを言いかける仕草を見せたあと、ようやく己の考えを吐き出した。

「……エラキノの能力による魔女の洗脳です」

フェンネとエラキノが息を呑む。

それは聖女にはおよそ似つかわしくない、あまりにも突拍子もなく外道な手段だった。

「なるほど……聖女に対して効果があるのなら、同時に魔女に対しても効果があると、そういうわけね……」

フェンネの中でバラバラだったピースが一つの形へと組み上がる。

ソアリーナが何を狙っているのかを正確に理解するに至ったからだ。

破滅の王の撃破と、その尖兵たる魔女の洗脳による確保。

あまりにも大風呂敷を広げた大計画であったが、全てを解決するための手段としてはこれ以上のものはない。

いや、他に取れる選択肢はないに等しいだろう。マイノグーラを放置して現状を維持するとしても、いずれ中央に南方州の状況は知れ渡る。

つまり聖王国クオリアから脱却し、新たなる国家を樹立しようと考えているこの企みがだ。

そうなればクオリアの法王、そして依代の聖女は決してその行いを許さない。

今の彼女たちでは……否、誰も依代の聖女には勝てない。

だからこそソアリーナは破滅の王を撃破し、世界に平和を齎《もたら》したという箔《はく》を求めたのだ。

北方州を壊滅させた魔女と同等の存在、そしてそれを使役する邪悪の存在を駆逐したとあれば、南方州はもちろんのこと聖王国クオリアやエル＝ナー精霊契約連合の民も口々に称賛の言葉を述べるだろう。

そうして民の心をつかめば、おいそれと中央も過激な手段を取れなくなる。

破門や神敵認定を出されようとも邪悪なる存在を滅ぼした聖女が二人もいる時点で有名無実と化するし、暗殺なども秘密裏に確保した魔女が対処する。

ひどく綱渡りじみた作戦ではあるが、渡りきった先に見える未来はバラ色に輝いている。

得てしてこういう場合において魅力的な報酬とは判断を鈍らせる罠《わな》と相場が決まっているのだが、今の彼女たちにはその罠を覆せるだけの秘策が存在していた。

だからこそ、ソアリーナもここまで強行に作戦を主張しているのだろう。

「勝算は……あるからそう言ってるのよね？」

「エラキノの……彼女のマスターの能力は私たちの検証によって大きくその力を向上させました。例のアレがある限り、決して敗北はありえません」

ソアリーナが言うアレとは、ゲームマスターが持つある権能のことである。

当初エラキノとゲームマスターが持つ能力に関しては未知の部分が多分にあった。

それらは彼らとの交流の中で信頼の証《あかし》として開示されたのだが、本人たちも未解明の部分が多くあるらしく、南方州の統治の傍ら検証が行われている。

そのような最中で、偶然アレを見つけたのだ。

神の力さえも凌《しの》ぐ、ゲームマスターの法外な能力を……。

「愛しのゲームマスターがしくじることは？」

「マスターの能力が完璧なのは間違いないよ。うん、間違いない。システムは絶対だ。余計な甘えや例外を決して許さない」

「間違いない……ね。その言葉を信じるわ」

「大丈夫ですフェンネ様。今回の作戦は決して失敗しません。その確信が——いえ、その事実が私たちにはあります」

フェンネは無言をもって肯定とした。これ以上議論を重ねてもソアリーナが折れないと理解したこともある。

彼女の精神状態は危ういものがあるが、確かにゲームマスターの能力を考えれば決して失敗することはないのは事実だった。

むしろ失敗する方が難しいだろう。ゆえに、頷く。

「ありがとうございますフェンネ様。……あとは貴方だけ、ねぇエラキノ。あなたの力が必要なのエラキノ。私を友達だと思ってくれているのなら、どうかお願いを聞いて」

「ううっ、え、エラキノちゃんは百合オーラには負けないんだゾ」

「ゆり？　……もう、そうやっていつも誤魔化す」

狼狽《うろた》えるエラキノの手を取り、自らの手で包み込む。そして互いに視線を合わせ、乞い願うようじっと見つめる。

「破滅の王の尖兵たる魔女を確保できれば、もはや私たちが理想とする神の国を阻むものはないのです」

「情報によればマイノグーラは何らかの手段によってフォーンカヴンの街を入手したとのこと。このまま暗黒大陸の国家を併合し、人々の恐怖と苦痛を糧《かて》として力をつけてからでは遅い……」

「魔女の力は強力無比。この世界にどのような驚異が存在するかは分かりません……。ただ私たちとエラキノ、そしてもう一人魔女がいれば容易に崩されることは無い。そうすれば誰も悲しむ必要がなくなる。もう運命に翻弄され、大切な人々を自らの手にかけるような悲劇は必要なくなるの」

「私たちの……私とエラキノが一緒に作るこの国を、この幸せを邪悪なるものによって侵されるわけにはいかないの」

　上手く行けば、何事も上手く行けば、ソアリーナが望む国がこの世界に生まれるのだ。

　そしてソアリーナが望む世界の成就は、フェンネがうちに秘める願いが叶う可能性を上げることにもつながる。

　むろんエラキノとそのゲームマスターの野望成就にもつながる。人々に幸福が訪れ、不幸になるものは彼女たちの視界から一掃される。

　誰もが、知らずのうちに成功の果てにある栄光と幸福を夢想していた。

「私たちには力が必要なの。お願い、エラキノ」

　瞳に薄《うっ》すらと涙をためて懇願するソアリーナ、その態度にエラキノもついに折れる。

「んんんんっ！　分かった！　分かったよ！　ソアリーナちゃん！　仕方がない！　ここは全ベットだ！」

　その言葉にぱぁっと顔を輝かせたソアリーナは何度も何度も嬉《うれ》しそうに礼を述べる。

　好意を直接ぶつけられることに慣れていないのか、照れ隠しに顔をそむけたエラキノは自分の内心を誤魔化すように大声でおどけてみせる。

「そ・れ・に！　どちらにしろマスターもこの作戦にはノリノリだしね。マイノグーラとぶつかるのが必然なら、こっちから先手をとって魔女を確保するのが一番だっ！　フェンネちゃんもそれでいいかなっ？」

「……ええ、もちろんよ。私からはこれ以上何もないわ」

「ありがとうございます、フェンネ様」

しかし現実はそう上手く行くだろうか？　否――上手く行くのだ。それだけの手段を持っているからこそ、最終的に全会一致でこの危険極まりない作戦が採択されたのだ。

「どういたしまして。けど、本当に聞けば聞くほど規格外の力ね……」

それを知れたのは偶然だった。

誰がその言葉を口にしたかは分からない。ただその場にいた誰もが絶句し、その法外な力に恐怖すら抱いた。

「ふふん！　そうなのだ！　というわけで！　景気づけの占いダイス！　エラキノちゃんたちの『作戦は成功するかどうか？』　今日も今日とて、サイコロをふるよ～っ♪」

カロンコロンと、どこかでサイコロを振る音が鳴る。

――確定した事実を述べよう。

エラキノの《占い》判定 1d100 = 【13】
判定：失敗エラキノたちの作戦は失敗に終わります。

GM：Message
ゲームマスター権限行使。
先のダイス結果を却下し、振り直しを指示します。

エラキノの《占い》判定 1d100 = 【87】
判定：成功エラキノたちの作戦は成功します。

ゲームマスターは、あらゆる事象を取捨選択する権限を有している。

つまり、彼がいる限り敗北は決してありえないのだ。

「神はダイスを振らない♪　ただ好きな出目を自由に作り出せる！　エラキノちゃんたちの力があれば世界征服もイージーモードさっ！　だって成功するまでサイコロを振りなおせるんだからっ！」

勝利も敗北も、全て自由に選ぶことができる者がいたとして……。

はたしてそれに勝てる存在はいるのだろうか？

ここに次なる争いの火が生まれる。

今は小さきそれは、やがて大きな炎となってあらゆるものを巻き込み燃やし尽くすだろう。

運命の日は、すぐそこまで来ていた。

Eterpedia

華葬の聖女ソアリーナ

戦闘ユニット

戦闘力：不明　移動力：不明

解説

**～失われてしまった人たちのために……

過去は今日も彼女を苛む～**


ソアリーナは聖王国クオリアに所属する七大聖女の一人です。

その力は凄まじく、「華葬」と呼ばれる大規模火炎術式を放ち、神の敵を討ち滅ぼします。

この華葬に制限はなく、彼女が望めば辺りはすぐさま火の海と化すでしょう。

また焼き払われた灰からは花々が咲き誇り、これが彼女の二つ名の由来ともなっています。

第十四話　斬首

ドラゴンタン移譲式典当日。

空は晴れやかに澄み渡り、活気と熱気が街を新たな形へと生まれ変わらせている。

人々の表情は一様に晴れやかで、口々に王への感謝と称賛の言葉を述べるその姿はともすればここが邪悪な国家の都市であることを忘れてしまいそうだ。

そんな中、当事者たる破滅の王とその従者は……

「拓斗さま……き、緊張しすぎではありましぇ、しぇんか？」

「ふ、ふふ。き、緊張なんてしてないよ、そ、それよりアトゥの方こそ緊張し、してない？」

――ガチガチに緊張していた。

現在彼らがいる場所は都市庁舎の一室を王専用に改装した控え室。

深い洞察と判断力で『Eternal Nations』の頂点に到達した偉大なる指導者と、数多《あまた》の敵を屠《ほふ》り戦いともなれば先陣をきってみせる英雄がこんな場所で一体何を恐れるというのだろうか？

「す、スピーチなんて初めてだから、上手《うま》くいくかな」

「だ、大丈夫ですよ我が王。こ、このアトゥがついています」

そう、人々が畏れ敬う超越存在である二人は、式典のやり取りを上手くできるかどうかでかつて感じたことのないほどの緊張に包まれていた。

拓斗はコミュ障ゆえに、そしてアトゥは拓斗がいないと戦闘以外はからっしきゆえに。

ある意味で似た者同士の主従は内心不安だらけ、

今にも逃げ出したい気持ちで一杯だった。

「ご安心ください偉大なるイラ＝タクト王。準備は万端ですし、式典で王のお手をわずらわせる場面はそう多くありません。どうぞごゆるりと、此《こ》度《たび》のめでたき日をお楽しみいただければ幸いですわ」

珍しく礼服に着替えたアンテリーゼが入室と同時に二人に声をかけてくる。

立場上このような場所で余裕を見せているのがおかしい人物ではあったが、そもそも彼女も重要な列席者の一人なので実務的な仕事は他に回しているのだろう。

準備の仔細をアトゥが問うたところ、案の定采配は部下に任せてもうすぐ始まる式典に向けて時間的余裕を作っていたらしい。

アトゥと拓斗はこの優秀なエルフの手腕に満足し、得難い人材を手に入れられたと笑みを浮かべる。

彼女とエムルに任せておけば細やかな采配は間違いないだろう。

式典で拓斗がミスをして大きな恥となることを少しばかり危惧していたアトゥは、ほっと一安心とばかりに表情を崩し、アンテリーゼを褒める。

「それは安心しました！　もし万が一何かあったら都市長である貴方の責任になってましたからね。私も仕事ができる貴方をこんなところで失いたくないですし」

「えっ⁉　ちょ、まって‼」

一つ問題があるとしたら、アンテリーゼがアトゥの言葉を冗談以上に受け取ってしまったことだろう。

どちらかと言うと、笑えない冗談を放ったアトゥ側に責任があるのだが。

先ほどまでいかにもできる女然としていたアンテリーゼはみるみるうちに顔を青ざめさせ、ぶつぶつと何やら呟《つぶや》きだした。

「――失礼いたします。王、そして皆様。式典の準備が整いましたのでよろしくお願いしま……」

トントンとドアがノックされ、エムルが入室してくる。

「どうされたんですか？」

彼女は入室と同時に奇妙な光景を目撃する。

ニコニコとごきげんに笑みを浮かべるアトゥ、なぜかガチガチに緊張している拓斗、そして「大丈夫、大丈夫」とうわ言のように呟きながら冷や汗をこれでもかとかくアンテリーゼ。

一体何があったのか？　と思いつつも、エムルは時間が来たことを困惑気味に伝えるのであった。

式典はドラゴンタンの中央広場に作られた特設会場にて行われた。

それは木製の壇上を階段で上るような形となっており、上には簡易の天幕が張られている。似たものを挙げるとしたら体育館の壇上、もしくは野外コンサートのステージといったところだろうか。

ドラゴンタンの住民にこの栄光ある出来事を広く知らしめることができるよう、市庁舎ではなくあえてこのような場所に会場を施設した。

そのおかげか壇上は多くの人々に見えるような形となっており、彼らはその栄光ある光景を目撃することができた。

――今回の式典には数多くの重要な人員が参加しており、いくつかの政治的な意味がある。

マイノグーラの王を始めとした重鎮の面々はもちろんのこと、フォーンカヴンとの友好を示すため彼らも当事者として招いている。

やってくるのは相変わらずぺぺとトヌカポリだが、互いに友好的な関係と交渉のもとに今回の移譲が行われているということを内外に示すためにも重要な来賓だ。

そう、内外に示すのだ。

今回の式典は大々的にマイノグーラの存在を他国に宣言する意味合いも含まれている。

すでにドラゴンタンの行商人や情報屋経由でマイノグーラという国家の存在は露呈しているであろうが、それとこれとは話は別である。

我らここにありと宣言することは国家としての体面上重要で、今後他国と交渉を行う際に相手に軽んじられないためにも必須なのだ。

無論フォーンカヴン以外の国家から来賓を招いていないため、その宣言を他国が直接聞く術《すべ》はないのだが、今重要なのは宣言したという事実のみなので問題ない。

むしろ余計な面倒ごとを増やさないためにも内々で済ませたいというのが本当のところだ。

そんな重要な意味を持つ式典は、蓋を開けると意外なほどあっけなく終了した。


「無事、終わりましたね……」

式典会場に併設された控えの天幕の中で、アトゥは出された飲み物を軽く口に含むとそう拓斗に話しかける。

とは言えそれは当然の結果。マイノグーラが持つ全能力をもって今回の式典を計画したのだ。

都市の各所では銃器を装備した警備兵が巡回しており、式典会場周辺では無数の狙撃兵が建物の屋根から不届き者が現れた際に瞬時に処理できるよう監視の目を光らせている。

更には《ブレインイーター》などの治安向上能力を有したマイノグーラ固有のユニットによる都市来訪者のチェック。

これら通常ではありえない高度な警備体制を敷いた以上、問題が発生する方が難しいと言えよう。

スリや迷子といった小さな問題は発生していたものの、式典事態はひどく穏当に終わった。

合意内容自体はすでに締結されているものなのだ、逆にここまで気を張る必要がなかったかもしれないというのがアトゥの内心であった。

「そうだね。けど大勢の前で喋《しゃべ》ることがこれほど緊張するなんて。心臓が止まるかと思ったよ」

「まことに素晴らしいスピーチでした拓斗さま。我が国民は王の偉大なる姿とお言葉に感服しっぱなしでしょう。彼らの瞳がこれからの希望に輝いていたこと、このアトゥはバッチリ確認していましたよ！」

キラキラとした表情で自らの主を褒め称えるアトゥ。

その言葉に、一緒にいたモルタール老やギア、アンテリーゼが同意するとばかりに頷《うなず》く。

ちなみに拓斗は一言も喋っていない。

ただガチガチに緊張しながら移譲に関する調停書にサインし、ガチガチになりながらそれを人々に見せ、ガチガチになりながらフォーンカヴンの代表であるぺぺと握手しただけだ。

スピーチのことはやったつもりですっかり忘れていた。

もっとも、拓斗が持つ闇の気配が濃すぎるがゆえに彼を直視することができる住民はほとんどおらず、ゆえにその醜態が白日のもとに晒《さら》されることはなかったが……。

ともあれ、全ての人々が素晴らしい姿だったと認識しているのであれば事実などさほど意味を持たないのかも知れない。

なかなかの醜態を見せたはずの拓斗は、「全く王も楽じゃないよ」とさも仕事を終えました感を出しながらアンテリーゼへと目を向ける。

「さて、このあとの予定はなんだっけ？」

ようやく大衆の目から解放され完全にリラックスした拓斗は、今後の予定を確認する。

アンテリーゼは待ってましたとばかりに今後の予定をそらんじてみせた。

「このあとはしばらく時間がございますのでイラ＝タクト王はどうぞごゆるりとくつろいでいただければ。その後夜はフォーンカヴンの皆様との懇親を兼ねた会食が予定されております。良い料理人を雇うことができましたのでどうぞご期待くださいませ。同時に王より賜りし花火を打ち上げる手はずになっております」

「おー楽しみ。けどなんか凄《すご》い王っぽいね」

「私は花火が楽しみです！　拓斗さま!!」

「じつは僕もめちゃくちゃ楽しみ。わざわざこのために魔力を使って緊急生産して良かったよ」

後はほぼ遊びのようなものである。フォーンカヴンの代表者も見知った仲なのでそこまで緊張したり気を張ったりする必要はない。

拓斗はようやく肩の荷が下りた気持ちになる。

後は部下たちに任せておけば万事問題ないだろうし、自分がすることも特にはない。

そう考えると途端にガチガチだった気持ちがほぐれていき、周りのことが見え始めた。

「そういやキャリアとメアリアは？」

キョロキョロと辺りを確認し、誰とも指定せずに問う。

確かに式典の時にはいたはずだ。マイノグーラ側の列席者として後ろの方で椅子を温めるだけの簡単な仕事だったが、一緒にいたのは間違いない。

山場を乗り越えた解放感ですっかり忘れていたが、気づけばその姿形はさっぱり消え去っていた。

その問いに答えたのはモルタール老であった。

「あの二人なら今頃出店を回って楽しんでおりますな。無駄に大きな金貨袋を引っさげていきましたのでしばらく戻ってこないでしょう。せめて王へ挨拶してからと言い聞かせたのですが……」

「その辺りは別にいいけど、露店や屋台か……くっ！　僕も回りたかった!!」

モルタール老の言葉に拓斗はぐっと涙をこらえる。

今回の式典は半ば祭りじみたものだ。実際今後ドラゴンタンではこの日をめでたき日として祝日にされる予定である。

だからこそその影響を祝うように様々な商売人が集まっており、フォーンカヴンやクオリア、果ては他の中立国家から集まった商魂逞《たくま》しい人々によって出店が開かれていた。

開かれていたのだが……一つ問題があった。

「お、王が動かれますと、その……周りへの影響が強すぎますゆえ」

分かってる。と、拓斗は内心で涙を流す。

破滅の王としてのイラ＝タクトが人々に恐怖を与えることは、彼自身今までの生活の中でなんとなく理解していた。

おそらくそれは自分がマイノグーラの指導者になったことによるものだと考えていたのだが、それはそれとして動きづらくなるという問題があった。

つい先日までは「どうせ引きこもり気質だし、ちょっとは王として威厳があった方がいいから気にしないよ」と気軽に考えていたのだがここに来て話は変わってくる。

彼が多く持つ夢の一つ、『祭りを楽しむ』を実践できないことが確定してしまったからだ。

「お労《いたわ》しや拓斗さま……」

しょぼんとした態度で拓斗の悲しみに共感してくれるアトゥ。

本当なら隣でしょぼくれている彼女と一緒に祭りに出かける予定だった。

『ああ、せっかくの人生初のお祭りが……アトゥと回りたかった』

『あぅ……私も拓斗さまと一緒にお店回りたかったです。けれど、そうでしたね、以前の拓斗さまが置かれていた状況を考えると外出は難しいものがありましたからね』

『前世ではお祭りとかテレビでしか見られなかっ

たから……。あっ、でももし健康だったとしても一緒に行く友達がいなかったから一緒か。ははは……』

『お労しや拓斗さまぁぁぁぁぁ!!』

システムを介して二人にしか通じない会話をしながら、同時に二人にしか分からぬ理由で号泣する。

前世では不健康＋ボッチゆえ。今世では邪悪すぎるオーラと立場ゆえ。

世界と運命は、どうやら何が何でも拓斗にお祭りに行ってほしくないらしい。

その事実を理解して二人でさめざめと涙を流す。

拓斗は決して届かぬ憧れを前に。アトゥは拓斗とお祭りデートという夢が消え去った事実を前に。

二人の悲しみは止まるところがない。それらを一切表に出さないあたり二人の念話術は芸術的なものがあったが、実際はこのように愚痴や雑談で磨かれていることを考えると素直に素晴らしいとは言い難いものがあった。

傍目《はため》には祭りへの興味を見せつつも、立場ゆえにぐっとこらえ押し黙っているように見えたのだろう。

側《そば》に控えていたモルタール老がなんとも言い難い苦笑いを浮かべながら提案をしてきた。

「誰ぞ使いに出しましょう。王に満足していただけるかどうか分かりませぬが、雰囲気だけでも感じていただければ……」

「ありがとうモルタール」

その言葉に拓斗の気持ちも少しばかり回復する。

祭りと言えば屋台、屋台といえばそこでしか食べられないような食事である。

食堂や酒場とは違い、満足な器具で調理されていないため味の方はあまり良くはないが、雰囲気という名の最高の調味料があるため普段食べるそれの何倍も美味《おい》しく感じられる。

加えてこの時のために色々と食材を卸している。

日本のお祭り料理、現地での伝統料理。

わざわざレシピ本まで緊急生産したのだ。

せめてこれくらいは楽しませてもらう権利はあるはずだ。

アトゥと相談しつつ、祭りの状況などをアンテリーゼなどに確認する。

彼女の説明によると細工や珍しい骨董品なども出るらしく、いくつか興味があるものを見繕って伝え、買ってきてもらうことにした。

なお金の出どころは拓斗の小遣いである。

基本的に金を使うところがないため貯まりに貯まっており、使いみちに困っていたのだ。

エルフール姉妹ではないが、ここで散財せずにいつ散財せよというのか。

少しばかり気持ちが取り戻される。

チラリと横目でみたアトゥも目を輝かせていたので結果的には良い方向に話が進んだと安堵《あんど》する。

「ではこの私が！　ギアめが行ってまいります！」

さてでは使いを誰に頼むかという段になって、先ほどまで手持ち無沙汰気味に不動の姿勢をとっていたギアが元気よく挙手する。

その言葉に全員の視線が彼に向き、同時にモルタール老から大きなため息が吐《つ》かれた。

この男は自分がイラ＝タクトの安全を守る立場にいることをすっかり忘れていた。

「馬鹿者！　警備責任者が王の側より離れてどうする!?」

「ぐっ!!」

「それだからお主は――まぁ良い。誰ぞ、誰ぞおらぬか！」

安全だという確信はあるが、王を守るべき警備責任者が持ち場を離れたとあっては体面が悪い。

多少の余裕は必要だが、遊びでやっているわけではないのだ。

ここはもう少しマシな人物を探すべきだろう。

そう意図を込めて、モルタール老は人を呼ぶ。

天幕を守っていた警備のダークエルフや獣人たちがキョロキョロと辺りを見回すが、適当な人物がいない。

モルタール老はあごひげを撫《な》でながら考える。ギアを叱責した手前、警備の者を使いに出して穴を開けるのはまずい気もする。

エムルはフォーンカヴン側へと打ち合わせに向かっているし、先ほどから自分に任せろとばかりに期待を込めたキラキラとした視線を向けてくるアトゥは……畏れ多いのもあるがそもそも迷子になりそうな気が強くする。

ここは少し心苦しいが都市長であるアンテリーゼを通じて誰か人を呼ぼうと考えていたところ……。

「はーい。こちらにいますよん♪」

突如、聞き慣れない声が彼らの耳に入った。

おや？　と思いその者を見つめるモルタール老。

そこには給仕の格好をしたダークエルフの女性が三人いた。

「むっ……。給仕か、良いところにおった。が、むぅ？」

はて？　このような者を配置しただろうかと知恵深き賢者は疑問に思うが、目の前にいるのだから事実としては変わらない。

一瞬、変装を行った不届き者かとも考える。だがそのような気配はなく、間違いなくそこにいるのは同胞だ。

であれば危険視することもないだろう。なぜなら他勢力に飼われた刺客を考慮するほどに、ダークエルフは多くないのだから。

まぁいいとばかりにモルタール老は頷いた。

偶然とも言えるタイミングだったが、非常に良いタイミングで人が現れてくれた。

自分でも不思議に思うほど無警戒だったが、とりあえずは買い出しの内容を伝えようとメモ用紙を懐から取り出した時……。

「あれ……？　君たちは誰？」

イラ＝タクトが疑問を口にした。

瞬間、その場にいる配下全員に緊張が走る。

アトゥが拓斗を守るようにその前に一歩踏み出し、背から触手を伸ばす。

「貴方、誰の部下ですか？　所属を明らかに――」

虚をつかれたとでも言おうか。

いくつか不幸な出来事が重なったこともある。

一つ、マイノグーラ側の警備が完璧すぎたゆえ、危機感が薄れてしまったこと。

一つ、仮想敵国に現段階で動く理由が見つからなかったこと。

一つ、ダークエルフへの《変装》が誰にも分からぬほど完璧になされていたこと。

そして――。


「ふふふっ。こんなに簡単にいくなんてね♪　ほいっ――《啜り》」

GM：Message
ゲームマスター権限行使。
ダイス判定を放棄し、確定成功とします。
判定：クリティカル

――エラキノたちの作戦は成功が約束されていたこと。


「あっ――」

だらんとアトゥの身体から力が抜け、拓斗が驚いたように席から立つ。

「「「敵襲!!」」」

配下の行動は早かった。

モルタール老、ギア、アンテリーゼがそれぞれ自らの武器を手に取る。

警備兵が銃を構え、各所に配置された狙撃兵が標準を絞る。

マイノグーラ固有の化け物共が凄《すさ》まじい速度で拓斗を守らんと殺到する。

だが――。

「エラキノちゃんたちの敵を殺して――《汚泥のアトゥ》♪」

その一言で、全ての努力は灰燼《かいじん》に帰した。

「――がっ！　がはっ!!」

……拓斗は初め、それが何か分からなかった。

「「王!!」」

配下の者たちの悲痛な叫びが耳に流れてくる。

身体の芯が熱くなり、なぜか手足がしびれ冷えていく。

頭の中で警鐘が鳴らされ、時間が停滞しているかのように周りの景色がゆっくりと流れていく。

拓斗は未《いま》だ混乱の中にいる。

全てのことがあまりにも一瞬でなされたため、その攻撃を認識することができなかったのだ。

否、よしんば彼が認知可能だったとしてもイラ＝タクトがそれを防ぐことは不可能だっただろう。

なぜならエラキノたちの勝利はシステムによって確定しているのだから。

拓斗が突然の衝撃の原因を確認しようと、ひどく緩慢な動作で顔を下へと向ける。

そこに見えたのは、アトゥの触手が自らの胸と心臓を深々と突き刺している光景だった。

「ア……トゥ」

絞り出すように漏れ出た呼びかけに答えはない。

彼がもっとも愛した英雄は、虚《うつ》ろな瞳でその場に佇《たたず》むだけだった。

第十五話　無為

その瞬間を、モルタール老はありとあらゆる時間が停止したかのように感じていた。

目の前にある現実を信じられぬという驚愕《きょうがく》と、それでもなお状況を俯瞰《ふかん》しすぐさま対処を行わねばならぬという焦燥。

複雑な感情がまるで綱を引き合うかのように心の中でせめぎ合い、彼を含めたダークエルフたちの身体を硬直させる。

「あはっ！　あはははは
っ！　簡単すぎるでしょ！　まじで雑魚ぢゃん！」

沈黙を切り裂くかのように品のない笑い声が上がり、仲間だとなぜか信じていた見知らぬダークエルフがその顔に喜悦を浮かべる。

なぜ？　という疑問の前に、してやられた！という言葉が脳裏に浮かびすぐさま己の心を戦闘へと切り替える。

「はい！　《変装》解除！　ほぉらっ！　エラキノちゃんのお通りだよん♪」

ジジッと、空間が歪《ゆが》んだかのような変化がこの恐るべき事態の下手人《げしゅにん》であろう三人の娘に起こった。

次いでそこに現れたのは、まごうことなき闇の気配と道化にも似た奇妙な装いに身を包んだ、無邪気で凄惨《せいさん》な笑みを浮かべた彼らの敵……。

《啜りの魔女エラキノ》だった。

「撃ち殺せぇ!!」

モルタール老が怒声を放ち、警備の者たちが銃を構える。

同時に響く無数の発砲音。その数おおよそ数十。弛《たゆ》まぬ訓練と狂信的なまでの忠誠心によって即座に放たれる弾丸は四方八方からエラキノたちへと襲いかかり、必殺の殺し間を作り上げる。

だが……。

GM：Message
ゲームマスター権限行使。
攻撃を却下します。

マイノグーラが誇る異世界の兵器ですらその力の前には無為。

ここことは別の次元で下された判断により、回避や防御がおおよそ不可能と思われるその鉄の雨はまるで初めからそこに存在しなかったかのようにかき消える。

「――っ！　な、何がっ!?」

何が起こったのか分からず、モルタール老は驚愕に目を見開く。

確かに攻撃は放たれた。

たとえ相手が特殊な防御手段を用いて銃弾を防いだとしても、その痕跡はいくらか残るものだ。

だが彼の目の前で起きた出来事はまるで初めから彼らの行動が否定されてしまったかのように、一切の結果をもたらさずにいる。

「あははは！　なんだ！　簡単じゃん！　簡単すぎるじゃん！　まじでイージーモードじゃん！」

娘が残虐な笑みを浮かべる。

身にまとうその破滅的な闇の気配、そしてその珍妙な物言いと装い。

その言動がどこか彼らの王であるイラ＝タクトやアトゥが用いる単語に似たものを感じ、ようやくモルタール老は相手がかねてより要注意事項としてあげられていた魔女であることを理解し歯噛《はが》みする。

「流石《さすが》ゲームマスター！　ゲームのルールを全て決めるマスターに、勝てる存在なんているわけないんだよねっ！」

　相手の数は三人。

　自らの作戦がことさら上手《うま》くいったのか先ほどから饒舌《じょうぜつ》に嗤《わら》う女と、彼女に付き従うように辺りを警戒する女が二人。

　こちらはその服装から見るにクオリアの聖職者か女聖騎士といったところが妥当だ。

　どのような理由で魔女とクオリアが手を組んだのかは分からぬが、今重要なことはそこではない。

　突如もたらされたこの凶事への対処こそが、何をもってしても優先せねばならぬこと。

　モルタール老は辺りをチラリと観察する。

　こちら側の主だった戦力は警備兵などを除けばギアとアンテリーゼ。

　いずれも凡百の兵などとは比べ物にならぬほどの強者《つわもの》。

　その評価を正しく示すかのように、二人はだれよりも素早く王から賜った拳銃を抜き放って攻撃に参加していたが、その結果は先の通り。

　今は鋭い視線を向けながら事態の打開と敵を攻略する糸口を必死で探している。

　この間の逡巡《しゅんじゅん》わずか数秒。

　だがその数秒の浪費ですら、この場では永遠に等しいほどの損失となりうる。

　なぜなら……。

　ちょうど謎の敵対者と自分たちの中間の位置に、まるで魂が抜けさってしまったかのように呆然と立ちすくむアトゥと、そして地に伏せ血の池に沈む彼らの王がいるからだ。

　その様は刻一刻と夢の終わりが訪れることを示し、同時に狂わんばかりの焦燥感と危機感を伝えてくる。

「ほらほらほら、ダイスを振って！　ダイスを振って、もしかしたら当たるかもよ！」

「構うな！　引き続き攻撃を行え！」

　近隣の建物の屋上に配置された狙撃兵から再度

銃弾が放たれる。

ギアとアンテリーゼは手持ちの拳銃が効かなかったことから攻撃手段を変更し、投げナイフと精霊術を行使する。

再度無意味に終わる可能性を予期しながら、それでもなおモルタール老は攻撃の続行を命じた。

相手を弾幕の雨によってその場に釘付け、こちら側に手番を呼び戻すためだ。

このモルタール老の判断は正しく、主の異変を察知した《足長蟲》が凄《すさ》まじい速度で路地裏から飛び出し魔女に襲いかかる。

また遅れて《ブレインイーター》などの配下の魔物も銃弾の雨に晒《さら》されることをいとわず飛び込み自らの武器を振り下ろす。

おおよそマイノグーラが誇るこの瞬間における全力が叩《たた》き込まれた。

GM：Message

ゲームマスター権限行使。

マイノグーラのユニットによる攻撃は許可されていません。


そしてその全てが……失敗に終わる。

銃弾は当然のこと、正確無比に相手の眼球を狙い放たれたナイフも、精霊術の迸《ほとばし》りも彼女たちの眼前でかき消える。

それどころか自らのあぎとで食いちぎらんと飛びかかった足長蟲や他の戦闘ユニットまでもが、パンと両手を打ち鳴らしたかのような軽い音と共にかき消え、消滅してしまっていた。

残ったのはただただ無傷の女たち。

そしてモルタール老たちマイノグーラの陣営の脳裏にこびり付く絶望という二文字だけだった。

「あ、ありえん……どのような技を使ったと言うのだ」

驚愕が思わず口から漏れる。

銃弾を打ち消しただけならば未知の魔法や技法を使ったとも判断できる。

彼らが知らない、神代の秘宝などによってそれがなされたとすればまだ納得はできるだろう。

だが王が生み出した精強なる闇の配下たちまでもが一瞬でその生命を刈り取られたのだ。

戦いにすらなっていない。

圧倒的な、言葉で表すことすら馬鹿らしいほどの差がそこにはあった。

「それにしても、銃を装備しているのは予想外だったよ！　やっぱりここで攻めに転じたのはソアリーナちゃんの慧眼《けいがん》だねっ」

魔女、その奇抜でどこか道化じみた奇怪な装いに身を包むエラキノはカラカラと笑いながら仲間に同意を求める。

まるで自分たちなど眼中にないとでも言わんばかりの態度だ。

だがその驕《おご》りを否定できるだけの力を、マイノグーラの配下たちは有していない。

「――かくなる上は」

圧倒的な有利を前に相手が油断をしている。その一点にモルタール老は活路を見出した。

と同時に、彼の意図をその気配だけでギアが察する。

彼が近くにいる配下に目配せをし、指令を出す。

数人のダークエルフが躍り出た。

彼らが向かった先は余裕の表情を見せる目の前の敵ではなく、地面に倒れ伏す王であった。

国家とは王であり、王とは国家である。

ここでいくら犠牲を出しても王さえ無事であればマイノグーラの再建は叶う。

たとえこの場で自分たちが朽《く》ちようとも、イラ＝タクトさえ残れば必ずやその無念を晴らしてくれるだろう。

この場にいる全員が、命を捨ててでも王をこの場から逃すことを選択し行動に移したのだ。

だが、敵はそれさえも許しはしなかった。

ダークエルフたちの最優先事項が拓斗の安全であるように、彼女たち乱入者の目的もまた拓斗の命なのだから……。

「甘いわよ」

「ぐっ！　ぐはっ！」

「がはっ！」

動いたのは、魔女ではなくその仲間であった。

闇の娘に付き従う聖職者の二人。縮こまるように背を丸め深いヴェールで顔を隠した女が呟《つぶや》き面をあげると、不可視の力で兵士が吹き飛ばされた。

何か強烈な衝撃を受けたかのようにありえない方向に身体を曲げて事切れている兵士。

この場でたった三人で王への襲撃を考える者たちだ。どの者も一筋縄ではいかないことは明らかだった。

（視線を媒介とした攻撃魔法。こちらは理解の及ぶ技だが、クオリアの聖職者がこれほど強力な攻撃型の奇跡を行使するとは聞いたことがない！　まさか！）

献身的な仲間の犠牲で、モルタール老は相手の情報を一つ得ることができた。

不可思議な防御方法は不明としても、相手が全能の存在でないことはこれで証明される。

その力の一端を知ったことで同時に自分たちの王がさらなる危機にさらされていることを理解し、モルタール老は滲《にじ》み隠せぬ怒りを顕《あら》わにしながら叫ぶ。

「その装い、その力！　聞いたことがあるぞ！　そこな女！　貴様クオリアの聖女かぁっ!!」

「なっ！　聖女だと！」

「そんな……何でこんなところに!?」

ギアが吐き捨てるように叫び、アンテリーゼが怯《おび》えを含んだ震え声で呟く。

ヴェールの女が聖女だとすれば、続くもう一人もそうである可能性が高い。むしろ彼女は別だと考える方が楽観的だと言えよう。そこらの修道女をこのような鉄火場にわざわざ連れてくる意味などどこにもないのだから。

……聖王国クオリアの聖女。

邪悪を滅するためだけに存在する神の操り人形。

一人が一軍にも匹敵されるとされる決戦兵器。

その聖女に匹敵されるとされる魔女。

彼女たちはたった三人ではない。

目の前の敵はおおよそ三つの軍団を率いてここドラゴンタンへと王の首を狩りに来たのだ。

「ようやく理解したのかしら？　それとも、その推測に至りながら認めたくなかったのかしら？」

「《呪賢者モルタール》と《暗殺者ギア》。ダークエルフの賞金首が二人もいるとは……やはり私たちの判断は間違っていなかったようですね」

「ぐっ！」

すでにその神聖なる空気を隠そうともしなくなった二人がまるで検分するかのように感想を語り合う。

悠長に感想を述べられるのは此方《こちら》と彼方《あちら》に圧倒的な戦力差が存在するからだ。

そして同時に勝負が決してしまっていることをも示唆している。

破滅の王を主とし、強力な英雄と配下の戦闘ユニットを有するマイノグーラ。

だがその力の源泉は何よりもイラ＝タクトという存在に依存している。

彼が存在することによって歯車が回り、マイノグーラという国家はあらゆる難敵を撥《は》ね退《の》ける力を持ちえるのだ。

だからこそ、彼が倒れた時の脆《もろ》さは致命的であった。

「相手に打つ手はなしのようね。私たちの勝ちよ。さぁ、目標を完全に滅して帰りましょう」

「させてはならん！　撃て！　撃つのじゃ！　王のお身体をなんとしても確保せよ！」

　ダークエルフたちの嘆きと叫びを代弁するかのように、数多《あまた》の銃声がドラゴンタンの空に響く。

「無駄よ、手の打ちようがないと思っている」

「お助けしろ！　今ならまだ助かる！」

「無駄よ、もう助からないと思っている」

　精鋭魔術部隊によってようやく詠唱が完了した破滅の戦略魔法が放たれ、同時に不可思議な法則によってかき消される。

「アトゥ殿！　目を覚ましてくだされ！　王に危険が迫っております！」

　英雄は答えず、ただそこに佇んでいる。

「王よ！　お目覚めください！　どうか我らのために、この狼藉者《ろうぜきもの》どもを滅ぼしてくだされ!!」

　倒れ伏す拓斗は、もはや生きているのかどうかすらも不明だ。

「エルフール姉妹はまだか!?」

　言葉だけが虚しく響き、答えるものはいない。

「諦めなさい。見苦しくあがくのではなく己の運命を受け入れるのよ」

「この程度でやられる我らが王と英雄ではない！　図に乗るなクオリアの木偶《デク》がぁっ！」

「全て無駄なのよ。私の瞳は虚偽と不義を遍《あまね》く否定する。神の恩寵の前に、言葉を偽ること能《あた》わず」

　ヴェールの聖女……フェンネが神より賜りし力はその瞳に宿っている。

　彼女が見つめる全てはその前に虚偽を許さず、真実をさらけ出す。

　エラキノとゲームマスターが相手の策を封じ、フェンネが相手の策を暴き、そしてソアリーナが相手の全てを焼き尽くす。

　完璧な布陣でもって行われた暗殺は、最初から抵抗の余地などどこにもなかったのだ。

「いやぁ～！　いいね！　いいね！　いいねぇっ！　敗者の叫びは心地いいいいっ！　運動後にお風呂に入ってさっぱりしたかのような爽快感！　くじ引きで一等を引いた時のような優越

感！　そして何より！　夏休みの宿題を初日に全て終わらせたかのような全能感！　う～～んっ!!

エラキノちゃんは今、最っ高に輝いている♪」

エラキノは勝利の美酒に酔いしれ、栄光を掴《つか》み取った確信のもと絶頂の最中にいた。

自分たちが生み出した策はものの見事にハマり、相手に手を出させる暇なく一方的な勝利をもたらした。

それどころか自らのマスターが用いる能力こそが最強であり、その力の前にあらゆる存在は頭を垂れるであろうことが理解できたのだ。

これで笑わずにいられようか。

「あははははは！　圧倒的ではないか我が軍はっ！　まぁ三人だけどねっ♪」

ゲームを無理やり改造して、本来ではありえないような強力な力を手に入れることを俗にチートと呼ぶ。

ともすれば娯楽性を失わせると非難されがちなそれではあるが、なんのことはない。

圧倒的な力で蹂躙《じゅうりん》するというのはこれほどまでに爽快なものなのだ。

エラキノは笑いが止まらなかった。

「時間をかけすぎよ。素早く目的を達成するべきだわ」

そんな彼女に、ヴェールの聖女は堂々と物言いをする。

「もうっ！　フェンネちゃんはノリが悪いなぁ！　せっかく優勢とってるんだから、もっとノリノリで行こうよ！　完全に約束された勝利を、余すとこなく楽しもうじぇ♪」

「予定外の行動は敗北を招き、驕りは死を呼び寄せる。どれだけ有利だと思っていても相手を見くびって良いことにはならない。汝自らへの手綱を手放すことなかれ……貴方の嫌いな説法が必要？」

「うげぇ……お説教は勘弁っ！　仕方ないなぁ。

そろそろお開きにする？」

軽口を叩けるのは、圧倒的強者の余裕ゆえであろう。

慎重に慎重を重ねるフェンネの言葉とは裏腹に、マイノグーラが誇る邪悪なる悪鬼どもは抗う牙を持たず、自らの主の危機に何もできずにいる。

すでに目的は達成した。

第一目標である魔女アトゥの確保は完了し、第二目標であるイラ＝タクトの撃破もかなった。

ここで撤退してもなんら計画に支障はなく、それどころか大勝利とも言えよう。

「ダメです！　ここで邪悪なる勢力を完全に滅ぼさなくては！」

だからこそこの機を逃さず、マイノグーラを完全に滅ぼそうとするソアリーナの言葉もまた正しいものであった。

欲をかけば足元をすくわれるが、さりとて状況はこちらが圧倒的に有利。ゆえに一気呵成《いっきかせい》にここで決着をつけることも後に憂いを残さぬためには必要だ。

選択はエラキノに委ねられている。

「むむむむっ！」

「王よ！　我らが王、イラ＝タクト王よ!!」

ダークエルフたちの必死の抵抗は、全て許可される無へと帰されている。

無駄と分かりつつも同じ行動を繰り返し、王よ王よとありもしない希望に惨めにすがっている。

「ああもう！　うるさいなぁ！」

魔女エラキノは判断する。

「よし決めた。このうざったいダークエルフも全員殺しておこっと。しょせんNPCの生殺与奪はマスターの胸先三寸！　次のセッションで頑張ってね！」

この場における全ダークエルフの……、ドラゴンタン住民の抹殺が確定した。

後で面倒ごとになるより、先に全てを済ませて後顧の憂いを断とうという判断だ。

無論、無謀な選択ではない。

何より彼女たちにはまだ出していない手札が存在する。

そう、それは先ほど彼女たちが手に入れた最高の道具であり、彼女たちの勝利を絶対づけるものだ。

まるで新しいおもちゃを見せつけるように、エラキノは手を上げその言葉を宣言する。

「じゃあアトゥちゃ～ん♪　君の大事な大事な仲間を今から殺してちょうだい――」

酷薄な笑み。勝利を確信する残虐なかんばせ。

自らが信頼する英雄に裏切られ、無残に殺されるダークエルフたちの未来を夢想しながら、どこか上ずった情欲のこもった声で死刑宣告を宣言しようとし……。

――瞬間、かすかな声音が強者の余裕に冷水を浴びせる。

「……判定申請、アトゥの洗脳解除。二人の《信頼》値を参照」

SystemMessage
洗脳解除判定開始判定：確定成功

消え去りそうなほどの声は、その場にいた全員の耳に確かに届いていた。

Eterpedia

顔伏せの聖女フェンネ

戦闘ユニット

戦闘力：不明　移動力：不明

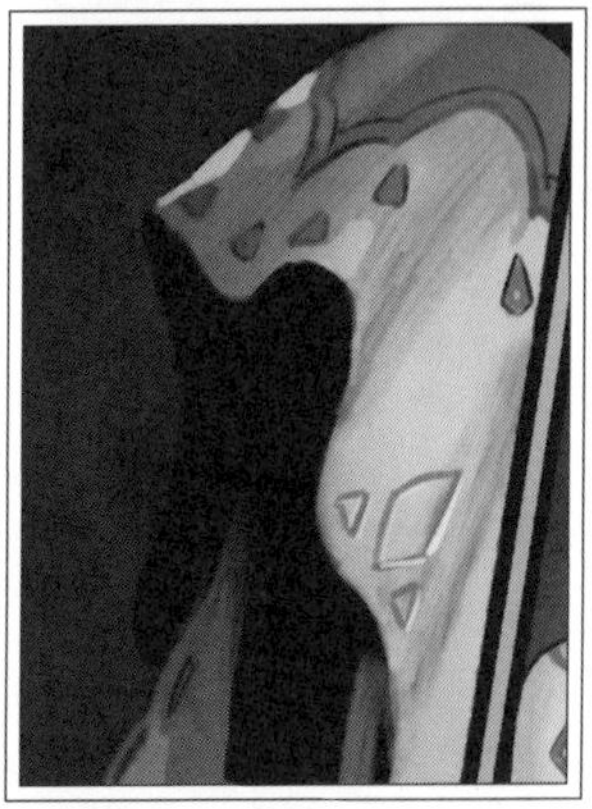

解説

～隠された瞳に映るは何か、
冷淡なる聖女は今日も心を隠す～

フェンネ＝カームエールは聖女の一人です。全身を聖衣で包み、顔すらもヴェールで覆い隠していることから、その年齢や容姿などは一切不明となっています。

反面その声音は魂から魅了されるような美声であり、これをもってしてフェンネ本人であると周囲から認知されています。

その能力もまた謎が多く、一説によると心を見透かす読心の奇跡を行使すると言われています。

第十六話　不滅

それは一瞬の出来事だった。

もはや抵抗の余地すらないと思われていたイラ＝タクトが呟《つぶや》いた言葉によって起きた変化。反応できたものはわずか数名。

対応できたのはまさしく奇跡。

あらゆる要素が複雑に絡み合い、天秤《てんびん》が知覚できぬレベルでほんの少しだけ傾いた結果。

軍配はエラキノたちに上がった。

「マスターっ!!」

GM：Message
ゲームマスター権限行使。
判定結果を却下。
魔女アトゥの《洗脳》状態は継続されます。

エラキノが叫び、彼方に鎮座する彼女の主が裁定を下す。

しん……と。静寂が訪れ、荒い呼吸音だけが響き渡る。

「はっ！　はぁっ……はぁっ!!」

驚愕《きょうがく》と恐怖に目を見開いたエラキノの額からは、べっとりと冷や汗が滲《にじ》み出ている。

鼓動は笑えるほどに早くなり、手足はかすかに震えてさえいる。

「くそっ！　はぁ、はぁっ……。くそがっ!!」

苛立《いらだ》ちと怒りを隠そうともせず、今までのどこか軽薄じみた態度すら忘れ……。

だがそれも当然だろう。

――――彼女の眼前ほんの数ミリの場所で、頭蓋を割らんと放たれたアトゥの触手が止まっていた。

僅差の命拾い。

後一歩、彼女のマスターの宣言が遅ければ死んでいた。

精神的な疲労がどっと押し寄せ、まるで全力で活動した後かのような倦怠感が身体中を包む。

確かに相手を軽んじていたのは認めよう。

正直なところ、すでに終わった勝負であると気を抜いたのは確かだ。

だがまさか、すでに彼女たちのルールが見破られその隙が突かれようとは思ってもいなかったのだ。

「――ッ。固定値の暴力で、ダイス裁定をすっ飛ばして、洗脳を解くなんて!!」

「エラキノ！」

「だ、大丈夫ですか!?」

わずかに遅れて慌てて無事を確認する二人の聖女。

心を許した仲間の気遣いにすら応えることを忘れ、エラキノは余裕なく頭を回転させる。

破滅の王は彼女らが絶対の自信をもって看破不可能と判断したそのシステムを見抜いたのだ。

エラキノたちが口にした言葉はさほど多くない。

特段まずいことを言った記憶もないし、致命的な単語は口にすることは愚か二人の聖女にすら伝えていない。

だが、それでもなお……。

あの短い間にエラキノの言動からその能力の性質がテーブルトークＲＰＧだと見抜き起死回生の一手を放たれた。


――テーブルトークＲＰＧ。


それは各々が役割を演じながら予《あらかじ》め決められたシナリオを進める複数人で行うゲームの一種だ。

特徴的なのは参加者各々が口にする言葉と、ランダム要素を取り入れるためのダイスをもって行うという点にある。

古くから親しまれ根強いファンを持ち、今でも様々なルールに基づいて遊ばれている。

そのテーブルトークRPGでは基本的にゲームマスターと呼ばれる進行役の指示にそって、各プレイヤーがシナリオを進めていく。

言葉でゲームの世界を作り上げるという性質上、プレイヤー同士のコミュニケーションが重要視されるこのゲームにおいてゲームマスターは裁定や設定、進行などにおいて絶対的な権限を有している。

ゆえにエラキノとそのマスターはその権限をもって戦闘を一方的と言えるほどまでに進めることができた。

だがテーブルトークRPGは参加者たちが言葉でもって物語を紡ぐゲームである。

すなわち、それは同時にプレイヤーもシステムに則《のっと》って行動の判断を仰ぐ権限を有していることを表す。

イラ＝タクトが行ったのはその一つ。

自らシステムに宣言を行うことによって、強制的に洗脳解除判定の申請を行ったのだ。

無論通常であればその間にはゲームマスターの指示とダイスの出目による成功判定が存在する。

だが破滅の王とその従者である魔女は、ダイスの裁定すら必要としないほどに余りある互いの信頼によってその裁定を飛ばすに至った。

〈1～100の目があるダイスを1回振って、98以上の目を出す〉

これが洗脳の解除条件だとしよう。

イラ＝タクトとアトゥの場合、このような一文が追加される。

〈ただしイラ＝タクトとアトゥの《信頼》値を2で割った数値：200を出目に加える〉

こうなるとどんな出目を出したところで成功にしかならない。

これが界隈で囁《ささや》かれる、いわゆる固定値の暴力というものであった。

——ダイスという単語などから相手がテーブルトークRPGに属す勢力だと判断。

更に『Eternal Nations』のシステムを検証してきた経験から、ゲームマスターの宣言とテーブルトークRPGシステムは別であり介入できるという推測を行い裁定をシステムに申請。

固定値で強引に洗脳を解除しアトゥの所属を自分へと戻す。

そして解除された側のアトゥは伝えられるまでもなくエラキノを殺すためにその凶悪な攻撃を放つ。

死に瀕した状況でなお諦めず放たれた乾坤一擲《けんこんいってき》の一撃。狙うは魔女の頭蓋。

これが拓斗が行った反撃手段だ。

ゲームマスターはあくまでキャラクターを通してしか世界を見ることができない。

世界を俯瞰《ふかん》する権能は確かに有していれど、この世界はゲームマスターが作り出したゲーム世界ではないためその力も及ばない。

つまりここでエラキノが失われていれば、マイノグーラへ介入する手段は失われていたのだ。

それは即ち、襲撃計画の失敗と相手に自分たちの情報を渡し対処法を確立させる時間を与えることになる。

だが、だがしかし。運命は彼女とそのマスターに微笑《ほほえ》んだ。

刹那の攻防において、エラキノとゲームマスターはアトゥの洗脳解除が行われたことに気づき間一髪のタイミングで却下の裁定を差し込むことに成功する。

かくしてアトゥの触手はエラキノの脳天わずか数ミリという地点で止まり、優越と喜悦に心躍らせていた《啜りの魔女》は奇跡的な命拾いに顔面を青ざめさせる結果となっていた。

それが、数秒前に行われた濃密なやり取りのあらましだった。

エラキノは歯噛《はが》みする。

ギリと硬い音が口腔《こうくう》から漏れ出て、少女のかんばせを憤怒に染め上げる。

自分たちの手の内がどこまで暴かれたのかエラキノには分からない。

破滅の王がどこまで知っていたのか、彼女には判断がつかなかった。

もしかしたら偶然かもしれないし、もしかしたら全て知った上で先の行動――つまり彼女が持つ弱点を突いたのかもしれない。

『マスターっ！　どうすればいい!?　指示を！　指示を頂戴ゲームマスターー!!』

主からは反応はない。

とっさの出来事に彼自身動揺しているのか、それとも次の作戦を考えているのか。

どちらにしろ相手に時間を与えることはまずいと思われた。

チラリと、自らの心胆を寒からしめたその存在に目を向ける。

もはや生きているのかすら分からぬ死にぞこないの王。

光を失ったがらんどうの瞳が、じぃっと彼女を映している。

その瞳の向こうに、なぜか彼女すら理解できぬ永遠の闇が揺蕩《たゆた》っているような錯覚を覚えた。

「はっ！　はっ！　あ、あははは！　ざ、ざぁんねん！　上手にやったつもりだろうけど！　エラキノちゃんたちには届きませんでした～♪　残念無念♪　ははははは！　――はっ！　はぁっ!!」

エラキノは乾いた笑いと共に息を荒くしながら一歩後ずさる。

そうしてようやく自らが恐怖に震えていることを理解した。

「この――くそがぁぁぁっ!!!」

「「「王！」」」

怒りの発散は、単純な暴力であった。

ここにいたるまで直接的な攻撃を行ってこなかったエラキノであったが、まるで自分の中にある様々な感情を発散するかのように血溜まりに伏せる拓斗を蹴り飛ばす。

ガァンと強烈な破砕音と共に、ダークエルフたちと闇の者共が崇拝する王の身体が弾《はじ》き飛ばされ、それは直《す》ぐ側《そば》に作られた臨時の壇上にぶつかり止まる。

崩壊した木材がガラガラと音を立てて崩れ、胸からどくどくと血を流す拓斗の身体を押さえつけるように崩れのしかかった。

「エラキノ。落ち着きなさい。冷静さを失うとさらなる問題を呼び寄せるわ。貴方の主はなんて言ってるの？」

「あああああっ!!!　もう!!　返事がないのっ！　マスター！　どうすればいいの!?」

地団駄を踏んでヒステリックに叫ぶエラキノに無言で視線を向ける《顔伏せの聖女フェンネ》。

一方の《華葬の聖女ソアリーナ》は、自らの友人に寄り添うと心から気遣う様子を見せながら杖《つえ》を掲げた。

「エラキノ、大丈夫です。確かに先ほどの攻撃には私も驚かされました。しかし、これで終わりです……」

――華葬に処す。

その言葉と同時に、拓斗が蹴り飛ばされた場所で天をつくほどの業火が生まれる。

螺旋《らせん》状にうねり昇りあがるそれは、熱風を勢いよく辺りに撒き散らし、その内にある全てを塵にか帰さんと猛り狂う。

「お、王よ！　誰か、あの火を止めるのだ！　誰か！」

「む、無理です！　火勢が強すぎます――モルタールさん、近づいてはダメ！」

ダークエルフたちが悲痛な叫び声を上げるが、聖女が放つ炎の前には無力。

その勢いはあらゆるものを拒み、触れることはおろか近づくことすら困難だ。

あの炎の中にあっては、どのような存在ですら生き残ることは不可能だろう。

誰の目に見ても明らかなそれは、混乱と焦燥の中にあったエラキノにわずかな安堵をもたらす。

自らの友が手を貸してくれたという事実が、何よりもエラキノの心を落ち着かせるのだ。

聖女が奇跡を行使し終わってなお、炎は勢いを止めず燃え続けている。

パチパチと燃え上がるそれを眺めながら、エラキノはようやくこの戦いが終わったことを確信した。

「エラキノ。配下の魔物が集まってくるわ。そろそろ撤退を考えましょう」

わずかな迷いが生じる。

残りの魔物とやらも自分たちの敵ではない。憂いを断つためにこの場で一気に殲滅《せんめつ》するべきかとも思うが、相手の残りがどれほどかわからない以上あまり時間をかけたくもない。

延々と敵の残党と付き合う趣味は持ち合わせていない。

それに目的は達した。目的を達したのならば予定どおり帰還するべきだろう。

彼女たちが理想とする国家のためにすべきことは、まだまだ多くあり余計な時間を使っている暇などない。

「――ソアリーナちゃん？」

「……はい、大丈夫です。悪は消え去りました。あの炎の中に、生きている存在はいません」

「フェンネちゃん？」

「ええ、確かに。あの場所に生きている存在はいない。確かに破滅の王は浄化の炎によって消滅したわ」

聖女二人が断定した。

彼女たちの超常的な知覚をもってしてなお消滅が確認されたのだとしたら、もはやそれは間違いのない事実なのだろう。

遅まきながら彼女のマスターからも連絡が届く。

ここにきて、エラキノはようやくいままでの調子を取り戻すことに成功する。

「おっけーっ♪　マスターからも連絡が来たよ。じゃあこんなところにもう用はないね！　カエルが鳴くからから〜えろっと♪　というわけで、じゃ〜ね〜っ！　マイノグーラの皆さんっ！　啜りの魔女、エラキノちゃんでした♪」

エラキノたちの逃走判定――

GM：Message
ゲームマスター権限行使。
ダイス判定を放棄し、確定成功とします。
判定：エラキノ・ソアリーナ・フェンネ・アトゥの逃走成功

そして……。この場で生きている者には決して分からぬ法則によってエラキノたちの襲撃は完遂される。

あらゆる道理や法則を無視した、ただ結果だけをもたらすその技法。

ダークエルフたちは、ただただその場に立ち尽くすことしかできなかった。

………

……

…

激動の一瞬に比べ、それからはひどく緩慢で薄ら寒い空気だけがドラゴンタンを支配していた。

「ああ……終わって、しまった」

沈む日によって赤く照らされた広場に、打ちひしがれる老人がただ一人。

かつて呪賢者と呼ばれ数々の偉業を残し、今ではマイノグーラの重鎮として国家の中枢に携わる者の末路だ。

「全て、全て終わってしまった」

ダークエルフたちの中でも最も長寿でありながら、それでもなおその年齢を感じさせせぬ覇気に満ちた装いは今では失われ、ヨロヨロと今にも崩れてしまいそうな惨めな姿となっている。

涙も枯れ果て、言葉も考えも浮かんでこない。

モルタール老は自らがこれほどまでに老いていたのかと呆然としながら、ただ過ぎ去ってしまったものにすがりつくようにその場所に膝をつく。

全てが焼き尽くされ灰燼《かいじん》に帰したその場所こそ、彼らが王が没した場所であった。

「王よ、どうして我らをおいて行かれた。どうして我らを連れて行ってくださらなんだ……」

モルタール老が後始末を指示することができたのは奇跡に近いだろう。

現在この場所は規制線が張られ、住民たちには自宅への待機命令が下されている。

フォーンカヴンの来賓は都市庁舎に割り当てられた一室に半ば軟禁状態となっており、同盟国に配慮する余裕すらないことが容易に分かった。

破滅の王イラ＝タクトの死と、英雄アトゥの洗脳による寝返り。

先の出来事を知る全ての人物には厳格な箝口令《かんこうれい》が敷かれ沈黙を貫いている。関係のない言葉を発する者すら皆無だ。

ダークエルフとマイノグーラの配下は指導者を失ったことで混乱をきたしており、満足な軍事行動を取れずにいる。

どうにか事態を収拾し、警戒態勢を敷くのが精一杯でこれから何をして良いのか、何をするべきなのかすら判断がつかない。

「王よ、どうかお導きくだされ……」

その判断をつけるべき主は失われてしまったのだ。

襲撃者の一人、聖女と思《おぼ》しき女が放った炎はまさに神の業に等しいものであった。

全てを焼き尽くさんとするあの業火の中であっては、いくら破滅の王であるイラ＝タクトであろうと生きてはいないだろう。

いや、その前に彼は心臓を貫かれていたのだ。

いくら強大な存在であったとしても、死ぬ時は死ぬ。

破滅の王たる存在に真なる意味での死が存在するかどうかは不明であったが、少なくとも無事であるなどという楽観ができるほどモルタール老は落ちぶれていなかった。

「王のご遺体を探さなくては……」

よろよろと、おぼつかない足取りで王が焼かれた場所へと近づく。

木材は完全に炭化しきっており、あれほどあった瓦礫《がれき》は焼失によってその質量を大きく減らしている。

聖女の権能か、焼け跡にはまるで手向けのように花が咲き、それがやけに心をざわつかせる。

すでに消火作業は終わり、かすかな温もりを放つだけになった灰と花の山を、かつて呪賢者と畏れられた者とは思えぬほどのみすぼらしさでかき分ける。

実際のところ王の遺体に関してその捜索はすでに行われていた。

だがあまりにも現場の状態が悪く、更に日も落ちてきており満足に見つけることが叶わなかったのだ。

誰しもが、その場所の状況を見て王の生存を絶望視していた。

王の御身体は敵聖女の業火によって焼き尽くされ、完全に焼失したと思われる。

それがダークエルフたちが苦渋の思いで下した判断である。

モルタール老の行いは、ただ失われた過去にすがりつく代償行為に等しかった。

「………いや、おかしいぞ」

しばらく灰の山を探っていたモルタール老は、小さくつぶやいた。

その瞳に失われていた知恵の光がやどり、慌てたように辺りをかき分け何かを探すような仕草を見せる。

「ない！　ない！　どこにも――」

ガサガサと辺りを手当たりしだいひっくり返す。

日が暗くなったために持っていた松明《たいまつ》すら放り投げ、まるで気が触れたかのようにモルタール老はそこらじゅうを調べる。

「なぜじゃ、ありえぬ。王の遺品がどこにもない！」

王の身体が消え去ったという点に関しては、ある程度理由をつけることもできよう。

あの業火だ。先の判断のように肉体が判別できぬほど完全に焼失していてもおかしくない。

さらにその存在は破滅の王と称される神の如《ごと》き人外の理《ことわり》にいる者。

人間のように血と肉でできておらず、死ねば霞《かすみ》となって消え去ることもあろう。

だがおかしいのだ。

イラ＝タクトが身につけていた衣服と装飾は全てダークエルフである自分たちが拵《こしら》えて献上したものだ。

その中には少量ながら金属製の装飾や部品などもあったはずだ。

であればその残り滓《かす》が見つからなければおかしい。

モルタール老は必死に拓斗が焼き尽くされたと思しき場所を掘り返す。

すでに捜索は終わっており、多くのダークエルフたちがこの場を調査し何も存在していないことは明らかだ。

だがそれでも自分の中にわき起こる疑問の答え

を探し求めるかのように、彼は必死になって探し回る。

「王は、生きておられる」

そう判断したのはどのような理由か。

少し冷静に考えれば、到底ありえないことだと分かるだろう。

これだけの惨状と残骸だ。偶然彼らの目に拓斗の遺品が映らなかったということも十分考えられる。それこそ装飾品の原形が残らぬほどの炎であったとも言えよう。

むしろそちらの方が正しい判断であり、日が落ちた夜半ではなく明け方から捜索を再開するのが正しい判断だ。

「王は生きておられるのだ！」

そう叫ぶ男の瞳はどこか正常さを欠いている。

この時、モルタール老は静かに狂いはじめていた。

現実を直視することができない老いた賢者の、哀れな末路である。

「そうだ！　王がこの程度のことで死ぬわけがない！　我らが信奉せし破滅の王が！　この世に終《しゅう》焉《えん》をもたらす存在が！　この程度のことで死ぬはずがない！」

老人の戯《ざ》れ言《ごと》だ。

誰も信じることができず、到底非現実的な妄想としか言いようがない。

ありえない願望であり、論理性に欠け、証拠が皆無である。

イラ＝タクトは確かに滅ぼされた。

それが先の出来事を見た全ての人物が判断する、ゆるぎ難い結末である。

だが……。

「王は、我らの王、イラ＝タクトさまは間違いなく生きて――」

不意に彼の肩にぽんと手が置かれ。

「――正解」


破滅の王イラ＝タクトは、どこまでも底冷えするかのような悍《おぞま》ましく名状しがたい声音で、背後からそう囁《ささや》いた。

「お、おおお！」

慌てて背後を振り返り、その姿を凝視する。

夢でも、幻でもない。

彼の、彼らの信じた王が何一つ変わらぬ姿でその場にいる。

奇跡などという陳腐な言葉では表しきれぬ、ただ表現するのであれば彼が信じた絶対の結果がそこにあった。

「偉大なる破滅の王、イラ＝タクトさま！」

「いい夜だね、モルタール老」

心と身体が、同時に反応しモルタール老を平伏させる。

滂沱《ぼうだ》の涙で顔をぐしゃぐしゃにさせながら、ただただ王が無事であったことに喜ぶ。

マイノグーラは、破滅の王イラ＝タクトは未《いま》だ不滅であった。

「おおっ！　御身の無事をどれほど願ったことか！」

安堵《あんど》と衝撃、興奮と感動から思わず声量が大きくなる。

その姿にイラ＝タクトは少しだけ苦笑いしながら静かに指先を口元に当てる。

王は健在。

心臓を貫かれても、神の業火によって焼き尽くされてもなお不滅。

誰しもが死の一文字で頭を埋め尽くされ、心臓を貫かれ焼き尽くされたその姿に絶望を感じた。

だがここにいる彼は、まるでその怪我がなかったかのように見える。いや、怪我などどこにもない。

果たしてどのような御業《みわざ》によってその奇跡がな

されたのであろうか？　その思索は総じて無意味。

なぜなら矮小《わいしょう》なるダークエルフの老いた術士如きに、その深淵なる力の深さを知り得ることなど到底できはしないのだから。

時間はすでに深夜。辺りは闇に閉ざされ、いくつか灯《とも》された篝火《かがりび》の心もとない明かりだけが薄《うっ》すらと辺りを照らしている。

混乱と悲劇の中、まるで街全体が喪に服すかのような静寂さがあった。

モルタール老は静かに平伏し、王の指令を待つ。

自らの役割は彼の手足となって動くこと、これからのことは全てイラ＝タクトが采配するだろう。

これより行われるは苛烈なる復讐劇。

その役者の一人として、モルタール老は全身全霊をもってあの愚かな襲撃者共に怒りの鉄槌《てっつい》を下すつもりであった。

モルタール老は自らの王へと視線を向ける。

地の底よりも深い、こことは別の場所からやってきたかのような闇は、少しだけ考える素振りを見せていた。

「さて、やることは多そうだ」

破滅の王は……否、伊良拓斗は独りごちる。

いずれ来る終末の具現は、ただ静かにそこに佇んでいた。

第十七話　問い

　悲しみと混乱に包まれていたはずの都市の中心で、モルタール老は自らの王を前に強い感激と同時に言葉にできぬ不甲斐なさを感じていた。

　王に仕えるものとして、先の出来事はあまりにも無様。

　敵の接近を許すどころか王への攻撃を許すなど言語道断の行いである。

　彼はまずもってその罪を償わねばならぬと口を開く。

「王よ。申し訳ございませぬ。此度《こたび》の失態、まさに我々の不出来が――」

「そういうの、いいから」

「……はっ」

　自らの王が言わんとしていることをすぐに察することができたのは、モルタール老が長い人生の中で様々な経験を経てきた結果であった。

　同時にマイノグーラの重鎮として王の側《そば》に仕えてきたことも理由の一つに挙げられるだろう。

　つまるところ王はこう言いたいのだ。「謝罪や責任の所在を追及する暇があったら今の問題を解決することに頭を向けろ」と。

　まさしくそのとおりである。謝罪などいくらでもできる。首などいつでも切れる。

　そんなことに思考を割いている場合ではないのだ。王こそ無事であったとは言え未《いま》だマイノグーラは危機的状況下にあるがゆえに。

　敵の襲撃を許し、英雄アトゥを奪われた状況はそれほどまでに逼迫《ひっぱく》したものであった。

「お、王よ、何なりと命じてくだされ。我々マイノグーラの臣下は王のお言葉一つで命を捧げる覚悟にございます」

沈黙に耐えきれずモルタール老は口を開く。

自分たちの力が敵に及ばなかったのは事実。残念ながら相手がどのような手段で今回の襲撃を成功させたか不明な点からして対策を講じるのは困難を極めるであろう。

いくら命をかけると息巻いても現実では何もできない。それが今の彼らだ。

ゆえに王の力を頼るしかなかった。

圧倒的な、破滅の王の力を。

祈りにも似たモルタール老の言葉に、拓斗は無言で頷《うなず》く。

そして彼は考える。さてどうしたものかと。

状況はさほど良いとは言えない。

拓斗自身が無事であったという事実は、相手の裏をかくことができたという点では最良の結果と言えた。だが何よりアトゥが失われたままなのだ。

彼が心より信頼し、かつての人生でその多くを共に過ごした最も思い入れのあるキャラクター。

そして今の人生において、共に夢を叶えると誓いあった最も大切な存在。

その彼女が彼の目の前で奪われてしまった。

拓斗はそのような状況において未だ冷静さを失うことのない自分を少しだけ疑問に思ったが、余計な考えだと思考を本筋へと戻す。

そして彼は感情のこもっていない……初めから感情というものが存在していないかのような声音で静かに語りだした。

「アトゥが奪われたことは最大の失態だ。まさかこんな方法で所有権を奪ってくる存在がいるなんて思いもよらなかった。ＲＰＧに続いて……やっかいな力だ」

「アトゥ殿は我が国にとって決して失われてはいけない大切なお方。我ら全身全霊をもって奪還作戦にあたりますじゃ」

威勢の良い言葉ではあるが、彼らが力不足であるという点は揺るがない。

新たな魔女となったエルフール姉妹の権能をもってすれば相手に迫ることはできるかもしれない。

だとしてもあれほどの強力無比な力を持っていたアトゥがなすすべもなく洗脳されたのだ。

加えてダークエルフたちの攻撃は全て不可視の手段によって回避された。

ただ兵を率いて相手のところに攻め入っても奪還の成功率は低いと言わざるを得なかった。

拓斗もそれをよく理解しているのだろう。

モルタール老の言葉に頷くだけで、返事はしない。

その状況に老いた賢者は居心地の悪さを感じる。

今まで散々王の慈悲にすがって平穏を享受しておきながら、いざ主に危機が迫ると何もできない自分たちに言い表しようのない感情を抱いているのだ。


だがそれだけではない。

（おお、なんという怒りじゃ……）

先ほどから背中に巨大な岩を載せられたかと思うほどの重圧が彼を覆っていた。

言葉ぶりは冷静な拓斗であったが、その内で渦巻く様々な感情が周囲に漏れでてモルタール老を押しつぶそうとしているのだ。

破滅の王は人の理解の及ぶ存在ではない。

そのことはよく知っているつもりであったが、今のイラ＝タクトを目の前にすると果たして自分がどの程度そのことを理解していたのかと疑問にさえ思ってくる。

「………」

静かな時間が訪れる。

タクトを包み込む闇は深く淀《よど》んでおり、モルタール老の目には世界を切り取った不気味な空白と深淵がそこに佇《たたず》んでいるように思えた。

イラ＝タクトの無事は何をおいても喜ぶ出来事

だ。

ただ、今の彼には目の前の王が恐ろしくて恐ろしくてたまらなかった。

時間は、数分だけ流れる。

しばらくして考えがまとまった様子の拓斗は静かにモルタール老を見た。

次いで空を見上げ、夜空に欠けた月が浮かんでいるのを確認するとアトゥ奪還と襲撃者たちへの復讐に向けた作戦を伝え始める。

「じゃあまずは今回のことは内密にしてくれないかな？　ギアやエムルのような一部の人間には伝えていいけど、基本的に誰にも言わないで欲しい」

「しっ、しかし……配下の者たちはみな意気消沈しております。ここで王のご無事を伝えなくては彼らの心が折れてしまう可能性がございます」

下された命令に慌てて意見を上げるモルタール老。

本来なら是以外の言葉が許されぬ場面だが、彼らを取り巻く状況が問題であった。

ダークエルフとマイノグーラの配下たちは精神的に疲弊しきっている。

根本的に人から離れた存在であるマイノグーラのユニットはそこまででもないが、とりわけてダークエルフたちの消沈は看過しがたいものがある。

このままでは自暴自棄に出るものが現れ国内の統率に問題が発生する危険性さえある。

できるだけ王の健在は早くに公表したいという考えがあったのだ。

「ああ、安心して。そう長い期間じゃない。そうだね。数日といったところかな。少し時間が欲しいんだ」

「それであれば、なんとかなるかと……」

その言葉にほっと胸をなでおろす。

おそらく王は今後の作戦を練る時間を欲しているのだろうとモルタール老は判断した。

混乱期においてはまずもって情報の把握と統制が必要となる。

未だ敵戦力の分析が完了していない状況においては、むやみに王の健在を表明して混乱を起こすことを避けたのだろう。

どこに諜報員がいるとも限らないのだ。

万が一、それらが王の情報を持ち帰ってはせっかく生まれたこちらの利を潰すこととなる。

相手は未だ破滅の王イラ＝タクトが死んだと思っている。

これを利用しない手はなかった。

「そう、良かった」

「ほ、他に何かございませぬか？　我らにできることであれば､全身全霊をもって働きましょうぞ」

「いや、そうだね……モルタール老にはやってもらうことがある。まずは少しエルフール姉妹と話がしたいんだ。流石《さすが》に寝てるかな？」

姉妹たちには王の身に起きた出来事を伝えてはある。

伝令を送ったために彼女たちがどのような反応を示したのか分からないが、少なくとも厳戒態勢にあることは間違いないだろう。

今やマイノグーラに残された筆頭戦力なのだ。

彼女たちの価値は一層高くなっている。

「二人に働いてもらうにはもう遅い時間だけど、今だと大丈夫か」

空には欠けた月が浮かんでいる。

夜は彼女たちの時間であった。


翌日のドラゴンタン。

朝も早くからモルタール老はギアとエムルを伴って都市庁舎の会議室の一つへと向かっていた。

あのあと彼らの王はエルフール姉妹に相談したいことがあると言い、他に誰も寄せ付けず会議室へと籠もってしまったのだ。

その間モルタール老はマイノグーラの主だった面々への伝達と根回し、そして今後考えられる方針に向けた準備をしていた。

そうして国内のありとあらゆる情報を再度頭に叩《たた》き込んだ上で、無事であった拓斗と今後の方針について話し合うつもりでいたのだが……。

「なっ！　なんじゃとおおおおおおおおおぉぉぉぉぉぉ!?」

モルタール老の叫びが高らかに木霊《こだま》する。

彼が直面した状況は、想像していたものとは全く別で、何より決して許しがたいものであった。

ワナワナと震え、未だ告げられた報告が現実であると受け止められない様子で口をパクパクと開け閉めしているモルタール老。

伴ってやってきたギアとエムルも伝えられた報告に驚き目を見開いている。

その様子を見ながら、双子の姉妹キャリアとメアリアはほら見ろと言わんばかりのなんとも言えない表情を浮かべていた。

「そ、その……先ほど言ったことは本当なのか？　王が一人で出立されたとは!?」

すなわちそれは。

破滅の王イラ＝タクトが英雄アトゥを助けるため単身で聖王国クオリアに向け旅立ったという情報であった。

愕然《がくぜん》とするモルタール老の言葉に再度大きく頷く二人。

前日の夜、拓斗が彼女たち二人のみと相談を行ったのはこのような理由があった。

すでに作戦のあらましを決定していた彼は、寝ぼけ眼《まなこ》の二人に弾丸のような速度でその内容を伝えると、自分はさっさと街から出ていってしまったのだ。

誰にも予想できない、あまりにも常識から外れた選択だった。

「な、何で言わなかったのじゃ!? 王が供回りもつけず御身みずから出られるなどあってはならないこと! お主らとてそのくらい分かるだろうて!?」

早速の叱責が飛んでくる。

無論その程度の道理が分からぬエルフール姉妹ではない。

絶対に問題になると伝えたし、あまりにも危険で無謀すぎると止めもした。

だがしかし王の判断は自らの単独出撃。

相手の本拠地であろう聖王国クオリアに単身で乗り込むと頑として譲らなかった。

「王さまが凄《すご》いところをみんなに見せるってー」

「私たちも言ったのですが、命じられては断れないのです。あと他の人に伝えることも禁止されたのです。朝になるまで黙っておいてってて」

「そこを曲げて王を諫《いさ》めるのが忠臣の役目であろうがっ!!」

耳に響く絶叫に姉妹は嫌そうに両手で耳を塞ぐ。絶対こうなることは分かっていた。完全にこうなることは分かっていた。

王の意表を突いた作戦は確かに一定の有効性があるとは思う。

何より王本人が決断したのだ。それを否定できる存在はこの世のどこにもいない。

だが如何《いかん》せんそれを実行に移した時に真っ先に非難されるのが自分たちであろうという決定的かつ致命的な問題点があった。

その点について控えめに抗議した際にあっけらかんと「まぁ適当に誤魔化しておいてよ」とさも簡単なことのように言われた恨みをキャリアはまだ忘れてはいなかった。

とは言え流石に二人の抗議に拓斗も思うところがあったのか、即興ではあるがなんとかこの状況を打開できそうなものを用意してくれていた。

「キャリアー。今こそあれを出すのだー」

「分かりましたのです！」

　メアリアの合図に伴って、キャリアは懐からメモ用紙を取り出す。

　それすらもちゃんと話を聞いているのかと叱責を飛ばそうとするモルタール老であったが、キャリアの「王さまからの伝言なのです」との言葉にピタッと口を閉じる。

「王さまからモルタールおじいちゃんへのなぞなぞなのです」

「大切なことだから、みんなも考えてってー」

　そうして、メモ用紙は彼らに見えるようテーブルの上に広げられる。

　だが……その内容はこれまた予想外のものであった。

「なっ！　これは!!」

「こんなこと……どうやって？」

　ギアとエムルが驚愕し、モルタール老が息を呑む。

　そこにあったのは、王があの危機を脱した手段を問うものであった。
　即ちこうだ——

　一つ。アトゥの攻撃は確かに僕に直撃し、それは僕を死に至らしめるものだった。

　一つ。聖女ソアリーナの火炎についても、僕を死に至らしめるものだった。

　一つ。僕は自身の傷を癒やす回復スキルを持ち合わせていない。

　一つ。攻撃を受けたのは僕本人で、分身や別存在、影武者、幻覚等ではない。

　一つ。僕はリスタートを含め死んで復活したわけではない。

　一つ。僕は第三者の介入なくこの危機を脱した。

　一つ。これら一連の出来事は、全て現実である。


「——さていかに？　これが王さまから出された

宿題なのです」

「なぞなぞが解けたら、王さまからの命令を伝えるよー」

先ほどまでとは打って変わって、沈黙がその場を支配した。

それもそのはず。こんなことありえないのだ。

モルタール老とて王の無事に関してただ何も考えずに昨晩を過ごしたわけではない。

様々な残務を処理する中で王たるイラ＝タクトがどのような手段であの窮地を脱したのか推測していた。

だがその仮定の全てを否定するかのような条件に、ありえないという言葉だけが頭をぐるぐると駆け巡り混乱だけを呼び寄せる。

モルタール老ですらそんな有様だ。

ギアはもちろんのこと、エムルも難しい顔をしながらたった一枚の紙に書かれた文字を眺めている。


（おー、静かになった）

（このままゆっくりと退出するのですよお姉ちゃんさん）

（抜き足ー差し足ー♪）

これが拓斗より双子の姉妹に授けられた秘策である。

この問いかけを投げておけば、しばらくは時間が稼げるであろうとのことだった。

まぁそうして時間が経《た》てばモルタール老らの激昂も鳴りを潜め、冷静さが浮かんでくるだろう。

となれば後は起こってしまったことよりも現実的なこれからの対応を協議することもできる。彼女たちが王より伝えられた命令も伝達できる。

そう、エルフール姉妹は様々な指令を受けている。

この場で何もせずに王の潜入結果を待つだけが仕事ではないのだ。

それどころか時間内にやるべきことが山積して

いる。

あの作戦……王から伝えられたアトゥ奪還作戦は昨晩の彼女たちをして唖然とさせるものだったから……。

「おおきなお祭りになりそうだねー」

部屋からこっそり出て勢いよくダッシュで逃げ出す二人。

廊下を走りながらメアリアがそんなことを言い出す。

「そうですね。そのお祭りでは、みんなが目にするのです……王さまの真の力を」

きっと誰もが驚くのだろう。

そして知るのだろう。破滅の王がただ心優しい身内びいきだけの指導者ではないということを。

それこそまさしく世界に終焉《しゅうえん》をもたらす者であるということを……。

王が死んだと伝令の者より聞いた時、最初に抱いた感想は「ありえない」だった。

王が死ぬはずがない。彼女たちの母親を復活させると約束したのだからこんなところで朽《く》ちるはずがない。

何より、英雄としての力を有したからこそ理解できる超常的な勘が、王は決して死なないと雄弁に語っていたのだから。

さて、頼まれていたものを用意しなくては。

彼女たちにはやるべきことが沢山ある。

エルフール姉妹は、その時に向けてせわしなく準備を始めるのであった。

□□□□□□□□□ルールブック

【用語】テーブルトークRPG

テーブルトークRPGとは、ペン、紙、サイコロを利用してルールブックに基づいてシナリオを進めていく対話型テーブルゲームである。

基本的な流れとしては、世界観や細かなルールを記したルールブックを元に、既存またはオリジナルのシナリオを複数のプレイヤーで楽しむという形を取る。

また基本的にゲームマスターという進行役が存在しており、マスターの裁定や進行に従ってゲームを進めていく形となる。

古くは紙とペンを用い、対面でプレイするという形が取られていたが、近年ではインターネットの発達により、オンライン上でプレイすることも可能となっている。

これらコンピューターを用いたプレイは、人の集めやすさや記録や計算を代行してくれる手軽さからプレイ人口の増加に寄与している。

第十八話　破滅の王

【聖王国クオリア　南方州議会場　聖アムリターテ大教会】

聖騎士たちの奮戦でなんとか混乱も落ち着いてきた神の家にて、エラキノたちは先の戦いにおける戦果を吟味していた。

「無事、魔女アトゥを手に入れることができたわね。破滅の王も滅ぼすことができたし、色々あったけれども最上の結果だったわ」

「ええ、加えて私たちの判断が間違っていなかったことも分かりました。まさか魔女がこのような能力を有しているとは……」

相手の所属を自分のものへと変更する《啜り》の洗脳がなされたということは、アトゥが持つ情報が全てエラキノたちの手に渡ることを意味する。

アトゥへの尋問によって、マイノグーラという国家の秘密は次々と暴かれていく。

即ちそれは伊良拓斗とアトゥが持つ情報全てに等しく、彼の来歴や今までの歴史、何より『Eternal Nations』というゲームの性質についてまでもが白日のもとに晒《さら》される結果となっていた。

そしてその情報は彼女たちを驚愕《きょうがく》せしめるに十分なものだ。

「殺した相手の能力ゲットとか、どこのチートって話だよねっ！　しかも英雄ってのはまだまだ生み出せるんでしょ？　いやっ、まじでっ、ソアリーナちゃん英断だったよ！」

隣で虚《うつ》ろな表情を見せ佇《たたず》んでいるアトゥに視線を向け、エラキノはそう戯《おど》けてみせた。

アトゥはその精神を完全にエラキノに支配され

ている。

ソアリーナに行われたように意識だけを解放して交流を求めるようなことはせず、最初から傀儡《かいらい》として扱っている。

これはエラキノ自身がアトゥに煮え湯を飲まされかけた経験があるからであり、同時に二人の聖女からもおそらく話にならないだろうと言われたからでもある。

アトゥが破滅の王イラ＝タクトに捧げる忠誠は本物だ。今更洗脳を一部解除したところで罵声しか浴びせられないであろうことは容易に推察できた。

「破滅の王とその尖兵たる魔女の対処は完了した。となるとダークエルフたちが少々気がかりね。マイノグーラの残存兵力などが暴走を起こさないとも限らないし、その辺りはどうするつもりエラキノ？」

作戦が成功したことでどこか浮かれるエラキノとソアリーナに代わって、フェンネが問題点を洗い出していく。

他者を寄せ付けない部分がある彼女ではあったが、逆にその孤高さが冷静さとなってこのように細やかな指摘をしてくれる結果となっている。

エラキノとしても自分たちでは気づかない点をフォローしてくれる彼女の存在を心のどこかでは認めているらしく、こういった時は素直にその話を聞く。

「ああ、そこはばっちしだよ！　南方州とドラゴンタンの間……えーっと、暗黒大陸側かな？　そこにマスターが召喚した敵キャラを配置しているから！」

「以前言ってた知能の低い魔物のことね」

テーブルトークＲＰＧには物語を彩るための様々な敵性キャラクターが存在している。

例えば洞窟で冒険者を待ち構えるゴブリン、例えば山脈の奥で宝を守るドラゴン。

それらをシナリオに沿って様々に配置する権限をゲームマスターは有している。

物語は全てゲームマスターの手のひらの上なのだ。

であるなら、シナリオを彩る魔物を防衛のため適時配置するのもまたゲームマスターの権利であろう。

「戦力としては大丈夫でしょうか？　我が州に所属する聖騎士団を巡回させることもできますが……」

「いや、それには及ばないよソアリーナちゃん！　というかせっかくの聖騎士団のみんなにこんな雑魚処理はさせられないよ！　アイツらなんてこれで十分さっ♪」

実際のところ、配置した魔物は数と力量共に最高峰のものを用意している。

ゲームマスターの管理リソースを鑑みて、個別の設定がなされる特殊モンスターではなくルールブックに記載される一般モンスターという欠点は存在したが。

ゆえに遠距離では細やかな確認や操作などはできず放ったらかしとなる可能性があったが、だとしても放置したのは暗黒大陸であるから問題はない。

それに、南方州の聖騎士団には真にやらねばならぬことが存在していた。

「そうね……クオリアから独立するんですもの、聖騎士団は手元においておきたいわ」

破滅の王の撃滅。この功績をもって彼女たちは国家を樹立する。

どのような横やりがあるか分からぬ以上、国と民を守るために聖騎士団は一人でも多く手元に置いておきたい。

「破滅の王は滅ぼされました。放っておいてもダークエルフたちに我が国を脅かす力は残っていないでしょう」

「そうね、このまま……フォーンカヴンあたりに吸収されてくれればいいのだけれども。今は彼らを相手にしている暇なんてないから」

マイノグーラに関しては、すでに終わった問題だという考えが知らず三人の中にはあった。

「とすればいよいよね」

「はい、フェンネ様」

夢のために、次に目を向けなくてはならない。

南方州の状況は非常に危うい。これまで行ってきた数々の越権行為と強権的な粛清はすでに中央が知るところであり、もはや袖の下では追及をかわすことはできなくなっていた。

毎日矢のように状況説明を求める問い合わせが届き、対応に当たる者も悲鳴を上げている。

すでに聖女の権限で中央からの監査を数度止めている以上、相手側が強硬な手段を取るのは時間の問題とも言える。

本来ならば根回しの時間がもう少し欲しかったところだ。

だがそうも言っていられない。

聖王国から独立し、神の威光に照らされた真の国を作り上げる。

そのための時が来たのだ。

「もはや時間はありません。次の安息日。聖王国クオリアからの離脱と国家の樹立を宣言したいと思います」

ここに運命の歯車がまた一つ回る。

果たしてそれがどのような結果をもたらすのか、聖女と魔女はただ夢に向かって突き進んでいく。

「まっ、大丈夫だよ！　エラキノちゃんもいるしソアリーナちゃんもフェンネちゃんもいる。それになんてったってアトゥちゃんもいるしね!!」

「ええ、そうですよエラキノ。私たちがいれば、きっと何もかも上手《うま》くいきます。私と貴方がいれば……これだけの戦力を前に、手出しできる存在などこの世のどこにもいません」

「なんにせよ忙しくなりそうね。さぁ計画を次の段階に移しましょう」

各々が立ち上がる。

やるべきことは呆《あき》れるほどにある。

南方州聖騎士団の長である上級聖騎士のフィヨルドとも打ち合わせが必要だし、彼女たちの声かけで馳せ参じ州運営に携わってくれている聖職者たちへの通達も必要だ。

信のおける各種業種への根回しも必要だし、何より膨大な事務作業が待っている。

そう言えば国の名前をどうするかまだ決めていなかった。

そんなことすら忘れていたのかと思わずクスリと笑ったソアリーナは、隣で不思議そうに首を傾《かし》げるエラキノに早速相談をするのであった。

…………

……

…

――ソアリーナたちが退室した会議室、扉を閉めたことによる風圧でテーブルの上の書類が一枚床に舞い落ちる。

真新しい羊皮紙にたどたどしい字で書き記されたそれは、古き聖女の神託書の一部を書き写したものだった。

以前話題に上がった際、ソアリーナがエラキノに見せるため用意したものであり、彼女手ずからペンを取ったものだ。

だがいざ見せてみると反応は芳しくなく、それどころか「意味が分からない謎めいたポエム」と評された予言である。

結局のところ、具体性がなく特に価値はないと二人で判断しあえなく保留と相成った一枚である。

その詩めいた予言を授けた神は、果たしてどのような意図を持っていたのか。

どちらにせよ破滅の王を滅ぼした彼女たちにとって、もはや価値のなくなったそれは、忘れ去られるかのように何処《いずこ》へと消えていった。

「〜〜〜〜〜〜♪」

暗黒大陸。ドラゴンタンと聖王国クオリア南方州を繋《つな》ぐちょうど中間地点。

一人の男が鼻歌まじりに荒れ果てた大地を歩んでいる。

この世界のどの音楽様式とも違ったその曲は、知る人が聞けば強く興味を掻《か》き立てられるものだ。

――『Eternal Nations』

――マイノグーラ専用曲〝破滅の王〟

かつて何度も聞いた曲。数多くの国と世界を蹂《じゅう》躙《りん》し、世界に覇を唱えてきたその友。

拓斗は自らが築き上げてきた栄光を思い出すかのように、あの頃を少しだけ懐かしむ様子でその曲を口ずさんでいる。

そんな彼の行く手を阻むかのように、突如視界に粉塵の山が出現し怪物が躍り出た。

「ギシャアアアアアアアアア!!」

「…………げっ」

ゆうに数十メートルはあろうかという蛇の巨体に蝙蝠《こうもり》の羽。

暴力的なまでの力と恐ろしいまでの殺意をその内に秘めた化け物が突如地中から現れたのだ。

それだけではない。

巨大な無数の眼球を有する浮遊する肉塊や、深海魚を思わせる鋭い顔面と牙を持ったトカゲなどもいる。

ひと目見てこの世界の生命体ではないと思われるその怪物たちは、知性に乏しい瞳を爛々《らんらん》と輝かせて拓斗を凝視している。

逃げ場は、どこにもない。

怪物たちは本能の赴くまま、その牙を拓斗へと向け殺到する。

拓斗は、ただその場に立ち尽くすだけだった。


――新国家樹立に関する準備は全て順調であった。

中央や他州から疑惑の目が向けられているのも確かだろう。

彼らが一向に返答をよこさない南方州に業を煮やして強権的な行いを検討しているのも確かだろう。

だがここは聖王国クオリア。膠着《こうちゃく》したシステムと明文化されない風習で雁字搦《がんじがら》めにされた老いた国家である。

あらゆる行動は仮初《かりそ》めの一致団結がある南方州がより早く、彼らはあらゆる行動を指を咥《くわ》えて見た後に事後対応を迫られることとなる。

そしてその日が訪れる。

神が定めし安息日。

聖女より重要な告知があると予《あらかじ》め州内に通達されたため、現在の聖アムリターテ大教会周辺は教会前広場はおろか周辺の道すら埋め尽くすほどの群衆で溢《あふ》れている。

教会のテラスから現れたソアリーナは、不思議と群衆全てに届く声音で語りだした。

「皆さまに伝えることがあります。――この私ソアリーナは、同じく聖女フェンネ様と共に〝古き聖女の神託書〟に記されし破滅の王イラ＝タクトを討ち滅ぼすことに成功しました」

どよめきが起こる。

古き聖女の神託書に関しては市井《しせい》の噂《うわさ》程度には知れ渡った情報だ。

逆に言うならば信徒全員がその存在を知っているわけではない。

ゆえにその言葉が持つ意味を正確に理解したものは少数であった。だが破滅の王という言葉は何も知らぬ者にも大きな衝撃を与えるに十分であった。

有史以来、神とその信徒は様々な敵と戦ってきた。

近年ではそれも穏やかになったが神話の時代においては語るも恐ろしい存在が跋扈《ばっこ》しており、それらが神の威光によって滅ぼされたことは聖書によって多くの人が知るところである。

人知れず神話の時代の再現が行われ、聖女ソアリーナたちによってその恐ろしい滅びの芽は摘み取られた。

人々はそのように理解したのだ。

「決して簡単なことではありませんでした。破滅の王は凄《すさ》まじい力を有しており、あのまま放置しておけば我々でも手出しできない存在になることは必然であり、あの場で打ち倒せたのは奇跡と言えるでしょう」

人々から感激の声が上がる。

事実かどうかを疑うものなど存在しない。聖女の威光とはそれほどまでに凄まじく、それ以前に群衆に虚言を放とうとする者など、そもそも聖女に選ばれないと考えられているからだ。

「全ては神の思《おぼ》し召しです」

二人の聖女への称賛と、神への祈りで満たされる。

群衆は、わずかな時間でここ南方州を立て直し破滅の王と呼ばれる存在すら打倒してしまった聖女ソアリーナに絶対的な信頼を寄せる。

「そう、これは神の思し召しなのです。今まで、私はこの州にはびこる不正をただし、神の意に背く悪徳者を処断してきました。そして同時にこの州をより良いものにするため人々のために励んで来たと自負しております。ゆえに、今回の出来事を神からの試練であり、同時に神よりその御心を体現する国を作れとのお導きだと理解しました」

よく聞けば、論理が破綻している言い分である。

だが果たして宗教という存在に論理が破綻していないものがあるだろうか？　どこか狂信的な物があり、逆に言えば道理や論理で説明できない価値観を共有するからこそ宗教は存在しているとも言える。

つまるところ、ソアリーナの言葉に対する返答は万雷の喝采と称賛でしかなかった。

「誰もが明日に怯《おび》えることのない、暖かな平和を実現するために」

人々の熱狂が最高潮に達する。

一部の宗教家の不正が人々に重くのしかかっていたことは純然たる事実であった。

ソアリーナが行った大粛清によりその多くがどこかへ消え去り、真に人々のためを思う聖職者がその地位につくこととなったが、人々は未《いま》だ恐れているのだ。

またあの辛《つら》く苦しい日々に戻るのではないかと。

陰謀と策略に長けた悪しき聖職者たちが、またその地位にふんぞり返り自分たちを虐げるのではないかと。

「世界から脅威を取り除いた事実。神の意志に従い破滅の王を討滅した功をもって――」

だからこそ、彼女の言葉は人々が何よりも待ち望んでいたものだった。

「ここに聖王国クオリアから脱し、新たなる神の国、レネア神光国の樹立を宣言します！　聖神アーロスよ！　どうか我ら信徒を導き給え！」

人々が喝采し、口々に神を讃える言葉を叫ぶ。

その瞬間、人々は奇跡を目にした。

GM：Message
ゲームマスター権限行使。
おお何ということだろう。
聖女ソアリーナの宣言を祝福するかのように天

から光が降り注ぐ。

群衆から大きな大きなどよめきが起こる。

空にかかる雲を割って、厳かで神々しい光が差し込んできたのだ。

それは今まで見たこともないような非現実的な煌《きらび》やかさと神聖さをもって聖アムリターテ大教会を照らし、ソアリーナを暖かく包み込む。

熱狂の次に起きた出来事は、静謐《せいひつ》なまでの感動だった。

神がその奇跡を示すことは非常に稀だ。

歴史を紐《ひもと》いても神が直接奇跡を行使した事例はひどく少ない。

ゆえに神託を受けることができる聖女が重要視され、非常に高い権限を有しているのだ。

人々は、今まさに神の奇跡を目にしていた。

神が自ら建国を祝福する国家。

伝説の一ページを目の当たりにした人々はただ感動の涙を流すだけであった。

神と共に生き、神と共に死ぬ彼らの感動はいかほどばかりか。

全ての群衆は今日ここに来ることができた幸運に感謝し、永遠に語り継ぐことを誓う。

それが……神ならざる者の手によることだとしても。

この日、聖王国クオリアに激震が走った。

クオリアが誇る聖女、華葬の聖女ソアリーナと顔伏せの聖女フェンネの離反。

神託に示されし破滅の王の撃破と新国家の樹立宣言。

そして何より……神の奇跡の発現。

歴史の歯車は、勢いよく回り始めていた。

SYSTEM MESSAGE

新国家の樹立が宣言されました【レネア神光国】
～全ての生きとし生けるものには神の名のもとに平穏が訪れるでしょう。
～もはや悲しみも苦しみも過去のものとなりました。
～真の正義は、神の愛は、ここにあります。

OK

【古き聖女の神託書：破滅の王の項】

――破滅の王を恐れよ。

――それは世界を滅ぼす厄災であり、
死と恐怖をもたらす存在である。

――それは怒り狂う炎であり、
冷酷なる吹雪《ふぶき》であり、猛り鳴る雷である。

――それは血と刃であり、悲鳴と絶叫である。

――破滅の王を恐れよ。

――それは貴方の遠くにいて、
貴方の近くにいる。

――それは明け照らす太陽であり、
沈み包む夜である。

――それは貴方の敵であり、
貴方の友人でもある。

――破滅の王を恐れよ。

――それは始まりの暗き闇であり、

貴方自身である。

………………

……

…

聖女と魔女らが悲願を成し遂げ、夢と希望に満ち溢れていたその頃。

拓斗はシステムによる念話で連絡を行ったモルタール老にひたすら謝罪の言葉を述べていた。

「いやぁ、ごめんって！　そう怒らないでよ……うんうん。まぁこれも作戦のうちだから。ってマジ泣きしないで！　無事！　無事だから！　なんにも問題ないから」

日本人の性質か、それはもうコメツキバッタのようにぺこぺことし、老賢者のお小言を聞きながら宥《なだ》めすかしている。

本人も悪いことをしたと思っているのか、王としての威厳は外出中だ。

そもいい年した老人に泣かれてしまっては強気にも出られない。バツが悪いにもほどがある。

これはもう少ししっかりとしたフォローが必要だったなと内心で反省しつつ、説教と嘆きがほとんどの会話はようやく終わりへと向かう。

「うん。分かったよ。じゃあ後は落ち着いたらこっちから連絡するから。それまではあの子たちに伝えたとおり準備よろしくね」

どうやら彼が出した問いかけを解くことはできなかったようだが、エルフール姉妹に伝えた指令はちゃんと受け取ったようだ。

準備は滞りなく行ってくれそうで安心する。

後はこちらの手番。現場を見つつ、臨機応変に対応を変えていけば良い。

答えを教えるのも事を起こす時でいいだろう。

拓斗はモルタール老との念話を切ると、ふぅっと小さくため息を吐《つ》く。

「……さて、っと」

チラリと後ろを振り返る。

視界に映ったその場の光景を一言で表すのなら、子供の遊び場であった。

かつてその場にいただろう化け物たちは、そのことごとくが破砕され、引きちぎられ、切り刻まれていた。

辺りに血と臓物が飛び散り、どのような攻撃方法を用いたのか裂傷や打撲を受け、焼け爛《ただ》れた肉片が転がっている。

もはやどのような原形だったのかすら分からぬ惨状。

ただ赤、緑、紫と違った種類の血糊が飛び散っている様から数種類の何かがいたであろうことだけは分かるソレをみて、拓斗は呟《つぶや》く。

「蝙蝠《こうもり》羽のコアトル、ゲイザー、食い散らかす者――たしか『エレメンタルワード第4版』……だったかな」

その言葉の意味を理解するのはこの世界でもわずか数人。

拓斗を除けばエラキノとそのゲームマスターのみだろう。

漏洩《ろうえい》を恐れ、啜りの魔女が心を許す友にすら明かさなかったその名称が、破滅の名を冠する者の口から語られる。

決して知られてはいけないはずの言葉は、決して知られてはいけない者に知られてしまう。

「～～～～♪」

やがて、慣れ親しんだ曲を口ずさみながら拓斗は踵《きびす》を返し歩みを進める。

暗い暗い闇が、聖なる国のすぐ側《そば》までやってきていた。

イラ-タクト、
逆襲す。
《英雄》の不在というマイノグーラの危機に、
単身、反撃に打って出るタクト。
——今、邪神の力が示される。
異世界黙示録
マイノグーラ
～破滅の文明で始める世界征服～
Mynoghra the Apocalypsis
-World conquest by Civilization of Ruin- 05
05
2022年発売決定!!!!!
※発売予定は変更になる場合があります。

あとがき

お久しぶりです。鹿角フェフです。

この度も『異世界黙示録マイノグーラ』四巻を手に取って頂き心から感謝いたします。

いかがでしょうか？　続きが早く読みたい！　と思っていただける内容だったら幸いです。

しかしながら、四巻ともなるとなかなかあとがきに書く内容が見つからず、難儀しますね。

これがツイッターなら無限に書きたいことが出てくるのに!!　あとがきの場合は本編の余韻を削がぬため、空気感に配慮しないといけないので大変です。

あっ、ちなみにツイッターはこちらです。よくわからないことを呟いたり、浮上したりしなかったりしているので作者にご興味ある方はぜひ。

@ Fehu_apkgm
さて、今回の四巻は次に続く前編のような位置づけでした。ここから盛り上がりは増し、最高潮に達しますので、続きを期待していただける場合はぜひ応援していただけると作者含め関係者一同喜びます。

では今回は1Pあとがきですので、まとめる形で恐縮ですが謝辞を。

イラストレーターのじゅん様、GCノベルズ編集部及び担当編集川口さん。校閲様、デザイン会社様、その他様々な方。そして読者の皆様。本当にありがとうございました。

マイリグーラ
4巻
おめでとうございます!?

GC NOVELS

異世界黙示録マイノグーラ 04
～破滅の文明で始める世界征服～

Mynoghra the Apocalypsis
-World conquest by Civilization of Ruin- 04

2021年11月6日　初版発行

著者　鹿角フェフ
イラスト　じゅん
発行人　子安喜美子
編集　川口祐清
装丁　伸童舎株式会社
本文組版　STUDIO 恋球
印刷所　株式会社平河工業社
発行　株式会社マイクロマガジン社
〒104-0041
東京都中央区新富1-3-7　ヨドコウビル
TEL 03-3206-1641 FAX 03-3551-1208（販売部）
TEL 03-3551-9563 FAX 03-3297-0180（編集部）
URL:https://micromagazine.co.jp/

ISBN978-4-86716-204-0
C0093

本書は小説投稿サイト「小説家になろう」（https://syosetu.com/）に
掲載されていたものを、加筆の上書籍化したものです。

ファンレター、作品のご感想をお待ちしています！

【宛先】
〒104-0041
東京都中央区新富1-3-7　ヨドコウビル
株式会社マイクロマガジン社 GCノベルズ編集部
「鹿角フェフ先生」係
「じゅん先生」係

■ご協力いただいた方全員に、書き下ろし特典をプレゼント！
■スマートフォンにも対応しています（一部対応していない機種もあります）。
■サイトへのアクセス、登録・メール送信の際の通信費はご負担ください。